A NOITE DOS VULTOS

EDITH NESBIT

A NOITE DOS VULTOS

EDITH NESBIT

Tradução Andrea Coronado
Ilustrações dos contos Ana Milani

WISH

TRADUÇÃO Andrea Coronado	**CAPA E DIAGRAMAÇÃO** Marina Avila
PREPARAÇÃO Karine Ribeiro	**ILUSTRAÇÕES** Ana Milani (contos) Caroline Jamhour (retrato)
REVISÃO Carolina Rodrigues e Barbara Parente	**AVALIAÇÃO** Mariana Dal Chico

1ª edição | 2022 | Capa dura | Geográfica

DADOS INTERNACIONAIS DE CATALOGAÇÃO NA PUBLICAÇÃO (CIP)
(Câmara Brasileira do Livro, SP, Brasil)
Catalogação na fonte: Bibliotecária responsável: Ana Lúcia Merege - CRB-7 4667

N 458
Nesbit, Edith
  A noite dos vultos / Edith Nesbit; tradução de Andrea Coronado; ilustrações de Ana Milani; prefácio de Andréa Bistafa. - São Caetano do Sul, SP: Wish, 2022.
  256 p. : il.
  ISBN 978-85-67566-49-8 (Capa dura)

  1. Ficção inglesa 2. Contos de suspense I. Coronado, Andrea II. Milani, Ana III. Bistafa, Andréa IV. Título

CDD 823

ÍNDICE PARA CATÁLOGO SISTEMÁTICO:
1. Ficção: Literatura inglesa 823

EDITORA WISH
www.editorawish.com.br
Redes Sociais: @editorawish
São Caetano do Sul - SP - Brasil

© Copyright 2022. Este livro possui direitos de tradução e projeto gráfico reservados e não pode ser distribuído ou reproduzido, ao todo ou parcialmente, sem prévia autorização por escrito da editora.

A NOITE DOS VULTOS

ESTE LIVRO PERTENCE A

SUMÁRIO

Prefácio
por Andréa Bistafa
09

O Homem de Mármore
1887
19

O Mistério da Casa Geminada
1893
37

O Romance do Tio Abraham
1893
43

O Casamento de John Charrington
1891
49

A Sombra
1907
61

O Pavilhão
1915
75

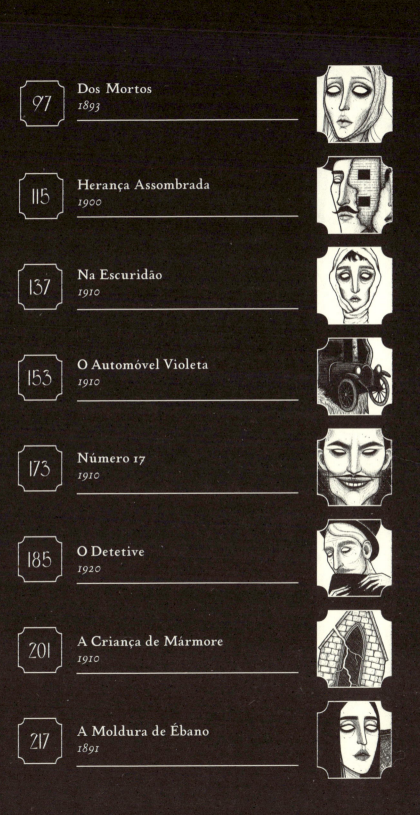

97	Dos Mortos *1893*
115	Herança Assombrada *1900*
137	Na Escuridão *1910*
153	O Automóvel Violeta *1910*
173	Número 17 *1910*
185	O Detetive *1920*
201	A Criança de Mármore *1910*
217	A Moldura de Ébano *1891*

PREFÁCIO

ENTRE DRAGÕES E FANTASMAS

por Andréa Bistafa

Edith Nesbit nasceu em Kennington, um distrito do sul de Londres, na Inglaterra, em 15 de agosto de 1858. Tinha apenas três anos de idade quando uma tragédia arruinou sua vida. Na manhã de domingo, em 30 de março de 1862, seu pai, John Collis Nesbit, faleceu vítima de tuberculose aos 43 anos de idade.

A primeira infância da pequena Edith foi ofuscada pela doença prolongada do pai e as longas viagens que ele realizava junto da esposa, deixando-a para trás com seus irmãos, aos cuidados de amigos e conhecidos. Essas viagens eram motivadas pela fé vitoriana em propriedades próximas do mar, que prometiam a cura através do ar puro e um maior contato com a natureza.

Um dia, em setembro de 1867, Edith — carinhosamente apelidada de Daisy na infância — esperava impaciente na entrada do campanário da igreja de Saint Michel, na cidade francesa de Bordéus. Daisy era uma criança excepcionalmente imaginativa e animada, e, quando soube que Bordeaux continha uma cripta cheia de múmias, implorou para que a irmã mais velha a levasse para vê-las.

Edith foi então confrontada por uma visão que a horrorizou pelo resto de sua vida: uma pequena cúpula, com cerca de 5m^2 e um teto em arco, do qual pendia uma lâmpada que ardia com uma fraca luz azul; e de pé contra a parede, com um olhar medonho de vida e morte, estavam cerca de 200 esqueletos. Não esqueletos brancos e aprumados como os dos consultórios médicos, mas com o que restou de carne endurecida nos ossos, com cabelos secos pendurados em cada lado de seus rostos, onde a pele se esticou ao redor dos dentes e órbitas vazias. Esqueletos envoltos em farrapos apodrecidos de mortalhas e roupas funerárias; os dedos magros, ainda revestidos de pele seca, pareciam estender a mão em sua direção. Lá estavam eles, homens, mulheres e crianças, em um convite sem entusiasmo ao encontro com o fim inevitável. Esse susto inicial incutiu temor em relação aos mortos na pequena Edith, e, ao longo de toda sua vida, foi esse medo que ela usou e explorou em sua ficção.

Em *In My School Days*, uma série de artigos publicados pela própria autora entre outubro de 1896 e setembro de 1897, aos seus trinta e oito anos, Edith relata:

> As múmias de Bordeaux foram o maior horror da minha infância: é a elas, mais do que a qualquer outra coisa, que devo noites e noites de angústia e horror. Todos os outros medos poderiam ter sido apagados, mas o choque daquela visão marcou minha mente, e eu nunca esqueci. Por muitos anos não consegui andar pela minha própria casa no escuro. Fui torturada mesmo depois de adulta, pela imaginação e pelas lembranças, dominando completamente minha vontade e minha razão, assim como em meus dias de criança. [...] Só quando tive dois filhos pequenos fui capaz de vencer esse terror mortal

da escuridão, e colocar a imaginação em seu lugar, sob o domínio da razão e do juízo.

Edith manteve, anos mais tarde, um crânio humano e uma pequena coleção de ossos em sua casa para familiarizar seus filhos com os artefatos que a aterrorizaram tanto na infância. "Meus filhos nunca deveriam sentir tal medo", explicou ela, "e para protegê-los, deveria banir esse medo de minha própria alma. Não foi fácil, mas foi feito."

Edith tinha uma imaginação excepcionalmente fértil e suas ansiedades foram intensificadas pelas reviravoltas que ela experimentou no início da vida. Um de seus exercícios para escrita consistia na pintura de rostos em papel, que prendia em cabides pendurados com roupas, criando seres assustadores que a ajudavam na criação de suas histórias e personagens. Ela povoou sua ficção com pessoas e eventos de seu passado, escreveu resultados alternativos para exorcizar seus medos e fobias. Seus escritos são repletos de pais desaparecidos, brincadeiras de criança, problemas financeiros e objetos que lhe eram caros em valor sentimental.

A mulher e a morte no período vitoriano

A Era Vitoriana, datada entre 1837 e 1901, foi marcada por forte entusiasmo cultural, social e político. O horror esteve em alta naqueles anos: tanto nos folhetins baratos, conhecidos como *penny dreadfuls*, quanto nos contos e romances. E a monarca, Rainha Vitória, exerceu muita influência nisso.

Alexandrina Vitória, coroada aos 18 anos, apaixonou-se perdidamente por Albert de Saxe-Coburg-Gotha, com quem se casou aos 21 anos. A rainha dedicou toda sua vida a esse amor, sendo extremamente devota ao esposo até a morte de Albert, aos 42 anos. Imersa em profundo desalento, a Rainha Vitória vestiu seu luto por 40 anos, até o final de sua vida. E não apenas no sentido literal de vestir preto, mas além, ordenando que o quarto do marido fosse fotografado e preservado, garantindo que o último copo que ele usou e o livro que estivera lendo continuassem eternamente em seus lugares.

A monarca, perdida em sua melancolia, ordenou aos criados que continuassem a atender o espírito de Albert como se ele nunca tivesse partido: levavam bacias com água morna para a sua toalete, navalhas para a barba, trocavam roupa de banho e de cama; escovavam casacos, engraxavam sapatos, deixavam tudo pronto para o morto. E em meio a todas essas atitudes fúnebres, o gênero de terror foi tornando-se popular principalmente entre os editores. Essa atmosfera de luto vendeu dezenas de histórias.

No âmbito da literatura, a Rainha Vitória entrou para a história como a primeira monarca a publicar um livro, escrito e ilustrado por ela, o *Leaves from the Journal of Our Life in the Highlands*. A publicação tornou-se um *best-seller*, inspirando toda uma geração de mulheres que aspiravam se tornar escritoras. Foi então que elas começaram a ter um maior destaque durante a Era Vitoriana.

O perfil das mulheres nesse período foi delineado pela exigência de "um anjo do lar", inocente, delicada, submissa e bela. Almas tão puras que não poderiam ser corrompidas com negócios ou ciência, corpos tão frágeis que não teriam condições de trabalhar. E é aqui que retomamos Edith Nesbit, com todo seu talento para a escrita, entendendo tão profundamente as crianças a ponto de se destacar como a primeira escritora moderna de livros infantojuvenis, mas sem deixar de lado seu talento para o gótico, que mais tarde foi comparado ao estilo de Edgar Allan Poe em um *review* publicado na revista *The Spectator*.

De acordo com seu perfil incluso em *The Poets and the Poetry of the Century* (1897), Edith começou a escrever poesia quando tinha apenas onze anos e produziu mais de 50 livros no total. Sua paixão sempre foi a poesia, em especial as de tema socialista, mas ela raramente tinha

Edith Nesbit por Caroline Jamhour

tempo para se entregar. Suas poesias rendiam pouco dinheiro e Nesbit precisava aceitar outros trabalhos remunerados para cumprir com seus compromissos financeiros.

Edith conheceu Humbert Bland aos 17 anos e casou-se com ele três anos depois, quando estava grávida de sete meses, algo raro e fora dos padrões tradicionais da época. Mesmo casados, seu marido manteve um caso com outra mulher por anos, e desse relacionamento nasceram duas crianças que foram criadas por Nesbit, junto de seus outros três filhos. Com uma família grande, e o marido por vezes desempregado, Edith precisava reunir recursos. Durante anos ela viveu sob pressão de prazos apertados, escrevendo histórias ou poemas comerciais para saldar dívidas específicas. No início de sua carreira havia poucas perspectivas de que ela escrevesse, o que viriam a ser, alguns dos livros infantis mais populares e influentes já publicados no mundo.

Alguns anos mais tarde, a *AD Innes* publicou dois volumes de suas histórias de terror góticas, *Something Wrong* e *Grim Tales*. Ela também escreveu *The Marden Mystery*, que foi lançado em uma edição muito limitada e da qual, infelizmente, nenhuma cópia sobreviveu para ser encontrada — mas seu tema parece ter sido sobre os primeiros dias do movimento socialista. Em março de 1896, ela ganhou o sétimo prêmio em um concurso de histórias de mistério patrocinado pela *Chicago Record* e também foi convidada a contribuir para *The Wares of Autolycus*, uma coluna diária no jornal *Gazeta Pall Mall*. Essa foi uma grande honra, uma vez que apenas as principais escritoras da época foram convidadas a contribuir.

A luta das mulheres, socialismo e contradições

Apesar de suas conquistas profissionais e visibilidade literária, levando em conta o fato de ser uma mulher em um momento histórico profundamente patriarcal, Edith foi uma grande contradição no que diz respeito à luta das mulheres em seu tempo.

Membro fundadora da "Fabian Society", ela contava com George Bernard Shaw e H. G. Wells entre seus amigos mais próximos. Nesbit foi incansável na campanha para o alívio da pobreza em Londres, e gastou tempo e energia consideráveis ajudando crianças pobres que moravam à sua porta em Deptford. A Sociedade Fabiana foi fundada em 4 de janeiro de 1884, em Londres, como uma ramificação de uma sociedade fundada um ano antes, chamada *The Fellowship of the New Life*, que foi uma precursora dos movimentos éticos e humanistas britânicos. A Sociedade Fabiana é uma organização socialista britânica, cujo propósito é promover os princípios do socialismo democrático através de esforços gradualistas e reformistas nas democracias, em vez de derrubada revolucionária.

Quando o movimento do sufrágio feminino começou, ela decepcionou muitas de suas colegas ao se recusar a participar dele. As opiniões de Edith sobre os direitos das mulheres e a questão do sufrágio, em particular, eram geralmente hostis. Ela justificou sua oposição alegando que o sufrágio feminino era limitado e era contrário ao seu compromisso com o socialismo. Ela era a favor do sufrágio adulto, alegando que seu interesse político era pelo socialismo e não desejava que ele fosse ameaçado por uma extensão do direito de voto às mulheres, insistindo que a causa da humanidade é maior do que a causa das mulheres.

Em carta ao *Sheffield Daily Telegraph* publicada em 22 de janeiro de 1912 ela disse: "Se o direito de propriedade for concedido às mulheres, assim como as obrigações de taxas e impostos, não vejo nenhuma brecha lógica pela qual possam escapar de se dar o direito ao voto às mulheres".

Embora Nesbit parecesse falar o que pensava, o marido Hubert exerceu uma influência considerável sobre seus pontos de vista. Embora ambos fossem essencialistas, Hubert era totalmente não desconstruído: "O reino das mulheres é o reino do coração e da mesa do chá da tarde, não do cérebro e da inteligência".

Edith tinha visões seriamente tradicionais sobre gênero, embora raramente cumprisse o papel de uma mulher tradicional. Ela mantinha

Escola em Kennington, cidade de nascimento de Edith Nesbit

suas próprias filhas dentro do padrão conservador, no entanto, permitiu que suas garotas fictícias tivessem muito mais liberdade. Em um de seus romances, *The Magic City* (1910), uma babá desagradável e rancorosa satiriza o movimento sufragista, no entanto, logo depois diz: "Espera-se que as meninas sejam corajosas e os meninos, gentis".

Nesbit pode ter sido inconsistente na questão da mulher, mas seu apoio ao socialismo nunca vacilou. Ela compartilhava a preocupação de Hubert com as mulheres exploradas da classe trabalhadora, que a elas fosse dado e mantido o direito de cuidar exclusivamente de seus lares, sem a exploração do trabalho fora dele.

Ao escrever para crianças, Edith preocupava-se em transmitir uma forte mensagem de justiça social. Ela considerava seus jovens leitores muito mais abertos à reforma do que seus pais. Escreveu em um de seus livros infantis: "No futuro não seremos ricos e pobres, mas cooperadores, e cada um fará o melhor para seus irmãos". Em contraste, ela usou suas histórias de terror para criticar os casamentos tradicionais e permitiu que nelas as mulheres ocupassem papéis de gênero mais fluidos, como em "O Homem de Mármore", e "Dos Mortos".

Após o falecimento de seu marido, preservando ainda sua natureza um tanto macabra, Edith manteve a máscara mortuária de Hubert embrulhada em um lenço de seda, em uma prateleira ao lado da lareira em sua sala de estar. Ela sempre a mostrava às pessoas de quem gostava e sentia-se próxima. Embora o casamento deles tenha sido turbulento, ela sempre sentiu falta do homem que descreveu como sendo seu companheiro e amigo mais próximo ao longo de trinta e sete anos.

Agora que você já conhece uma parte da história de Edith Nesbit, deixo que sinta o poder de suas narrativas, começando por "O Homem de Mármore", uma história escrita em 1887 que se desenrola na Igreja de St. Eanswith, na vila de Brenzett, que fica a apenas treze quilômetros de onde Nesbit residia na data. Seus misteriosos cavaleiros de mármore foram inspirados pela tumba de John Fagge e seu filho, que repousa na Capela Norte, onde uma dessas figuras, ainda nos dias de hoje, permanece sob seu cotovelo, como se estivesse prestes a se levantar.[1]

> **Andréa Bistafa**, nascida em Jundiaí, é bacharel em Letras e trabalha há mais de 10 anos com criação de conteudo literário. Tem como paixão a sociolinguística e a literatura, e acredita que a arte é o maior instrumento de libertação do mundo.

---

[1] **Referências:**
Eleanor Fitzsimons, *The Life and Loves of E. Nesbit*
Hubert Bland, *Essays by Hubert Bland*
Darkside, *Vitorianas Macabras*

EDITH NESBIT

O HOMEM DE MÁRMORE

1887

Num vilarejo, uma antiga lenda sobre figuras de mármore que tomam vida aterroriza os camponeses, e a chegada de um jovem casal à cabana que dizem ser assombrada os faz duvidar do que seus olhos veem.

Embora cada palavra desta história seja tão verídica quanto o desespero, não espero que as pessoas acreditem nela. Hoje em dia, uma "explicação racional" é necessária antes que a crença seja possível. Deixe-me então, de imediato, oferecer a "explicação racional", que encontra mais deferência entre aqueles que já ouviram a história da tragédia da minha vida. Dizem que estávamos "sob o efeito de uma alucinação", Laura e eu, naquele dia 31 de outubro; sendo que tal hipótese situa todo o caso sobre um alicerce satisfatório e digno de credibilidade. O leitor poderá julgar, quando também tiver ouvido minha história, até que ponto essa é de fato uma "explicação" e em que sentido ela é "racional". Três foram os que tomaram parte nela:

Laura, eu e outro homem. O outro homem ainda vive e pode falar a verdade sobre a parte menos convincente do que conto aqui.

Nunca na minha vida eu soube o que era ter dinheiro suficiente para suprir as necessidades mais comuns: tintas boas, livros e viagens de táxi, e quando éramos casados, sabíamos muito bem que só conseguiríamos viver mediante uma "pontualidade rigorosa e atenção aos negócios". Eu costumava pintar naquela época, e Laura escrevia, e tínhamos certeza de que conseguiríamos ao menos manter a comida na mesa. Viver na cidade estava fora de cogitação, então, passamos a procurar uma cabana no campo, que deveria ser ao mesmo tempo limpa e pitoresca. Raramente essas duas qualidades se reúnem quando se trata de uma casa de campo, de tal forma que nossa busca fora, durante algum tempo, bastante infrutífera. Tentamos os classificados, mas a maioria das habitações rurais atraentes que vimos se mostravam desprovidas do essencial, e, quando uma das casas tinha ralos, sempre era coberta de estuque e tinha o formato de uma caixa de chás. E, quando encontrávamos um alpendre coberto de vinhas ou de rosas, invariavelmente a corrupção se ocultava na residência. Nossas mentes acabaram tão encobertas pela eloquência dos corretores e pelas conflitantes desvantagens febris e ultrajes à beleza que presenciávamos e que desprezávamos, que duvido muito que algum de nós dois, na manhã do nosso casamento, saberia notar a diferença entre uma casa e um palheiro. Mas, quando nos afastamos dos amigos e dos corretores, em nossa lua de mel, nossas mentes voltaram a ficar claras, e pudemos reconhecer uma bela cabana quando finalmente a encontramos. Ficava em Brenzett, um pequeno vilarejo situado numa colina contra os pântanos do sul. Tínhamos ido até lá, saindo do vilarejo litorâneo onde estávamos hospedados, para ver a igreja e, a dois campos da igreja, encontramos essa cabana. Ela ficava isolada, a cerca de três quilômetros do vilarejo. Era uma construção longa e baixa, com quartos dispostos em lugares inesperados. Um pouco do trabalho de alvenaria fora feito, agora coberto de hera e musgo, apenas dois quartos velhos, tudo o que sobrara de um casarão que um dia se erguera ali. Ao redor desses alicerces em alvenaria, a cabana se erguia. Despojada de suas rosas e jasmins, teria sido horrenda. Como estava, era encantadora e, após uma breve análise, ficamos com ela. Era absurdamente barata. O restante de nossa lua de mel passamos em lojas de segunda mão na cidade, garimpando peças velhas de carvalho e cadeiras em estilo Chippendale para nossa mobília. Terminamos com uma viagem até a cidade e uma visita à Liberty, e logo os cômodos baixos com vigas de carvalho e janelas de treliça começaram a parecer um lar. Havia um alegre jardim à moda antiga, com trilhas no gramado e um sem-fim de azevinhos, girassóis e grandes lírios. Da janela, dava para ver os pântanos e, para além deles, a linha azul e fina do mar. Nossa felicidade equiparava-se à exuberância daquele verão, e voltamos a trabalhar mais cedo do que nós mesmos esperávamos. Eu nunca me cansava de desenhar aquela vista e os maravilhosos efeitos das nuvens vistas da janela aberta, e Laura sentava-se à mesa e escrevia versos sobre elas, nos quais eu em grande parte desempenhava o papel principal.

Contratamos uma camponesa alta e já de certa idade para nos ajudar. Seu semblante e sua aparência eram agradáveis, embora seu traço mais acolhedor fosse seu jeito de cozinhar. Ela entendia tudo sobre jardinagem, e nos contava todos os antigos nomes dos bosques e campos de milho, e as histórias dos ladrões e bandidos de estrada e, melhor ainda, das "coisas que caminhavam" e das "visões" com que poderíamos nos deparar nos vales solitários em uma noite estrelada. Ela nos oferecia grande conforto, já que Laura odiava cuidar da casa tanto quanto eu amava os contos folclóricos daquela mulher, e logo acabamos deixando todos os afazeres domésticos por conta da sra. Dorman e usávamos as lendas que ela nos contava em pequenas histórias para as revistas, o que nos rendia algum pé de meia.

Vivemos três meses de felicidade conjugal e não discutimos uma única vez. Em uma noite de outubro, eu havia saído para fumar um cachimbo com o médico, nosso único vizinho, um simpático jovem

O HOMEM DE MÁRMORE 21

irlandês. Laura ficara em casa para terminar um conto cômico sobre um episódio no vilarejo para a Marplot Mensal. Eu a deixei rindo de suas próprias piadas e voltei para encontrá-la entre o amontoado da clara musselina de seus trajes, chorando sobre o banco da janela.

— Meu Deus, querida, qual é o problema? — gritei, tomando-a em meus braços. Ela encostou sua pequena cabeça com os cabelos escuros em meu ombro e continuou chorando. Eu nunca a vira chorar antes, visto que sempre havíamos sido tão felizes, e tive certeza de que alguma desgraça assustadora havia acontecido.

— Qual é o problema? Fale!

— É a sra. Dorman. — Ela soluçava.

— O que foi que ela fez? — indaguei, imensamente aliviado.

— Ela diz que precisará partir antes do final do mês, diz que sua sobrinha está doente. Ela saiu para vê-la agora, mas não acredito que esse seja o motivo, já que sua sobrinha está sempre doente. Acho que alguém a vem colocando contra nós. Seu comportamento me pareceu tão estranho...

— Não se incomode, querida — respondi. — Faça o que fizer, não chore, ou eu também irei chorar para fazer-lhe companhia, e então você nunca mais respeitará seu homem!

Ela secou os olhos, obediente, em meu lenço, e até sorriu de leve.

— Mas você não vê? — prosseguiu. — Isso é um tanto sério, porque as pessoas do vilarejo são maria vai com as outras, e, se um não fizer uma coisa, pode ter certeza de que nenhum dos outros fará. E eu terei que preparar os jantares e lavar os detestáveis pratos engordurados; e você terá que carregar as latas de água e limpar as botas e facas, e nunca teremos tempo para trabalhar ou ganhar dinheiro, ou qualquer outra coisa. Teremos que trabalhar o dia todo, e só poderemos descansar quando estivermos esperando que a chaleira ferva!

Garanti a ela que, mesmo que tivéssemos que realizar essas tarefas, o dia ainda teria alguma margem para outros afazeres e atividades. Mas ela se recusava a ver o assunto sob qualquer outro ponto de vista que não o mais pessimista. Era um tanto insensata, minha Laura, mas eu não poderia tê-la amado mais se ela fosse tão racional quanto o maior dos retóricos.

— Conversarei com a sra. Dorman quando ela voltar e verei se não consigo me acertar com ela — disse. — Talvez ela queira um aumento em seu ordenado. Ficará tudo bem. Vamos caminhar até a igreja.

A igreja era grande e solitária, e nós adorávamos ir até lá, especialmente em noites claras. O caminho contornava um bosque, cortava-o em uma parte e corria ao longo da encosta da colina através de dois prados, dando a volta no muro do adro da igreja sobre o qual os velhos teixos pairavam como massas escuras de sombra. Esse caminho, que era parcialmente pavimentado, era chamado de "trilha dos ataúdes", pois havia muito tempo era o caminho pelo qual os cadáveres eram carregados para o enterro. O adro da igreja era amplamente arborizado, e era sombreado por grandes olmos que ficavam do lado de fora e estendiam seus majestosos braços, como se abençoassem os contentes mortos. Um alpendre grande e baixo permitia a entrada na construção por uma passagem em estilo normando e uma pesada porta de carvalho cravejada de ferro. No interior, os arcos se erguiam na escuridão e, entre eles, ficavam as janelas reticuladas, que se sobressaíam brancas ao luar. Na capela-mor, as janelas eram de vidro trabalhado, mostrando com uma luz suave suas nobres cores, e tornavam o carvalho negro dos bancos do coral ainda mais escuro do que as sombras. Mas, uma de cada lado do altar, ficavam duas figuras em mármore cinza de dois cavaleiros, com suas armaduras completas, dispostos sobre uma lápide baixa, com as mãos erguidas em uma oração eterna, e essas figuras, estranhamente, também podiam ser vistas sempre que houvesse qualquer lampejo de luz na igreja. Seus nomes haviam se perdido, mas o que os camponeses contavam é que haviam sido homens violentos e perversos, saqueadores por terra e mar, responsáveis pelos maiores flagelos em seu tempo e culpados de atos tão nefastos que a casa na qual haviam vivido, o casarão que um dia se erguera no local onde hoje se encontrava nossa cabana, a propósito,

O HOMEM DE MÁRMORE

fora atingida por um raio como uma vingança dos céus. Mas, apesar de tudo isso, o ouro de seus herdeiros havia lhes comprado um lugar na igreja. Olhando para os rostos rígidos e malévolos reproduzidos no mármore, era fácil acreditar nessa história.

A igreja parecia mais bela e estranha do que nunca naquela noite, pois as sombras dos teixos se estendiam pelas janelas e sobre o chão da nave e tocavam os pilares como se estivessem em farrapos. Sentamos juntos sem nos falar e ficamos observando a beleza solene da velha igreja, com um pouco da admiração que inspirara seus edificadores. Caminhamos até a capela-mor e olhamos os guerreiros adormecidos. Depois descansamos um pouco no banco de pedra no alpendre, olhando para o trecho com os tranquilos prados iluminados pela lua, sentindo em cada fibra de nosso ser a paz daquela noite e de nosso alegre amor; e finalmente partimos com a sensação de que até mesmo esfregar e polir seriam, no máximo, problemas insignificantes.

A sra. Dorman já havia voltado do vilarejo, e eu a chamei para uma conversa.

— Diga-me, sra. Dorman — pedi, quando consegui que ela me acompanhasse até minha sala de pinturas —, de que se trata essa história de que a senhora não continuará mais conosco?

— Ficaria agradecida de partir antes do final do mês, senhor — respondeu ela, com sua habitual e plácida dignidade.

— Alguém lhe faltou com algo, sra. Dorman?

— De modo algum, senhor. O senhor e sua senhora sempre foram muito gentis, estou certa...

— Bem, então o que foi? Seus ordenados não são suficientes?

— Não, senhor, eu recebo o suficiente.

— Então por que não ficar?

— Preferiria assim... — E continuou com certa hesitação: — Minha sobrinha está doente.

— Mas sua sobrinha sempre esteve doente, desde que chegamos.

Não houve resposta, apenas um longo e constrangedor silêncio. Eu o quebrei.

— A senhora não pode ficar por mais um mês? — perguntei.

— Não, senhor. Preciso ir até quinta.

E era segunda-feira!

— Bem, devo dizer, acho que a senhora deveria ter nos avisado antes. Não teremos tempo agora para arranjar outra pessoa, e sua patroa não está em condições de realizar os afazeres domésticos mais pesados. A senhora não pode ficar até a próxima semana?

— Posso voltar na semana que vem.

Eu estava agora convencido de que tudo o que ela queria era um breve descanso, o que estaríamos suficientemente dispostos a lhe conceder, assim que arranjássemos alguém para substituí-la.

— Mas por que a senhora precisa ir esta semana? — insisti. — Vamos, diga logo.

A sra. Dorman esticou o pequeno xale, que sempre vestia atravessado sobre o peito, como se estivesse com frio. Então, disse com um pouco de esforço:

— Dizem, senhor, que como esta era uma casa grande na época católica, muitos coisas aconteceram aqui.

A natureza dessas "coisas" podia ser vagamente inferida pelo tom de voz da sra. Dorman, suficiente para fazer o sangue de um homem esfriar. Fiquei feliz por Laura não estar ali. Ela estava sempre nervosa, como são as pessoas de natureza bastante agitada, e eu senti que essas histórias sobre nossa casa, contadas por essa velha camponesa, com seus trejeitos impressionantes e credulidade contagiosa, poderiam ter tornado nosso lar menos agradável à minha esposa.

— Conte-me sobre isso, sra. Dorman — pedi. — A senhora não precisa se importar de me contar. Não sou como os jovens que tiram sarro desse tipo de coisa.

O que, em parte, era verdade.

— Bem, senhor — ela disse mais baixo —, o senhor talvez já tenha visto na igreja, ao lado do altar, duas figuras.

— Está se referindo às efígies dos cavaleiros de armadura — respondi com entusiasmo.

— Refiro-me aos dois corpos, esculpidos como homens de mármore — ela retrucou, e tive que admitir que sua descrição fora mil vezes mais rica do que a minha, sem falar da força ímpar e da estranheza da expressão "esculpidos como homens de mármore".

"Dizem que na véspera do Dia de Todos os Santos os dois corpos se sentam em suas lápides e as deixam, e depois seguem pelo corredor, em seu corpo de mármore" (outra excelente expressão, sra. Dorman.) "E, quando o relógio bate, às onze, eles saem pela porta da igreja, passando por cima dos túmulos, e pegam a trilha dos ataúdes. E, se a noite estiver úmida, as marcas dos seus pés podem ser vistas pela manhã."

— E para onde eles seguem? — indaguei, um tanto fascinado.

— Eles vêm para cá, para sua casa, senhor. E se encontram alguém...

— Bem, o que acontece? — perguntei.

Mas não, não consegui tirar nem mais uma palavra da mulher, exceto quando disse que sua sobrinha estava doente e que ela deveria partir. Depois do que eu ouvira, ignorei a discussão sobre a sobrinha e tentei obter da sra. Dorman mais detalhes sobre a lenda. Só consegui algumas advertências.

— Faça o que fizer, senhor, tranque a porta cedo na véspera do Dia de Todos os Santos, e deixe o sinal da cruz sobre a porta e nas janelas.

— Mas alguém já viu essas criaturas? — insisti.

— Isso não cabe a mim dizer. Eu sei o que sei, senhor.

— Bem, e quem estava aqui no ano passado?

— Ninguém, senhor. A senhora que era dona da casa só ficava aqui durante o verão e sempre passava o mês anterior inteiro a essa data em Londres. Lamento incomodar o senhor e sua senhora, mas a minha sobrinha está doente, e eu tenho que partir na quinta-feira.

Eu poderia tê-la sacudido pela sua absurda reiteração dessa ficção óbvia, depois de ela me ter contado suas verdadeiras razões.

Ela estava determinada a ir. Nem se ambos suplicássemos juntos ela se comoveria minimamente.

Não contei a Laura sobre a lenda das figuras que "caminhavam em seu corpo de mármore", em parte porque uma lenda envolvendo nossa casa talvez pudesse incomodar minha mulher e, em parte, penso eu, por algum motivo mais oculto. Essa não fora, para mim, como qualquer outra história, e eu não queria mais falar sobre o assunto naquele dia. Contudo, em pouco tempo deixara de pensar na lenda. Estava pintando um retrato de Laura contra a janela de treliça e não conseguia pensar muito em mais nada. Tinha conseguido um fundo esplêndido com um pôr do sol amarelo acinzentado e estava trabalhando com entusiasmo na renda de seus trajes. Na quinta--feira, a sra. Dorman partiu. Ao se despedir, disse brandamente:

— Não se esforce demais, senhora, e se houver qualquer coisa que eu possa fazer na próxima semana, tenho certeza de que não me importarei em ajudar.

Com isso, inferi que ela desejava voltar para junto de nós depois do dia das bruxas. Até o último instante, ela mantivera a ficção sobre a sobrinha com lealdade comovente.

A quinta-feira passou e tudo correu bem. Laura demonstrara uma habilidade notável no que diz respeito aos bifes e às batatas, e confesso que as minhas facas e pratos, os quais insisti em lavar, fica-ram melhores do que eu ousara esperar.

A sexta-feira chegara. Escrevo aqui sobre o que aconteceu na-quele dia. Será que eu teria acreditado se alguém me tivesse contado esta história? Escreverei sobre isso da forma mais breve e clara que puder. Tudo o que aconteceu naquele dia está gravado em meu cérebro. Não me esquecerei de nada nem deixarei nenhum detalhe de fora.

Levantei cedo, lembro-me, e acendi a lareira da cozinha. Acabara de conseguir acendê-la quando minha esposinha desceu apressada, tão radiante e doce quanto aquela bela manhã de outubro. Preparamos o café da manhã juntos e achamos tudo muito divertido. Os afazeres domésticos logo tinham sido concluídos, e quando as escovas, vassouras e os baldes haviam voltado ao seu repouso, a casa ficara de fato silenciosa. É incrível a diferença que uma pessoa faz numa casa. Sentimos muito a falta da Sra. Dorman, para além de suas considerações sobre panelas e frigideiras. Passamos o dia tirando o pó de nossos livros e os colocando em ordem e jantamos alegremente um bife frio e café. Laura estava, se é que é possível, ainda mais luminosa e alegre e mais doce do que o normal, e eu começara a pensar que um pouco de trabalho doméstico de fato lhe fazia bem. Nunca fôramos tão felizes desde que nos casamos, e a caminhada que fizemos naquela tarde foi, creio eu, o momento mais feliz de toda a minha vida. Depois de observarmos as densas nuvens escarlates lentamente se empalidecerem e assumirem um tom cinza-chumbo contra um céu verde-claro e de ver a névoa branca se enroscar ao longo das sebes no pântano ao longe, voltamos para casa, em silêncio, de mãos dadas.

— Você está triste, minha querida — falei, como em brincadeira, quando nos sentamos juntos na pequena sala de estar. Esperava uma justificativa plausível, pois o meu próprio silêncio era o silêncio da completa felicidade. Para minha surpresa, ela disse:

— Sim. Acho que estou triste, ou melhor, estou inquieta. Acho que não estou muito bem. Já senti três ou quatro calafrios desde que chegamos, e não está frio, está?

— Não — respondi, esperando que não se tratasse de um resfriado que ela contraíra com as névoas traiçoeiras que se acumulam nos pântanos quando a luz do dia começa a morrer. Não, ela disse que achava que não era isso. Então, após um silêncio, perguntou de repente:

— Você alguma vez já teve um pressentimento ruim?

— Não — respondi sorrindo —, e não acreditaria em um pressentimento mesmo que o tivesse.

— Pois eu os tenho — continuou. — Na noite em que meu pai morreu eu soube o que acontecera, embora ele estivesse longe, no norte da Escócia. — Eu não respondi com palavras.

Ela sentou-se olhando para a lareira por algum tempo em silêncio, acariciando delicadamente a minha mão. Por fim, se levantou, deu a volta por trás de mim e, inclinando minha cabeça para trás, me beijou.

— Pronto, já passou — concluiu. — Como pareço uma criança! Venha, acenda as velas, vamos ouvir alguns desses novos duetos de Rubinstein.

E passamos uma ou duas horas felizes ao piano.

Por volta das dez e meia, eu comecei a sentir vontade do meu cachimbo da noite, mas Laura estava com um semblante tão pálido que eu pensei que seria cruel da minha parte encher nossa sala de estar com a fumaça forte do tabaco.

— Vou dar uma volta para fumar meu cachimbo — anunciei.

— Deixe-me ir com você.

— Não, querida, não esta noite, você está cansada demais. Não devo me demorar. Vá para a cama, ou terei uma paciente para cuidar pela manhã, além das botas para limpar.

Eu a beijei e estava me virando para partir quando ela me abraçou, como se nunca mais fosse me deixar ir. Eu acariciei seu cabelo.

— Vamos lá, querida, você está cansada por demais. Os afazeres domésticos foram demasiadamente extenuantes para você.

Ela afrouxou um pouco o abraço e respirou fundo.

— Não. Hoje tivemos um dia muito feliz, não foi, Jack? Não se demore muito.

— Não demorarei, minha amada.

Saí pela porta da frente, soltando-me de seu abraço. Que noite foi aquela! As massas irregulares de pesadas nuvens escuras rolavam em intervalos no horizonte, e finas guirlandas brancas cobriam as estrelas. Entre toda a agitação do rio de nuvens, a lua nadava, rompendo as ondas e desaparecendo novamente na escuridão. Quando vez ou outra sua luz alcançava os bosques, eles pareciam ondular lenta e silenciosamente no tempo com o balançar das nuvens sobre si. Havia uma estranha luz cinza sobre toda a terra; os campos estavam recobertos daquela florada de sombras, resultante apenas do casamento do orvalho e da luz da lua, ou da geada e da luz das estrelas.

O HOMEM DE MÁRMORE

Eu andava para cima e para baixo, absorvendo a beleza da terra tranquila e do céu oscilante. A noite estava absolutamente silenciosa. Nada parecia se mover. Não se viam coelhos apressados, nem se ouvia o gorjeio dos pássaros já semiadormecidos. E embora as nuvens atravessassem o céu, o vento que as impelia nunca baixara o suficiente para sacudir as folhas mortas nas trilhas do bosque. Do outro lado dos prados, podia ver a torre da igreja se erguendo em preto e cinza contra o céu. Caminhei por ali pensando em nossos três meses de felicidade e em minha esposa, em seus lindos olhos e seu jeito amoroso. Ah, minha menina! Só minha! Que visão tinha eu de uma vida longa e feliz para você e para mim, juntos!

Ouvi o sino soar na igreja. Já eram onze! Virei-me para entrar, mas a noite me deteve. Ainda não conseguia voltar para nossos pequenos aposentos aquecidos. Iria até a igreja. Tinha a vaga sensação de que seria bom levar meu amor e minha gratidão ao santuário onde tanta tristeza e alegria haviam sido suportadas pelos homens e mulheres das épocas já passadas.

Olhei para dentro pela janela baixa quando passei por ela. Laura estava recostada em sua poltrona em frente à lareira. Não conseguia ver seu rosto, apenas sua cabeça se mostrava, com os cabelos escuros, contra a parede azul-clara. Ela estava completamente imóvel. Sem dúvida, adormecera. Meu coração se inflou por ela, conforme eu seguia em meu caminho. Deveria haver um Deus, pensei, e um Deus que era bom. De outra forma, como poderia algo tão doce e amável quanto ela ser concebido?

Eu caminhava lentamente à margem do bosque. Um ruído quebrara o silêncio da noite, foi um barulho na mata. Parei e ouvi. O som também parou. Continuei e agora ouvira nitidamente outro passo, que não o meu, respondendo o meu caminhar como um eco. Provavelmente tratava-se de um caçador ou um ladrão de madeira, estes não eram incomuns em nossa bucólica vizinhança. Mas quem quer que fosse era um tolo, incapaz de se fazer menos perceptível ao caminhar. Entrei na mata, e agora os passos pareciam seguir pelo caminho que eu acabara de deixar. Pensei que devesse ser um eco. O bosque era perfeito ao luar. As grandes samambaias secas e o mato indicavam onde, através da folhagem delgada, os feixes da pálida luz surgiam. Os troncos das árvores se erguiam como colunas góticas à minha volta. Faziam-me lembrar a igreja, e tomei a trilha dos ataúdes, passando pelo portão do cemitério entre as sepulturas e até o baixo alpendre. Parei por um momento no banco de pedra onde eu e Laura tínhamos observado a paisagem desbotada. Depois, reparei que a porta da igreja estava aberta e culpei-me por tê-la deixado destrancada na noite anterior. Éramos as únicas pessoas que se importavam em ir à igreja, a não ser aos domingos, e me aborreci ao pensar que, por nosso descuido, o ar úmido do outono tivera a chance de entrar e danificar os tecidos antigos. Entrei. Pode parecer estranho talvez que eu tenha chegado ao meio do corredor antes de me lembrar, com um arrepio repentino, seguido de uma súbita sensação de desprezo por mim mesmo, que era precisamente naquele dia e naquela hora em que, de acordo com a tradição, as "figuras esculpidas como homens de mármore" ganhavam vida.

Tendo assim recordado da lenda com um arrepio, do qual me envergonhara, não pude fazer outra coisa senão subir até o altar, apenas para olhar para as figuras, como expliquei a mim mesmo. O que eu realmente queria era assegurar-me, primeiro, de que eu não acreditava na lenda e, segundo, de que ela não era verdadeira. Fiquei bastante satisfeito por ter ido até lá. Pensei que então poderia dizer à sra. Dorman como suas fantasias eram inúteis e como as figuras de mármore dormiam serenamente durante aquela temida hora. Com as mãos nos bolsos, subi pelo corredor. À luz cinzenta e fraca, o lado leste da igreja parecia maior que o habitual, e os arcos acima dos dois túmulos também pareciam maiores. A lua surgiu e mostrou-me o motivo. Parei depressa, meu coração deu um salto que quase me sufocou e depois se comprimiu com tal choque.

Os "corpos esculpidos em mármore" não estavam lá, e suas lápides de mármore estavam completamente vazias à tênue luz da lua que entrava pela janela do lado leste.

Eles tinham mesmo desaparecido? Ou eu estava louco? Com os nervos tensos, abaixei-me, passei a mão sobre as lápides lisas e senti sua superfície plana e imperturbada. Será que alguém os tirara de lá? Seria alguma brincadeira vil? De qualquer forma, eu iria me certificar. Num instante, tinha improvisado uma tocha com um jornal que por acaso estava em meu bolso e, ao acendê-lo, segurei-o bem alto acima da minha cabeça. Seu brilho amarelo iluminava os arcos escuros e as lápides. As figuras haviam desaparecido. E eu estava sozinho na igreja; ou será que estava?

E então um sentimento de horror tomou conta de mim, um horror indefinível e indescritível, uma certeza esmagadora de uma calamidade suprema e consumada. Apaguei a tocha e rompi pelo corredor, saindo pelo alpendre, mordendo os lábios enquanto corria para que não gritasse alto. Ah, estaria eu louco? O que era aquilo que me possuíra? Pulei o muro do adro da igreja e peguei o atalho que passava pelos campos, conduzido pela luz de nossas janelas. Assim que passei pelo primeiro degrau, uma figura obscura parecera brotar do chão. Ainda enlouquecido por aquela certeza de infortúnio, fui de encontro àquilo que se impunha em meu caminho, gritando:

— Saia da frente de uma vez!

Mas meu empurrão encontrara uma resistência mais vigorosa do que eu esperava. Apanharam-me pelos braços logo acima dos cotovelos e fui agarrado como se por uma morsa; o delgado médico irlandês foi quem me sacudiu.

— Vai fazer isso mesmo? — ele gritou, com seu sotaque próprio e inconfundível — Vai mesmo?

— Solte-me, seu tolo — arfei. — As figuras em mármore desapareceram da igreja. Estou dizendo, desapareceram!

Ele deu uma gargalhada.

— Estou vendo que terei que pagar-lhe uma dose amanhã. Já fumou demais e esteve ouvindo velhas histórias de sua esposa.

— Estou dizendo, vi as lápides vazias.

— Ora, volte comigo. Estou a caminho da casa do velho Palmer, a filha dele está doente. Damos uma olhada na igreja para eu ver as lápides vazias.

— Vá você se quiser — falei, um pouco menos agitado por conta de sua risada. — Vou para casa, para minha esposa.

— Bobagem, homem — ele respondeu. — Acha que vou deixar? E vai passar o resto da vida dizendo ter visto figuras de mármore sólido ganharem vida, enquanto eu passarei a vida dizendo que você foi um covarde? Não, senhor, não mesmo.

O ar noturno, aquela voz humana, talvez mesmo o contato físico com seu um metro e oitenta de bom senso, me trouxeram de volta um pouco ao meu normal, e a palavra "covarde" foi uma ducha de água fria para minha mente.

— Vamos, então — respondi, amuado. — Talvez você esteja certo.

Ele ainda segurava meu braço com firmeza. Descemos o degrau e voltamos à igreja. Tudo ainda estava imóvel como a morte. O lugar tinha um cheiro úmido e de terra. Caminhamos até o altar. Não tenho vergonha de confessar que fechei os olhos: eu sabia que as figuras não estariam lá. Ouvi Kelly acender um fósforo.

— Aí estão eles, está vendo? Bem aí. Você estava sonhando ou estava bebendo, que me perdoe a acusação.

Abri os olhos. Com a luz do fósforo de Kelly, que se apagava, vi duas figuras "em seu corpo de mármore" em suas lápides. Respirei fundo e tomei sua mão.

— Devo muito a você — disse-lhe. — Deve ter sido algum truque da luz, ou devo estar trabalhando demais, talvez seja isso. Sabe, eu estava bastante convencido de que eles tinham saído daí.

— Estou ciente disso — ele respondeu de forma um tanto dura.

— Você terá que tomar cuidado com essa sua mente, meu amigo, isso lhe asseguro.

Ele estava inclinado, olhando para a figura da direita, cujo rosto pétreo era o mais vil e com a expressão mais funesta.

— Por Deus! — exclamou. — Alguma coisa aconteceu aqui, esta mão está quebrada.

E de fato estava. Tinha certeza de que estava intacta da última vez que Laura e eu tínhamos estado lá.

— Talvez alguém tenha tentado removê-los — cogitou o jovem médico.

— Isso não explica o que imaginei — protestei.

— Tinta e tabaco em excesso, isso é o que explica. Mais do que bem.

— Vamos — continuei — ou minha esposa ficará angustiada. Entre comigo, bebamos um pouco do uísque pela minha confusão com os fantasmas e para que meu juízo melhore.

— Preciso ir até o velho Palmer, mas está tarde demais agora, melhor deixar para amanhã de manhã — ele respondeu. — Atrasei-me por conta do sindicato e precisei visitar muitos pacientes depois disso. Está certo, eu vou com você.

Acho que ele imaginava que eu precisava mais dele do que a filha do Palmer, então, discutindo como tal ilusão podia ocorrer e tirando dessa experiência vastas generalidades sobre aparições fantasmagóricas, caminhamos até a cabana. Vimos, ao subir pelo jardim, que uma luz forte brotava pela porta da frente, e logo notamos que ela estava aberta. Laura teria saído?

— Entre — disse, e o dr. Kelly me seguiu até a sala de estar. O lugar inteiro estava iluminado por velas, não só as de cera, mas por pelo menos uma dúzia a mais de velas de sebo reluzentes e que derretiam, enfiadas em vasos e ornamentos, nos lugares mais improváveis. A luz, eu bem sabia, era o remédio de Laura contra seu nervosismo. Pobrezinha! Por que eu a deixara ali? Era um bruto.

Olhamos pelo cômodo e, a princípio, não a vimos. A janela estava aberta, e a corrente de ar fez com que todas as velas soprassem em um só sentido. Sua poltrona estava vazia, e seu lenço e o livro estavam no chão. Virei-me para a janela. Apoiado ali, eu a vi. Ah, minha menina, meu amor, teria ela ido até aquela janela para me esperar? E o que entrara no cômodo atrás dela? O que encarara com aquele olhar de medo desesperado e horrorizado? Ah, minha pequenina, teria ela pensado que eram meus passos que ouvira e teria se virado para se encontrar... o quê?

Ela caíra sobre uma mesa junto à janela, e seu corpo jazia metade sobre a mesa e metade sobre o banco da janela, a cabeça estava dependurada por cima da mesa, os cabelos castanhos soltaram-se e arrastavam-se no tapete. Seus lábios estavam retraídos, e os olhos completamente arregalados. Eles não viam mais nada agora. Qual terá sido a última coisa que viram?

O médico chegou perto dela, mas eu o afastei e corri em sua direção, a peguei nos braços e chorei...

— Está tudo bem, Laura! Eu vou protegê-la, minha esposa.

Ela caiu em meus braços de uma só vez. Eu a abracei e a beijei, chamei-a por todos os seus apelidos carinhosos, mas acho que sabia o tempo todo que ela estava morta. Suas mãos estavam cerradas com força. Numa delas, ela segurava algo com firmeza. Quando tive a certeza de que estava morta, e que nada mais importava, deixei-o abrir-lhe a mão para ver o que ela agarrava.

Era um dedo de mármore cinza.

EDITH NESBIT

O MISTÉRIO DA CASA GEMINADA

1893

Eventos enigmáticos se desenrolam em uma adorável casa geminada em uma incomum noite fria. Uma porta aberta para um quarto escuro revela algo inexplicável. Teria sido uma visão?

Ele esperava por ela. Estivera esperando havia uma hora e meia numa das ruas cobertas de poeira dos subúrbios, com uma fileira de enormes elmos de um lado e algumas áreas possivelmente em construção do outro. Mais ao longe, na direção sudoeste, viam-se as brilhantes luzes amarelas do Crystal Palace. A rua não se assemelhava a uma via rural, era calçada e tinha postes de iluminação, não se tratava de maneira alguma de um lugar ruim para um encontro. Mais para cima, em direção ao cemitério, o cenário era bastante bucólico, quase bonito, especialmente ao entardecer. Mas o crepúsculo já se transformara em noite fazia um bom tempo, e ainda ele esperava.

Ele a amava, e o compromisso do casamento já fora firmado, mesmo diante da completa reprovação de cada pessoa razoável consultada. Esse encontro semiclandestino hoje substituiria a reunião semanal concedida a contragosto. Isso porque certo tio abastado visitaria sua casa, e a mãe dela não era mulher de reconhecer um tio endinheirado, que poderia "bater as botas" a qualquer momento, uma união tão profundamente inelegível quanto a da filha e este rapaz.

Assim, ele esperava por ela, e o frio da noite de maio excepcionalmente severa penetrava em seus ossos.

Um policial passara por ele apenas para responder rudemente ao seu "boa-noite". Os ciclistas cruzavam o caminho como fantasmas cinzentos, com chifres criados pela neblina. Eram quase dez horas, e ela não chegara.

Ele deu de ombros e se virou, com a intenção de voltar à sua residência. O caminho o faria passar pela casa dela, uma cômoda e agradável casa geminada. Ao se aproximar do local, diminuiu o passo. Ela poderia, mesmo agora, estar de saída. Não estava. Não havia nenhum sinal de movimento na casa, nenhum sinal de vida, até as janelas estavam escuras. E sua família não era de acordar cedo.

Ele parou próximo ao portão, ponderando.

Então, notou a porta da frente aberta, na verdade, escancarada, com o poste da rua iluminando o caminho para dentro da sala escura. Havia algo em toda essa cena que não o agradava e que, de fato, o assustava. A casa tinha um ar sombrio e deserto. Era obviamente impossível que abrigasse um tio abastado. O velho devia ter ido embora cedo. Nesse caso...

Ele percorreu a trilha de azulejos vitrificados e parou para ouvir. Nenhum sinal de vida. Passou para dentro da sala. Não havia luz alguma. Onde estariam todos? E por que a porta da frente estaria aberta? Não havia ninguém na sala de visitas, e a sala de jantar e o escritório, um cômodo de três por dois metros, estavam igualmente vazios. Era evidente que todos haviam saído. Porém, a desagradável sensação de que ele talvez não fosse o primeiro visitante casual a adentrar aquele recinto o impelia a examinar melhor a casa antes de ir embora e fechar a porta atrás de si. Então, dirigiu-se ao andar de cima e, à porta do primeiro quarto com o qual se deparou, acendeu um fósforo, como fizera na sala de estar. Mesmo ao fazer isso, sentiu que não estava sozinho. Estava preparado para ver *alguma coisa*; mas não para o que de fato viu. Isso porque o que ele viu era uma figura deitada na cama, em uma camisola branca e folgada: era sua amada, com a garganta cortada de orelha a orelha. Ele não sabe até agora o que aconteceu em seguida, nem como desceu as escadas e chegou à rua, mas chegara ali de alguma forma. Um policial o avistou em meio a um ataque de nervos, sob o poste, na esquina da rua. Ele não conseguia falar quando o apanharam e teve que passar a noite dentro de uma cela na delegacia, isso porque o policial já vira muitos bêbados antes, mas nunca um tendo um ataque de nervos.

Na manhã seguinte, ele se sentia melhor, embora ainda estivesse bastante pálido e agitado. Todavia, a história que contara ao magistrado fora convincente, e alguns policiais o acompanharam até a casa de sua amada.

Não havia nenhuma multidão cercando o local como ele imaginara que haveria, e as persianas não estavam abaixadas.

Parado e atordoado em frente à porta da casa, viu ela se abrir, e sua amada surgir.

Ele se agarrou à ombreira da porta para não cair.

— *Ela* está bem, vê? — disse o policial que o havia encontrado sob o poste da rua. — Eu disse que você estava bêbado, mas *é claro* que você não daria o braço a torcer.

Quando estavam a sós, ele contou a ela não tudo, pois tudo não suportaria dizer, mas como havia entrado na cômoda casa geminada, e como encontrara a porta aberta e as luzes apagadas, e como estivera naquele comprido quarto dos fundos, de frente para a escada, e ali avistara algo — algo que, mesmo tentando desviar o olhar, o deixara enjoado e o fizera correr escada abaixo, precisando de uma dose de conhaque para se acalmar.

— Mas, meu querido — explicou ela. — Ouso dizer que a casa estava escura porque estávamos todos no Crystal Palace com meu tio, e é claro que a porta estava aberta, as criadas *sempre* saem às pressas se as deixarmos. Mas você não pode ter estado naquele quarto, porque eu o tranquei quando saí, e a chave estava em meu bolso. Eu me vesti às pressas e deixei todos os meus trajes jogados.

— Eu sei — ele retrucou. — Vi um lenço verde sobre a poltrona, longas luvas marrons, uma variedade de grampos e fitas, um livro de orações, além de um lenço de renda na penteadeira. Ora, eu notei até mesmo o calendário sobre a lareira: 21 de outubro. Não poderia estar certo, uma vez que estamos em maio. Ainda assim, é o que mostrava. Seu calendário marca 21 de outubro, não?

— Não, é claro que não — ela respondeu, sorrindo um tanto ansiosa. — Mas todo o resto estava exatamente como você descreveu. Deve ter sido um sonho, uma visão, ou algo que o valha.

Ele era um jovem da cidade, muito simples e banal, que não acreditava em visões e não descansou um segundo até conseguir tirar sua amada e a mãe daquela cômoda casa geminada, as acomodando em um bairro bem distante do subúrbio. Durante o curso de tal empreitada, ele acabou se casando com ela, e a mãe continuou vivendo com os dois.

Seus nervos devem ter ficado um tanto abalados, pois ele permaneceu estranho por um longo tempo e não deixava de perguntar a todo momento se alguém havia ocupado a agradável casa geminada. Quando um velho corretor e sua família se mudaram para lá, ele se deu ao trabalho de ligar para o cavalheiro e implorar por tudo o que lhe era mais sagrado para que ele não fosse morar naquela casa funesta.

— Por quê? — perguntou o corretor, naturalmente.

Seus argumentos foram tão vagos e confusos, ao mesmo tempo tentando explicar o motivo e tentando não explicar, que o corretor lhe pediu que se retirasse e agradeceu a Deus por não ser tão tolo a ponto de permitir que um lunático impedisse que ele se mudasse para aquela casa geminada, extremamente barata e agradável.

Agora, a parte verdadeiramente curiosa e um tanto inexplicável desta história é que, quando a jovem esposa desceu para tomar seu café na manhã do dia 22 de outubro, encontrou o marido branco como um fantasma e com o jornal matutino em mãos. Ele buscou a mão dela, sem conseguir falar, apenas apontando para o jornal. Nele, ela leu que, na noite de 21 de outubro, uma jovem, a filha do corretor, fora encontrada com a garganta cortada de orelha a orelha, na cama do longo quarto dos fundos que dava de frente para a escada daquela adorável casa geminada.

EDITH NESBIT

O ROMANCE DO TIO ABRAHAM

1893

Embora tio Abraham tenha sempre sido mal-ajeitado, pode dizer que viveu um romance, até ele ser interrompido por uma enfermidade. Será que viver é o termo certo para se referir a esta história?

— Não, meu querido — tio Abraham me respondeu. — Não, nada de romântico jamais aconteceu comigo... a menos que... não: aquilo também não foi um romance...

Eu era um romântico. Para mim, aos dezoito anos, o romance significava o mundo. Meu tio Abraham era velho e mal-ajeitado. Segui a direção de seus olhos esmorecidos, e os meus pousaram sobre um retrato em miniatura pendurado do lado direito de sua poltrona, o retrato de uma mulher, cuja beleza até mesmo a pintura em miniatura tinha sido incapaz de disfarçar: uma mulher com grandes olhos brilhantes e um rosto ovalado irretocável.

Eu me levantei para observar a miniatura. Já a vira uma centena de vezes. Com frequência, nos meus dias de menino, perguntava "Quem é essa, tio?", sempre para receber a mesma resposta: "Uma jovem que morreu há muito tempo, meu querido".

Enquanto observava mais uma vez o retrato, perguntei:

— Era ela?

— O quê?

— Seu... seu romance!

Tio Abraham me olhou, ponderando.

— Sim — disse por fim. — Um romance e tanto.

Sentei-me no chão, próximo a ele:

— Conte-me mais sobre ela.

— Não há nada a contar — desconversou. — Acho que foi fantasia, em grande parte, e loucura. Mas foi a coisa mais real que aconteceu em toda a minha longa vida, meu querido.

Ele fez uma longa pausa. Mantive-me em silêncio. "Não se deve colocar a carroça na frente dos bois" é um bom lema, especialmente quando se trata dos mais velhos.

— Lembro-me... — finalmente disse o idoso, em um tom sonhador, indicando aos ouvidos alheios que estavam por se deleitar com uma história. — Lembro-me que, quando jovem, eu era de fato um tanto solitário. Nunca tive uma namorada. Sempre fui mal-ajeitado, meu querido, desde menino; e as moças riam-se de mim.

Ele suspirou e então continuou...

— Assim passei a vagar sozinho em lugares isolados, e um dos meus passeios favoritos era subir até o cemitério, que ficava no alto de uma colina no meio do pântano. Gostava de lá, pois nunca encontrava ninguém. Tudo acabou, anos atrás. Eu era um rapaz tolo, mas não suportava, nas noites de verão, ouvir os ruídos e sussurros vindos do outro lado da sebe, ou talvez um beijo ao passar por lá.

"Bem, eu costumava ir até lá e me sentava sozinho no cemitério, cujo ar era sempre doce, com o aroma do tomilho, e o lugar também estava sempre bem iluminado, tão alto na colina, mesmo muito tempo depois de escurecer no pântano. Eu costumava observar os morcegos alvoroçados sob a luz avermelhada e me perguntava por que Deus não havia feito todos os seres com pernas longas e fortes e outras bobagens como esta. Mas, antes que escurecesse totalmente, já havia me desvencilhado desses pensamentos, por assim dizer, e podia ir para casa com calma fazer minhas preces sem qualquer amargor.

"Ora, numa noite quente de agosto, após ver o sol desaparecer no horizonte e a lua crescente adquirir tons dourados, eu tinha acabado de pular a baixa mureta de pedra do cemitério quando ouvi um barulho atrás de mim. Virei-me, esperando que se tratasse de um coelho ou um pássaro. Era uma mulher."

Ele olhou para o retrato. Eu também.

— Sim — continuou —, esse era seu rosto. Eu fiquei um pouco assustado e disse-lhe algo, não sei bem o quê. Ela riu e me perguntou se achava que ela era um fantasma. Eu respondi, e ficamos conversando próximos ao muro do cemitério até escurecer. Durante todo o caminho para casa, vaga-lumes se espalhavam pela grama úmida.

"Na noite seguinte, eu a vi novamente, assim como nas noites posteriores. Sempre ao anoitecer. E, se eu passava por qualquer casal de amantes recostados em algum lugar ao longo do pântano, já não me incomodava em nada."

Meu tio fez mais uma pausa.

— Isso faz muito tempo — disse vagarosamente —, e sou um velho agora, mas sei o que significa a juventude e a felicidade, embora sempre tenha sido mal-ajeitado e as garotas riam-se de mim. Não sei por quanto tempo isso se estendeu, não contamos a passagem do tempo quando estamos sonhando. Mas, por fim, seu avô disse-me que minha aparência não andava das melhores e que ele me mandaria para passar um tempo com nossos parentes em Bath, para me beneficiar das termas. Tive que ir. Não podia explicar ao meu pai por que preferiria morrer a ir.

— Qual era o nome dela, tio? — indaguei.

— Ela nunca me disse seu nome, e por que deveria? Havia uma infinidade de nomes em meu coração pelos quais poderia chamá-la. Casamento? Meu querido, mesmo naquela época, eu sabia que o casamento não era para mim. Mas eu a encontrava noite após noite, sempre no nosso cemitério, onde ficavam os teixos e as lápides cobertas de musgo. Era ali que sempre nos encontrávamos e depois nos separávamos. A última vez foi na noite antes de eu partir. Ela estava muito triste e mais bela do que a própria vida. Ela disse-me:

"'Se você voltar antes da lua nova, eu o encontrarei aqui como de costume. Mas se a lua nova brilhar sobre esta sepultura e você não estiver aqui, nunca mais me verá.'

"Ela apoiou a mão sobre o túmulo coberto de um líquen amarelo contra o qual nos encostávamos. A pedra era antiga e fora desgastada pelo tempo e continha a seguinte inscrição:

"Susannah Kingsnorth,
Ob. 1713."

"'Eu estarei aqui', assegurei a ela. 'Estou falando sério', continuou a mulher, com uma seriedade profunda e repentina. 'Não se trata de tolice. Você estará aqui quando a lua nova brilhar?'

"Eu prometi e, após algum tempo, nos despedimos.

"Eu estava com meus parentes em Bath havia quase um mês. No dia seguinte, partiria para casa, quando, ao mexer em uma caixa numa das salas, encontrei aquela miniatura. Fiquei atônito por um minuto. Finalmente perguntei, com a boca seca e o coração na garganta:

"'Quem é esta?'

"'Esta?', disse minha tia. 'Ah, ela foi prometida a um de nossos familiares há muitos anos, mas morreu antes do casamento. Dizem que era um pouco bruxa. Linda, não?'

"Olhei novamente para o rosto, os lábios, os olhos da minha querida e amada, a quem eu deveria encontrar na noite seguinte, quando a lua nova brilhasse sobre aquela sepultura em nosso cemitério."

— Você disse que ela está morta? — perguntei a meu tio, e quase não reconheci minha própria voz.

— Há muitos anos! O nome dela está na parte de trás, junto com a data de seu óbito...

Tirei o retrato de seu leito de veludo vermelho desbotado e li na parte de trás: "SUSANNAH KINGSNORTH, Ob. 1713".

— Isso foi em 1813 — meu tio concluiu.

— O que aconteceu? — perguntei sem fôlego.

— Creio que devo ter tido um ataque de nervos — ele respondeu calmamente. — De qualquer forma, eu estava muito doente.

— E você perdeu a lua nova na sepultura?

— Perdi a lua nova na sepultura.

— E nunca mais a viu?

— Nunca mais a vi...

— Mas, tio, você realmente acredita...? Os mortos podem...? Ela... você...?

Meu tio pegou seu cachimbo e o abasteceu.

— Faz muito tempo — disse. — Há muitos e muitos anos. É uma história de um homem velho, meu querido! Só uma história de um homem velho! Não dê atenção a isso.

Ele acendeu o cachimbo, tragou em silêncio por um momento e depois concluiu:

— Mas sei o que significa a juventude e a felicidade, embora fosse mal-ajeitado, e as garotas riam-se de mim.

EDITH NESBIT

O CASAMENTO DE JOHN CHARRINGTON

1891

As bodas de John e May são ameaçadas quando o jovem é chamado às pressas pelo padrinho em seu leito fúnebre. Neste conto de suspense, conseguirá a morte os separar?

Ninguém nunca acreditou que May Forster se casaria com John Charrington, mas ele acreditava o contrário, e as coisas que John Charrington desejava tinham um estranho jeito de se tornarem realidade. Ele a pediu em casamento antes de partir para Oxford. Ela riu e rejeitou seu pedido. Novamente, ele lhe propôs casamento quando voltou para casa. E de novo ela riu, jogou para o lado seu delicado cabelo loiro e mais uma vez recusou. Ele pediu uma terceira vez; ela respondeu que aquilo estava se tornando sem dúvida um mau hábito e riu dele mais do que nunca.

John não era o único que desejava se casar com ela: tratava-se da dama mais bela de nosso vilarejo, e todos, em maior ou menor grau, éramos apaixonados por ela, era como se fosse uma espécie de modismo, como as gravatas cor de lavanda ou as capas de inverno. Sendo assim, ficamos tão irritados quanto surpresos quando John Charrington adentrou nosso pequeno clube local – lembro-me de nos encontrar em um salão acima do celeiro – e nos convidou para seu casamento.

— Seu casamento?

— Não está falando sério.

— Quem é a garota de sorte? Quando vai ser?

John Charrington abasteceu seu cachimbo e o acendeu antes de responder. E então disse:

— Sinto muito por privá-los de sua única diversão, mas a srta. Forster e eu nos casaremos em setembro.

— Não está falando sério.

— Ele foi rejeitado de novo, e isso mexeu com sua cabeça.

— Não — falei, levantando-me. — Vejo que é verdade. Alguém me empreste uma pistola... ou uma passagem de primeira classe para o outro lado do fim do mundo. Charrington enfeitiçou a única bela dama em um raio de 30 quilômetros. Foi hipnotismo ou uma poção de amor?

— Nenhum dos dois, senhor, mas um dom que vocês jamais terão: perseverança e a maior sorte que um homem já teve neste mundo.

Havia algo em sua voz que me silenciou, e toda provocação dos demais companheiros deixou de o incomodar.

O estranho nisso tudo foi que, quando parabenizamos a srta. Forster, ela corou e sorriu, evidenciando suas covinhas, parecendo apaixonada por ele, como se assim estivesse durante toda a vida. E juro que acredito que estivera. As mulheres são criaturas estranhas.

Fomos todos convidados para o casamento. Em Brixham, todos que tinham alguma relevância se conheciam. Minhas irmãs estavam, acredito sinceramente, mais interessadas no enxoval do que a própria noiva, e eu seria o padrinho. O casamento iminente era muito discutido nas mesas de chá da tarde e em nosso pequeno clube sobre o celeiro, sempre com a mesma pergunta:

— Ela gosta dele?

Costumava me fazer a mesma pergunta no início do noivado, mas, após certa noite de agosto, nunca mais duvidei. Estava voltando para casa do clube, passando pelo cemitério. A igreja ficava no alto de uma colina em um campo de tomilho, e a relva ao redor era tão grossa e macia que nunca se podia ouvir os passos de ninguém.

Não fiz barulho algum ao me aproximar do muro baixo recoberto de líquen e ao abrir caminho entre os túmulos. Foi nesse mesmo instante que ouvi a voz de John Charrington e a vi. May estava sentada sobre uma lápide baixa e plana, seu rosto voltado para o pleno esplendor do sol ao oeste. Sua expressão eliminou, de uma vez por todas, qualquer dúvida de seu amor por ele; seu rosto estava transfigurado, com uma beleza que eu não acreditava ser possível, mesmo para ela.

John estava deitado aos seus pés, e foi sua voz que rompeu o silêncio daquele entardecer dourado de agosto.

— Minha querida, minha querida, acho que eu voltaria dos mortos se você me quisesse!

Pigarreei imediatamente para indicar minha presença e passei das sombras para a parte totalmente iluminada.

O casamento ocorreria no início de setembro. Dois dias antes, tive que ir até a cidade a negócios. O trem, é claro, estava atrasado, já que estávamos no Sudeste. Enquanto resmungava com o relógio em mãos, quem eu vejo, senão John Charrington e May Forster? Eles andavam para cima e para baixo na extremidade mais vazia da plataforma, de braços dados, olhando nos olhos um do outro, sem se preocupar com o interesse simpático dos carregadores.

É claro que não hesitei nenhum momento antes de me dirigir imediatamente à bilheteria, e, só quando o trem encostou na plataforma, foi que passei pelo casal de maneira obstinada com a minha maleta em mãos e sentei-me em um canto da primeira classe do vagão para fumantes. Fiz isso tentando passar, da melhor forma que podia, a impressão de que não os vira. Orgulho-me da minha discrição, mas, se John fosse viajar sozinho, sua companhia me agradaria. E ela seria garantida.

— Olá, meu velho — ouvi sua voz alegre enquanto ele enfiava a mala no compartimento acima do meu assento. — Estou com sorte, estava esperando uma viagem tediosa!

— Para onde está indo? — perguntei, a discrição ainda me obrigando a desviar o olhar, embora tenha visto sem querer que os olhos dela estavam vermelhos.

— Até o velho Branbridge — respondeu, fechando a porta e se inclinando para fora, para uma última palavra com sua amada.

— Ah, gostaria que você não fosse, John — ela dizia com um tom de voz baixo e sério. — Estou com a sensação de que algo certamente acontecerá.

— Você acha que eu deixaria algo acontecer e me deter sendo que nosso casamento é depois de amanhã?

— Não vá — ela respondeu, com uma intensidade suplicante que me teria feito descer de vez à plataforma, de mala em mãos e tudo. Mas ela não se dirigia a mim. John Charrington era diferente; ele raramente mudava de opinião, e nunca se podia convencê-lo quando estava resoluto.

Ele apenas acariciou as pequenas mãos sem luva que repousavam sobre a porta do vagão.

— Devo ir, May. O velho foi incrivelmente bom comigo, e agora que está morrendo devo ir vê-lo, mas voltarei a tempo do... —

O restante da despedida se perdeu, abafado por um suspiro e pela guinada do trem que se preparava para sair.

— Você voltará, com certeza? — disse ela enquanto o trem se movia.

— Nada me deterá — ele respondeu; e nosso trem partiu. Após conseguir ver o último resquício da pequena figura de sua noiva na plataforma, ele se encostou em seu canto e ficou em silêncio por um momento.

Quando se dirigiu a mim, foi para explicar que seu padrinho, de quem era herdeiro, encontrava-se em seu leito de morte em Peasmarsh Place, a cerca de 80 quilômetros dali, e que havia solicitado a presença de John, que se sentiu obrigado a ir.

— Certamente voltarei até amanhã — concluiu. — Ou então no dia seguinte, bem a tempo. Ainda bem que hoje em dia não é mais necessário acordar no meio da noite para se casar!

— E caso o sr. Branbridge venha a falecer?

— Vivo ou morto, eu me casarei na quinta-feira! — John respondeu, acendendo um charuto e abrindo o *Times*.

Na estação em Peasmarsh, nós nos despedimos e ele desembarcou, e eu o vi partir. Segui viagem até Londres, onde pernoitei.

Quando cheguei em casa, na tarde seguinte, uma tarde um tanto úmida por sinal, minha irmã me recebeu, inquisitiva:

— Onde está o sr. Charrington?

— Sabe Deus! — respondi com irritação. Todo homem, desde Caim, se ressente desse tipo de pergunta.

— Pensei que você pudesse saber algo sobre ele — ela continuou —, já que será seu padrinho amanhã.

— Ele ainda não voltou? — perguntei, pois esperava seguramente encontrá-lo em casa.

— Não, Geoffrey. — Minha irmã Fanny tinha a mania de tirar conclusões precipitadas, principalmente conclusões que não eram nem um pouco favoráveis às demais criaturas. — Ele não voltou e, se quer saber, pode confiar que não voltará. Escreva o que estou dizendo, não haverá casamento algum amanhã.

Minha irmã Fanny tem uma capacidade de me irritar que nenhum outro ser humano tem.

— Escreva o que estou dizendo — repliquei com aspereza —, é melhor você parar de se passar por uma completa idiota. Amanhã acontecerá o casamento mais memorável que você já viu. — Uma profecia que, de fato, se cumpriu.

Mas, embora eu pudesse rosnar confiante diante de minha irmã, não me senti tão à vontade quando, tarde naquela noite, eu, parado à porta da casa de John, ouvi dizer que ele não retornara. Voltei para casa melancólico em meio à chuva. A manhã seguinte trouxe consigo um céu azul luminoso, a luz dourada do sol e toda a doçura do ar e beleza das nuvens, tudo que faz com que um dia seja perfeito. Acordei com a vaga sensação de ter ido para a cama ansioso e de estar bastante avesso a enfrentar tal ansiedade à luz do despertar.

Mas, ao me barbear, recebi notícias de John que me aliviaram e me fizeram chegar à casa dos Forster com o coração mais leve.

May estava no jardim. Notei seu vestido azul por entre as malvas quando os portões da propriedade se fecharam atrás de mim. Por esse motivo, não me dirigi a casa e, em vez disso, virei-me e segui o caminho no gramado.

— Ele também lhe escreveu — disse ela sem nem ao menos cumprimentar-me quando me pus ao seu lado.

— Sim, eu o encontrarei na estação às três e seguiremos diretamente à igreja.

Seu rosto estava pálido, mas havia um brilho nos olhos e uma tenra trepidação nos lábios que revelavam uma felicidade renovada.

— O sr. Branbridge lhe implorou que ficasse mais uma noite, e ele não teve como recusar — continuou. — Ele é tão gentil, mas queria que não tivesse ficado.

Às duas e meia, eu já me encontrava na estação. Estava um tanto irritado com John. Parecia um bocado de leviandade de sua parte para com aquela bela garota o fato de que ele chegaria sem fôlego e coberto de poeira da viagem para tomar sua mão, mão essa a que alguns de nós daríamos os melhores anos de nossas vidas para receber em casamento.

Mas, quando o trem das três chegou e partiu outra vez sem deixar nenhum passageiro em nossa singela estação, senti-me mais do que irritado. O outro trem chegaria apenas em trinta e cinco minutos. Calculei que, com muita pressa, conseguiríamos chegar à igreja a tempo para a cerimônia; mas que tolice perder aquele primeiro trem! Que outro homem senão ele poderia ter feito isso?

Aqueles trinta e cinco minutos pareceram um ano, enquanto eu perambulava pela estação lendo os anúncios e os horários, os estatutos da ferrovia, e ficando cada vez mais irritado com John Charrington. Essa confiança em seu próprio poder de conseguir tudo o que queria no momento em que queria o estava levando longe demais. Odeio esperar. Todos odeiam, mas acredito odiar mais do que qualquer outra pessoa. O trem das três e trinta e cinco, é claro, estava atrasado.

Apertei o cachimbo entre os dentes e andava de um lado para o outro com impaciência enquanto observava o sinaleiro. Clique. O sinal abaixou. Cinco minutos depois, atirei-me para dentro da carruagem que trouxera para John.

— À igreja! — ordenei, enquanto alguém fechava a porta. — O sr. Charrington não veio neste trem.

A ansiedade agora tomara o lugar da raiva. O que acontecera com aquele homem? Será que ficara doente de repente? Nunca ouvi dizer de nenhum dia em sua vida em que ele estivera enfermo. E, mesmo assim, ele poderia ter telegrafado. Algum terrível acidente deveria ter lhe ocorrido. A ideia de que ele a tivesse enganado nunca, nem por um segundo, passou pela minha cabeça. Sim, algo horrível lhe acontecera, e sobre mim recaía a tarefa de contar à sua noiva.

Quase desejei que a carruagem quebrasse e me partisse a cabeça para que outra pessoa tivesse que dizer a ela, e não eu, que... ah, mas isso não vem ao caso agora.

Eram cinco para as quatro quando nos aproximamos do portão da igreja. Uma fila dupla de ávidos curiosos se estendia desde o pórtico ao alpendre. Saltei da carruagem e passei por entre eles. Nosso jardineiro encontrava-se na frente, próximo à porta. Detive-me.

— Eles ainda estão esperando, Byles? — indaguei, apenas para ganhar tempo, porque certamente sabia que estavam, julgando pela atitude atenta da multidão.

— Esperando, senhor? Não, não, senhor. Ora, já deve ter terminado a essa altura.

— Terminado? Então o sr. Charrington chegou?

— Bem a tempo, senhor. Deve ter se desencontrado do senhor de algum jeito e, devo dizer, senhor — baixando a voz —, nunca vi o sr. John desse jeito antes. Minha opinião é que ele deve ter bebido. Suas roupas estavam cheias de poeira, e o rosto, pálido como um lençol. Estou dizendo, não gostei nem um pouco de sua aparência, e o povo lá dentro está fazendo todo tipo de comentário. Você verá, algo aconteceu de muito ruim com o sr. John, e ele andou bebendo. Decerto parecia um fantasma. Entrou na igreja com o olhar compenetrado, sem nem ao menos nos ver ou trocar uma palavra com nenhum de nós... logo ele, que sempre foi um cavalheiro!

Nunca tinha ouvido Byles se estender tanto. A multidão no adro da igreja conversava entre sussurros e preparava o arroz e as flores para lançar aos noivos. Os sineiros estavam prontos com as cordas em mãos para fazer tocar o sino quando os noivos saíssem.

Um murmúrio vindo da igreja os anunciou; eles saíram. Byles estava certo. John Charrington não parecia ser ele mesmo. O paletó estava coberto de poeira e o cabelo totalmente desgrenhado. Ele parecia ter saído de uma briga, pois tinha um roxo acima da sobrancelha. Estava pálido como um cadáver. Mas sua palidez não era maior do que a da noiva, que podia ter sido esculpida em marfim, do vestido ao véu, às flores de laranjeira, ao rosto e tudo mais.

Quando passaram, os sineiros recuaram, estavam em seis. E então os ouvidos que esperavam um alegre badalar nupcial se surpreenderam ao ouvir o melancólico sino fúnebre. Um calafrio de terror com tal brincadeira tão insensata dos sineiros se abateu por todos nós. Mas os próprios sineiros soltaram suas cordas e fugiram como coelhos em direção à luz do sol. A noiva estremeceu, e sombras cinzentas pareciam tomar sua boca. O noivo a conduzia pelo caminho, onde as pessoas esperavam com os punhados de arroz; porém os punhados nunca foram jogados, e os sinos nupciais nunca tocaram. Em vão, exigiu-se que os sineiros corrigissem seu erro: eles protestaram com muitas exclamações sussurradas de que preferiam, em vez disso, sair logo dali.

Em silêncio sepulcral, o casal de noivos entrou na carruagem, batendo a porta atrás de si.

Então, desataram-se as línguas. Uma torre de babel de comentários cheios de raiva, surpresa e conjectura por parte dos convidados e dos espectadores.

— Se tivesse visto seu estado — afirmou o velho Forster a mim enquanto saímos dali em outra carruagem —, o teria atirado ao chão da igreja, senhor, por Deus que sim, antes de deixá-lo desposar a minha filha!

Em seguida, colocou a cabeça para fora da janela.

— Dirija como o diabo — gritou ao cocheiro. — Não poupe os cavalos.

Sua ordem foi seguida. Ultrapassamos a carruagem nupcial. Detive-me em olhar para ela, e o velho Forster virou a cabeça na direção oposta e praguejou. Chegamos a casa antes dos noivos.

Ficamos parados no corredor sob o sol escaldante da tarde e, cerca de meio minuto depois, ouvimos as rodas esmagarem o cascalho.

Quando a carruagem parou em frente aos degraus, o velho Forster e eu corremos para baixo.

— Por Deus, a carruagem está vazia! Mas...

Abri a porta em um instante e isso foi o que vi: nenhum sinal de John Charrington. Quanto a May, sua esposa, assemelhava-se mais a um amontoado de cetim branco, largada entre o assento e o chão da carruagem.

— Vim direto para cá, senhor — explicou o cocheiro enquanto o pai da noiva a tirava dali. — E juro que ninguém saiu da carruagem.

Nós a carregamos para dentro da casa em seu vestido de noiva e lhe tiramos o véu. Vi seu rosto. Será que um dia conseguirei esquecer? Pálido, pálido e transfigurado pela agonia e o horror, com um olhar de terror que jamais vi, exceto em sonhos. E seus cabelos, seus radiantes fios loiros, eu os digo, haviam se tornado brancos como a neve.

Estávamos ali parados, seu pai e eu, quase enlouquecendo com o horror e o mistério daquilo tudo, quando um garoto se aproximou vindo da avenida: era um mensageiro. Ele me entregou o envelope laranja. Eu o rasguei para abri-lo.

Sr. Charrington foi arremessado para fora da carruagem a caminho da estação às treze e trinta. Morto na mesma hora!

E ele se casou com May Forster na igreja paroquial às *quinze e trinta*, na presença de metade da paróquia.

"Vivo ou morto, eu me casarei na quinta-feira!"

O que aconteceu naquela carruagem no caminho até a casa? Ninguém sabe, ninguém nunca saberá. Ah, May! Ah, minha querida!

Antes de completar uma semana do ocorrido, ela se juntou ao marido no pequeno cemitério naquela colina coberta pelo tomilho, o cemitério onde mantinham seus encontros românticos.

Assim se deu o casamento de John Charrington.

EDITH NESBIT

A SOMBRA

1907

Amigas se reúnem para contar histórias de fantasmas num antigo casarão e, quando a governanta resolve se juntar a elas, uma história não resolvida de seu passado pode se revelar ainda presente.

Esta não é uma história de fantasmas com um final artístico ou bem contado nem se pretende explicar nada com ela, e parece não haver motivo que justifique sua existência. Mas nem por isso ela não deve ser contada. Você já deve ter notado que todas as histórias de fantasmas reais com que já se deparou são assim neste quesito: não há explicação ou coerência lógica. Eis a história.

Estávamos em três e mais uma quarta, mas esta desmaiara de repente na segunda dança rápida do baile de Natal e fora colocada na cama do quarto de hóspedes próximo ao cômodo que nós três compartilhávamos. Fora um daqueles bailes alegres à moda antiga, onde quase todo mundo passa a noite, e a grande casa de campo é aproveitada ao máximo, abrigando os convidados em sofás, poltronas, bancos e até colchões no chão. Alguns dos jovens, creio eu, dormiram até mesmo em cima da grande mesa de jantar.

Havíamos falado sobre nossos parceiros, como fazem as garotas, e então o silêncio daquela antiga casa, perturbado apenas pelo sussurro do vento contra o cedro e o roçar de seus galhos rígidos contra as vidraças, nos instigara uma tremenda confiança no entorno, repleto de uma chita viva e iluminado pela chama das velas e da lareira, e nos atrevemos a falar de fantasmas, nos quais todas concordávamos que não acreditávamos nem um pouco. Contáramos a história do cocheiro fantasma, a da cama terrivelmente estranha, a da dama de vestido longo e da casa na Berkeley Square.

Nenhuma de nós acreditávamos em fantasmas, mas ao menos o meu coração pareceu saltar-me à garganta, sufocando-me, quando alguém bateu à porta: uma batida fraca, que não se enganem.

— Quem vem aí? — perguntou a mais nova de nós, virando o pescoço e o inclinando em direção à porta. Ela se abriu lentamente, e confesso que o breve momento de suspense que se seguiu ainda está entre as ocasiões em que senti maior insegurança em minha vida. Quase que de uma vez, a porta se abriu, e pudemos ver a srta. Eastwich, governanta de minha tia, sua companheira e assistente geral, olhando para dentro do cômodo em nossa direção.

Todas a convidamos para entrar, mas ela não se moveu. Em circunstâncias normais, era a mulher mais calada que já conheci. Ela permaneceu parada ali, fitando-nos e tremendo um pouco, coisa que também fazíamos, já que naqueles dias os corredores não eram aquecidos pelos encanamentos de calefação, e o ar que entrava pela porta era penetrante.

— Vi a luz — disse ela por fim. — E pensei que já estava tarde para vocês estarem acordadas... depois de tanta festividade. E pensei que talvez... — Seu olhar se voltou para a porta do quarto de hóspedes.

— Não — respondi. — Ela dorme profundamente.

Eu deveria ter-lhe desejado uma boa-noite, mas a mais jovem de nós me impediu. Ela não conhecia a srta. Eastwich como nós, não sabia como seu silêncio persistente construíra ao redor dela uma muralha, muralha esta que ninguém ousava derrubar com conversas corriqueiras ou insignificantes interações humanas. O silêncio da srta. Eastwich nos ensinara a tratá-la como uma máquina, e nem sequer sonhávamos em tratá-la de outro modo. Mas a mais jovem entre nós conhecera a srta. Eastwich só naquele dia. Ela era jovem, inexperiente, desequilibrada, sujeita a impulsos cegos, como os de um novilho. Era também herdeira de uma próspera fábrica de velas de sebo, mas isso não tem nada a ver com essa parte da história. Ela se levantou do tapete que ficava em frente à lareira de um salto, com seu longo e excessivamente fino vestido cheio de detalhes de renda de seda dependurado sobre o colo, e correu até a porta, colocando um dos braços ao redor do pescoço empertigado e adornado com gaze da srta. Eastwich. Engoli em seco. Seria como ousar abraçar o obelisco da Agulha de Cleópatra.

— Entre — disse a mais jovem entre nós. — Entre e se aqueça. Temos chocolate quente de sobra. — Ela escoltou a srta. Eastwich para dentro e fechou a porta.

O brilho vivo de prazer nos pálidos olhos da governanta atravessou meu coração como uma faca. Teria sido tão fácil colocar meu braço em volta de seu pescoço se pudesse imaginar que ela desejasse tal gesto. Mas não fui eu quem pensara nele e, de fato, meu abraço poderia não ter resultado no mesmo brilho evocado pelo fino braço da mais jovem de nós.

— Vejamos... — prosseguiu a mais jovem avidamente. — Sente-se aqui, esta é a maior poltrona e a mais confortável também. E a panela de chocolate quente está aqui sobre a grelha, tão quente quanto o fogo. Todas contávamos histórias de fantasmas, mas não acreditamos nem um pouco nelas. E depois que se aquecer, precisa contar uma também.

A srta. Eastwich, o modelo de decoro e de deveres decentemente cumpridos, contar uma história de fantasmas!

— Tem certeza de que não atrapalho? — perguntou a srta. Eastwich, esticando as mãos na direção do fogo. Eu me perguntava

A SOMBRA 63

se as governantas mantêm acesas as lareiras em seus quartos mesmo na época do Natal.

— Nem um pouco — respondi, espero que com a cordialidade que sentia. — Eu... srta. Eastwich... eu a teria convidado para entrar em outros momentos... só não achei que a senhorita se importasse com esse tipo de conversa de garotas.

A terceira garota, cuja importância é irrelevante, sendo esse o motivo pelo qual não mencionei nada sobre ela até agora, serviu o chocolate quente à nossa convidada. Coloquei meu xale felpudo ao redor dos ombros da srta. Eastwich. Não conseguia pensar em mais nada que pudesse fazer por ela e me vi querendo fazer algo de qualquer maneira. Os sorrisos que ela nos ofertava eram verdadeiramente formosos. As pessoas podem dar belos sorrisos aos quarenta ou cinquenta anos, ou mesmo mais tarde na vida, embora as moças não se deem conta disso. Ocorreu-me, e esse foi outro golpe, que eu nunca vira a srta. Eastwich sorrir antes, isto é, um sorriso de verdade. Os sorrisos pálidos de aquiescência obediente não tinham o mesmo aspecto que esse semblante feliz e transfigurado.

— Isso é realmente agradável — disse, e me pareceu que eu nunca antes ouvira sua voz de verdade. Não me foi nada agradável pensar que, em troca de um chocolate quente, o calor da lareira e meu braço em volta de seu pescoço, eu poderia ter ouvido essa nova voz a qualquer momento ao longo desses seis anos.

— Contávamos histórias de fantasmas — expliquei. — Mas o pior é que não acreditamos neles. Ninguém que conhecemos jamais viu um.

— É sempre uma história que alguém contou a alguém, que contou a outra pessoa que você conhece — explicou a mais jovem de nós. — E não dá para acreditar nesse tipo de coisa, não é mesmo?

— O que disse o soldado não constitui prova — concluiu a srta. Eastwich. É de se surpreender que a breve citação de Dickens tenha me penetrado o coração ainda mais fundo do que o novo sorriso ou a nova voz.

— E todas as histórias de fantasmas são tão bem contadas: sempre envolvem um assassinato a sangre frio ou um tesouro escondido, ou ainda algum tipo de alerta. Faz com que seja ainda mais difícil de acreditar nelas. A história de fantasmas mais horrível que já ouvi foi de fato um tanto absurda.

— Conte!

— Não posso... não há nada que se possa contar. A srta. Eastwich é quem deve contar uma.

— Ah, sim — assentiu a mais nova de nós, e seus grandes olhos brilhavam, escuros, enquanto seu pescoço se esticava avidamente. Ela repousava um braço sobre o joelho de nossa convidada, como se suplicando-lhe.

— A única história que já conheci não passava de rumores até o fim — disse sem alarde.

Eu sabia que ela contaria sua história e sabia que nunca a contara a ninguém. Sabia também que apenas a contaria agora por dever, já que essa parecia ser a única forma de pagar pelo calor da lareira, o chocolate quente e o braço que envolvera seu pescoço.

— Não precisa contar — interrompi de repente. — Sei que prefere não contar.

— Ouso dizer que a história apenas as entediaria — limitou-se a explicar. E a mais nova de nós, que, afinal de contas, não entendia tudo, olhou-me com ressentimento.

— Nós vamos adorar — retrucou. — Conte-nos, sim? Não importa que não seja uma história real e bem contada. Tenho certeza de que qualquer coisa que você acredite ser fantasmagórica será perfeitamente aterrorizante para nós.

A srta. Eastwich terminou seu chocolate quente e esticou o braço para repousar a xícara sobre a lareira.

— Mal não fará — disse ela a si mesma. — Elas não acreditam em fantasmas e, de todo modo, não era exatamente um fantasma. E todas já têm mais de vinte anos... não são mais crianças.

A SOMBRA 65

Fez-se um momento de silêncio e expectativa. O fogo estalava, e o gás de repente fez subir uma chama alta, pois a lareira na sala de bilhar fora apagada. Ouvimos os passos e as vozes dos homens passando pelos corredores.

— Mal vale a pena que se conte essa história — a srta. Eastwich hesitou, cobrindo o rosto desbotado pelo brilho do fogo com a mão delicada.

— Conte-nos mesmo assim! — todas insistimos.

— Bem... — ela começou. — Há vinte anos... um pouco mais do que isso... eu tinha dois amigos, e os amava mais do que tudo no mundo. Eles se casaram...

Ela fez uma pausa, e eu sabia de que modo amara cada um deles. A mais nova de nós disse:

— Que agradável da sua parte. Vamos, siga em frente.

Ela encostou a mão no ombro da mais nova entre nós, e eu fiquei contente por ter entendido o que a mais nova não entendera. Ela prosseguiu.

— Bem, depois que eles se casaram, não os vi muito nos dois anos seguintes. E, então, ele me escreveu, pedindo-me que passasse um tempo com eles, pois sua esposa se encontrava doente, e eu a animaria, e a ele também. Tratava-se de uma casa sombria, e ele próprio também estava se tornando sombrio.

Enquanto ela falava, eu tinha para mim que ela sabia cada linha daquela carta de cor.

— Bem, eu fui até lá. A casa ficava em Lee, perto de Londres. Naqueles dias, havia ruas e mais ruas com novas casas de vila surgindo ao redor das velhas mansões de tijolo aparente, com seus terrenos próprios e muros vermelhos ao redor, e uma espécie de sabor remanescente dos dias dos coches e carruagens e dos salteadores que rondavam as estradas de Blackheath à sua procura. Ele dissera que era uma casa sombria, chamada The Firs, e imaginei meu coche passando por arbustos escuros e sinuosos, e parando em frente a uma daquelas antigas casas quadradas e sem vida. Em vez disso, paramos em frente a uma grande vila iluminada, com grades de ferro, alegres azulejos adornados, indo do portão de ferro até a porta de vitrais e, no pequeno jardim frontal, apenas alguns ciprestes e arbustos de louro--manchado. Mas, do lado de dentro, tudo era agradável e acolhedor. Ele me encontrou na porta.

Ela fitava a lareira, e eu sabia que se esquecera de nossa companhia. Mas a mais jovem de nós ainda pensava que era para nós que ela contava sua história.

— Ele me encontrou na porta — repetiu — e me agradeceu por ir até lá, pedindo-me que perdoasse o passado.

— Que passado? — quis saber a sacerdotisa das perguntas indiscretas, a mais jovem de todas nós.

— Ah... suponho que se referia ao fato de não terem me convidado antes ou algo que o valha... — respondeu a srta. Eastwich de forma receosa. — Mas é uma história boba, afinal, e...

— Continue — insisti, e então chutei a mais jovem de nós e me levantei para arrumar o xale da srta. Eastwich, dizendo entre os dentes, sobre os ombros cobertos pelo xale: — Cale a boca, sua idiota!

Após outro momento de silêncio, a governanta continuou, com sua voz transfigurada:

— Eles ficaram muito felizes em me ver, e eu em estar lá. Vocês garotas, hoje em dia, têm tropas de amigos, mas aqueles dois eram tudo o que eu tinha e tudo o que já tive. Mabel não estava exatamente doente, apenas fraca e agitada. Pensei comigo que ele parecia mais indisposto do que ela. Ela foi para a cama cedo e, antes de se retirar, pediu-me que fizesse companhia a ele enquanto fumava seu último cachimbo do dia. Assim, nos dirigimos à sala de jantar e nos sentamos nas duas poltronas, uma em cada lado da lareira. Lembro-me de que eram cobertas de couro verde. Havia estatuetas de cavalos em bronze e um relógio de mármore preto sobre a lareira, todos presentes de casamento. Ele serviu um pouco de uísque para si, mas mal tocou na bebida. Sentou-se olhando para o fogo.

"Por fim, eu disse: 'O que há de errado? Mabel parece tão bem quanto se poderia esperar.'

"'Sim', disse ele, 'mas não sei se, de um dia para o outro, ela não vai começar a notar algo de errado. É por isso que quis que você viesse. Você sempre foi tão sensata e forte de espírito, e Mabel é como um passarinho em uma flor.'

"Eu assenti e esperei que ele continuasse. Pensei que talvez tivesse contraído dívidas, ou que tivesse algum problema de outra natureza. Então simplesmente esperei. No mesmo momento, ele continuou:

"'Margaret, esta é uma casa um tanto peculiar...' Ele sempre me chamava de Margaret. Sabem, éramos amigos de longa data. Eu disse-lhe que achara a casa muito bonita, fresca e acolhedora, apenas um pouco nova demais, mas que aquilo se consertaria com o tempo. Ele respondeu-me: 'É nova! É exatamente isso. Somos as primeiras pessoas a viver aqui. Se fosse uma casa antiga, Margaret, eu poderia pensar que era assombrada.'

"Perguntei-lhe se vira algo.

"'Não', respondeu, 'ainda não.'

"'Ouviu, então?', indaguei.

"'Não, também não ouvi', continuou. 'Tenho apenas uma sensação, não consigo descrevê-la. Não vi nem ouvi nada, mas estive muito próximo de ver ou ouvir, apenas isso. E algo me segue por toda parte, mas, quando eu me viro, nunca há nada, apenas a minha sombra. E sempre acho que verei algo no momento seguinte, mas nunca vejo... não muito bem... simplesmente não se pode ver.'

"Imaginei que ele estivesse trabalhando demais e tentei animá-lo, tratando tudo aquilo com leveza. Disse que talvez fossem apenas seus nervos. E então ele respondeu que achava que eu poderia ajudá-lo. Perguntou-me se eu achava que alguém que ele tivesse prejudicado poderia ter lhe colocado uma maldição e se eu acreditava em maldições. Eu neguei. A única pessoa que poderia afirmar que ele lhe prejudicara já o havia perdoado de livre escolha, e eu sabia disso, se é que havia algo a perdoar. Então disse-lhe isso também."

Eu, e não a mais jovem de nós, sabia o nome dessa pessoa, injustiçada e misericordiosa.

— Então, disse-lhe para tirar Mabel daquela casa e fazer uma mudança completa. Mas ele falou que não poderia. Mabel arrumara todo o lugar, e ele nunca conseguiria tirá-la dali agora sem ter que explicar tudo, e, acima de tudo, ela não deveria achar que havia nada de errado. Ousava dizer que não se sentia tão lunático agora que eu estava ali. Então nos despedimos.

— E a história acaba aí? — perguntou a terceira garota, tentando dar a entender que, mesmo no pé em que estava, tratava-se de uma boa história.

— Esse é apenas o começo — respondeu a srta. Eastwich. — Sempre que estava sozinha com ele, ele me dizia a mesma coisa, de novo e de novo e, no começo, quando passei a notar algo, tentei me convencer que eram as suas histórias que me haviam afetado os nervos. O estranho é que não ocorria apenas à noite, mas em plena luz do dia, especialmente nas escadas e corredores. Nas escadas, a sensação era tão terrível que eu precisava morder os lábios até sangrarem para evitar subir as escadas correndo a toda velocidade. Somente porque sabia que, se me deixasse levar, enlouqueceria ao chegar ao topo. Havia sempre algo atrás de mim... exatamente como ele dissera. Algo que simplesmente não se podia ver. E um som que simplesmente não se podia ouvir. Havia um longo corredor na parte superior da casa. Por vezes, quase vira algo... sabem, quando se olha de relance... mas, se eu me virasse, esse vulto parecia se derreter e se unir à minha sombra. Havia uma pequena janela no final do corredor.

"No térreo, havia outro corredor, ou algo parecido, com uma despensa em uma das extremidades e a cozinha na outra. Uma noite, desci até a cozinha para esquentar leite para Mabel. Os criados já haviam se deitado. Em pé, ao lado do fogo, esperando o leite ferver, olhei pela porta aberta e ao longo do corredor. Nunca conseguia prestar total atenção ao que quer que estivesse fazendo naquela casa. A porta da despensa estava parcialmente aberta; eles costumavam manter caixas vazias e outros objetos ali. Ao olhar, eu sabia que, dessa vez, não seria mais uma daquelas ocasiões em que 'quase' se via algo. Ainda assim, chamei pelo nome de Mabel, mas não porque achei que pudesse ser ela, agachada ali, metade dentro e metade fora da despensa. O vulto era a princípio cinzento e depois foi ficando preto. E, quando sussurrei 'Mabel' ele pareceu se desfazer até formar uma poça no chão, e então suas extremidades se aproximaram, e a coisa parecia flutuar, como tinta escorrendo em um papel, e se dirigiu à despensa até que tivesse se esgueirado por inteiro para as sombras. Vi tudo acontecer com clareza. O fogo iluminava bem a cozinha. Eu gritei alto, mas, mesmo então, fico grata em dizer, tive clareza suficiente para derrubar o leite fervente, de modo que, quando meu amigo chegasse ali, depois de descer correndo, eu tivesse a desculpa de ter gritado devido a uma mão escaldada. A explicação satisfez Mabel, mas, na noite seguinte, ele me disse: 'Por que não me contou? Foi a despensa. Todo o horror dessa casa vem de lá. Diga-me, você já viu alguma coisa? Ou ainda foi quase?'

"'Você deve me contar primeiro o que viu', pedi-lhe. Ele me contou, e seus olhos vagaram, enquanto falava, até a sombra perto das cortinas, e eu acendi todos os três lampiões e também as velas sobre a lareira. Então, olhamos um para o outro e nos consideramos ambos loucos, agradecendo a Deus por pelo menos Mabel ter mantido a sanidade. Porque o que ele vira fora também o que eu vi.

"Depois disso, passei a odiar estar sozinha onde havia alguma sombra, porque, a qualquer momento, poderia ver algo se diluindo, se arrastando e parando como uma poça de tinta e então espreitando lentamente até a sombra mais próxima. Com frequência, aquela sombra era a minha própria. No começo, o vulto só aparecia à noite, mas depois não havia nenhum momento em que estávamos a salvo dele. Eu o via ao amanhecer e ao entardecer, no crepúsculo e à luz da lareira, e ele sempre se diluía e se arrastava, juntando-se em uma poça que se esgueirava para a sombra até se tornar parte dela. E eu só o via se apertasse os olhos, o que os fazia arder e doer. Parecia que eu só podia vê-lo se meus olhos tivessem que se esforçar ao máximo. E ainda havia o som em toda a casa... o som que eu simplesmente não conseguia ouvir. Por fim, em uma manhã cedo, eu escutei. Estava atrás de mim, bem perto, e foi apenas um suspiro. Era pior do que o vulto que se esgueirava nas sombras.

"Não sei como suportei. Não poderia ter suportado se não gostasse tanto daqueles dois. Mas eu sabia em meu coração que, se ele não tivesse ninguém com quem pudesse se abrir, ele enlouqueceria ou contaria a Mabel. Sua natureza não era muito forte; era bastante doce, amável e gentil, mas não forte. Sempre fora facilmente impressionável. Então eu me mantive forte e suportei. Mantínhamo-nos bastante alegres, fazíamos pequenas brincadeiras e tentávamos entreter Mabel quando ela estava conosco. Mas, quando estávamos sozinhos, não tentávamos ser espirituosos. E às vezes passavam-se um ou dois dias sem que víssemos ou ouvíssemos nada, e imaginávamos que talvez tivéssemos fantasiado tudo. A não ser pela sensação permanente de que havia algo naquela casa que simplesmente não se podia ouvir nem ver. Por vezes, tentávamos não tocar no assunto, mas, em geral, não falávamos sobre outra coisa. As semanas se passaram, e o bebê de Mabel nasceu. A enfermeira e o médico nos informaram que ambas, mãe e filha, passavam bem. Ele e eu ficamos sentados até tarde na sala de jantar naquela noite. Nenhum de nós via ou ouvia nada fazia três dias, de modo que nossa ansiedade em relação a Mabel se atenuara. Conversamos sobre o futuro: ele parecia então muito mais radiante do que no passado. Concordamos que, no momento em que ela pudesse fazer a viagem, ele deveria levá-la para a costa, e que eu supervisionaria o transporte da mobília para a nova casa que ele escolhera. Ele estava mais alegre do que eu já o vira desde o casamento... quase como seu antigo eu. Quando me despedi dele naquela noite, disse-me como eu trouxera conforto a ambos. Eu não fizera muito, é claro, mas ainda fico feliz por ele ter dito isso.

"Então, segui para o andar de cima, quase que pela primeira vez sem a sensação de que algo me seguia. Encostei o ouvido na porta de Mabel. Tudo estava em silêncio. Dirigi-me para o meu quarto e, em um instante, senti que havia algo atrás de mim. Eu me virei. O vulto estava ali, agachado. Ele se diluiu, e sua fluidez obscura pareceu ser sugada por debaixo da porta do quarto de Mabel.

"Eu voltei. Abri apenas uma fresta da porta para que pudesse ouvir. Tudo estava em silêncio. E então ouvi um suspiro próximo, atrás de mim. Abri a porta e entrei. A enfermeira e a recém-nascida dormiam. Mabel também. Ela estava tão linda, como uma criança cansada. A bebê estava aconchegada em um de seus braços, com a cabecinha recostada ao lado de seu corpo. Orei para que Mabel nunca soubesse dos terrores que ele e eu sabíamos. Que aqueles ouvidos nunca ouvissem mais nada, além de belos sons, e que aqueles olhos claros nunca vissem mais nada além de belas paisagens. Depois disso, não ousei voltar a orar por um longo tempo. Isso porque minhas preces foram atendidas. Ela nunca mais viu ou ouviu nada neste mundo. E agora eu não poderia fazer mais nada por ele ou por ela.

"Quando a colocaram em seu caixão, acendi velas ao seu redor, dispus as horríveis flores brancas que as pessoas enviam ao seu lado e então vi que meu amigo me havia seguido. Peguei sua mão para tirá-lo dali.

"Na porta, ambos nos viramos. Pareceu-nos que ouvíramos um suspiro. Ele teria corrido para o lado da esposa, em uma esperança enlouquecida e alegre. Mas, naquele momento, ambos o vimos. Entre nós e o caixão, primeiro acinzentado, depois preto, o vulto se agachou por um instante e depois se diluiu e liquefez, reunindo-se em uma poça e esgueirando-se até a sombra mais próxima. E a sombra mais próxima era a sombra do caixão de Mabel. Parti no dia seguinte. Sua mãe chegou. Ela nunca gostara de mim."

A srta. Eastwich fez uma pausa. Acredito que se esquecera inteiramente de nós.

— Você não voltou a vê-lo? — perguntou a mais nova de nós.

— Apenas uma vez — respondeu a srta. Eastwich. — E havia um vulto preto entreposto entre mim e ele também naquela ocasião.

Mas era apenas sua segunda esposa, chorando ao lado do caixão dele. Não é uma história alegre, não é mesmo? E não leva a lugar algum. Nunca a contei a mais ninguém. Acho que foi porque vi sua filha que tudo voltou à minha memória.

Ela olhou na direção da porta do quarto de hóspedes.

— A filha de Mabel?

— Sim. E se parece exatamente com ela, só que com os olhos dele.

A mais nova de nós segurava as mãos da srta. Eastwich e as acariciava.

De repente, a mulher afastou as mãos e ergueu-se de um pulo, os punhos cerrados e os olhos apertados. Ela olhava algo que não podíamos ver, e eu entendi o que aquele homem na Bíblia quis dizer com "fez-me arrepiar os cabelos de minha carne". O que ela via parecia estar na altura da maçaneta do quarto de hóspedes. Seus olhos o seguiram para baixo, descendo cada vez mais, enquanto se arregalavam. Meu olhar acompanhou o seu, e todos os nervos dos meus olhos pareciam se esforçar ao máximo. E eu quase vi... ou será que foi mesmo? Não posso ter certeza. Mas todas ouvimos o longo e arrepiante suspiro. E cada uma sentiu como se estivesse logo atrás de si.

Fui eu quem apanhei a vela, com a cera pingando por toda a mão, que tremia. A srta. Eastwich a levou até a garota que desmaiara durante a segunda dança rápida. Mas foram os braços finos da mais jovem de nós que apartaram a governanta quando ela se virou, e que a apartaram muitas vezes desde então, no novo lar que ela mantém junto à mais jovem de nós.

O médico que chegou pela manhã disse que a filha de Mabel morrera devido a uma condição em seu coração que ela herdara da mãe. Fora isso que a fizera desmaiar durante a segunda dança rápida. Porém, às vezes me pergunto se ela não teria herdado algo do pai. Nunca consegui esquecer o olhar em seu rosto desfalecido.

EDITH NESBIT

O PAVILHÃO

1915

Um antigo pavilhão, palco de estranhos acontecimentos, leva dois amigos a uma aposta que pode ser fatal, tudo pela atenção da bela Ernestine. É uma outra jovem, porém, quem se arriscará por seu amor.

Nunca houvera um momento de dúvida em sua mente. Foi o que ela disse mais tarde. E todos concordaram que ela escondera seus sentimentos com a verdadeira discrição típica das mulheres. Sua amiga e confidente, Amelia Davenant, estivera totalmente enganada. Amelia era uma daquelas moças loiras desprovidas de atrativos que parecem ter nascido para serem ignoradas. Esta última adorava sua bela amiga e nunca, do começo até o fim, vira falha alguma nela, exceto talvez na noite quando os fatos desta história transcorreram. E mesmo então, na época, creditou tudo o que se passara ao fato de que sua querida Ernestine não compreendera o que ocorreu.

Ernestine era uma moça um tanto adorável, com ares irresistíveis e que lhe conferiam aparente beleza. A maioria das pessoas dizia que ela era bela, e ela certamente conseguia, com sucesso extraordinário, criar a ilusão de beleza. Um grande número de garotas comuns consegue esse efeito hoje em dia. A liberdade dos trajes e penteados modernos, bem como a grande autoconfiança que as garotas modernas têm, as ajudam a passar adiante essa ilusão. Porém, em 1860, quando todas vestiam o mesmo tipo de gorro e as escolhas de penteado limitavam-se a tranças ou cachos, e tudo o que se podia vestir eram crinolinas, era necessário algo de genial para iludir o mundo quanto aos seus charmes pessoais. Ernestine tinha esse tipo de genialidade. Era o tipo de garota sorridente, com cabelos cacheados escuros e escuros olhos brilhantes. Amelia usava seu cabelo loiro em uma trança que lhe cruzava a cabeça, com cativantes olhos azuis, um tanto pequenos demais e sem graça; tinha belas mãos e orelhas, que mantinha, o máximo que conseguia, fora de vista. Fora ela quem, aos quatorze anos, compôs o notável poema que começa da seguinte forma:

Sei que meus traços desagradam: será que fui eu que fez
O rosto que serve a todos como motivo de riso e piada?

O poema seguia, eximindo-a de qualquer responsabilidade pessoal por aquele rosto e suplicando que a bondosa terra viesse a "cobri-lo dos olhos que dele zombam" e "deixar que as margaridas cresçam onde ele estiver enterrado".

Amelia não desejava morrer, e seu rosto não era motivo de riso ou piada ou, de fato, de interesse particular de ninguém. Na verdade, a vida era algo um tanto agradável a Amelia, principalmente quando ganhava um novo vestido e alguém a elogiava. Entretanto, ela continuara escrevendo versos exaltando as vantagens do túmulo e rastejando-se metricamente aos pés de alguém que queria outra. Até aquele verão quando fizera dezenove anos e fora com Ernestine passar um tempo em Doricourt. Então sua musa inspiradora alçou voo, assustada talvez pela possibilidade repentina e perigosamente imposta de ser obrigada a inspirar versos sobre as coisas reais da vida.

De qualquer forma, Amelia deixou de escrever poesia mais ou menos na época em que ela, Ernestine e a tia de Ernestine foram visitar Doricourt, onde Frederick Doricourt vivia com a tia. Não foi uma daquelas apressadas excursões motorizadas que se vê hoje em dia e às quais se dá o nome de passeio de fim de semana, mas sim uma visita longa e tranquila, com uma grande carruagem e um par de grandes cavalos. Havia festividades em que se jogava croqué e se atirava com arco e flecha, além de pequenos bailes, todos esses agradáveis festejos organizados sem cerimônia entre pessoas que viviam a uma distância não muito grande umas das outras e que conheciam os gostos, a riqueza e o histórico familiar umas das outras como os próprios.

Em Doricourt, a vida era encantadora mesmo nos dias em que não havia festa. Tinha sido talvez mais encantadora para Ernestine do que para sua amiga, mas, mesmo assim, quem se encontrava menos satisfeita era a tia de Ernestine.

— Ouso dizer — disse ela à outra tia cujo nome era Julia — que isso não ocorre com você, por estar acostumada ao sr. Frederick, é claro, desde pequena, mas sempre acho a presença de cavalheiros na casa um tanto inquietante. Especialmente quando são jovens. E quando também estão aqui as moças. Estão sempre em busca de diversão.

— É claro que — respondeu tia Julia, com ares de mulher vivida —, vivendo como você e a querida Ernestine vivem, somente com mulheres na casa...

— Penduramos um casaco velho e o chapéu do meu irmão no mancebo da entrada — protestou tia Emmeline.

— ... a presença de cavalheiros sob o mesmo teto deve ser um pouco perturbadora. Quanto a mim, estou acostumada a isso. Frederick tem tantos amigos. O sr. Thesiger talvez seja o maior de todos. Acredito que ele seja um jovem muito digno, porém um tanto peculiar. — Ela se inclinara para a frente sobre seu bordado e falava de forma enfática, a agulha com a linha vermelha deixando um rastro no ar. — Sabe, espero que não considere indelicado da minha parte mencionar tal coisa, mas, para meu querido Frederick, sua amada Ernestine teria sido, em todos os sentidos, um par perfeito.

— Teria sido? — a naveta de tia Emmeline interrompeu seu ágil movimento entre as laçadas de fio branco e os nós de sua renda de *frivolité*.

— Bem, minha querida — continuou a outra tia sem demora —, você certamente deve ter notado...

— Você não está sugerindo que Amelia... Eu pensei que o sr. Thesiger e Amelia...

— Amelia! Francamente! Não, eu me referia à atenção do sr. Thesiger à querida Ernestine. Um tanto notável. No lugar do meu querido Frederick, eu teria encontrado alguma desculpa para encurtar a visita do sr. Thesiger. Mas é claro que não posso interferir. Os cavalheiros devem cuidar desse tipo de assunto por conta própria. Espero apenas que não façam nada que possa ferir os mais sinceros afetos dos demais, que...

A tia menos insolente a cortou de pronto:

— Ernestine seria incapaz de algo tão deselegante.

— Precisamente o que eu dizia — retomou a outra com calma. Levantou-se e puxou a persiana um pouco mais para baixo, pois o sol da tarde brilhava sobre as guirlandas rosadas do tapete da sala de visitas.

Lá fora, ao sol, Frederick fazia o melhor que podia para cuidar dos próprios interesses. Ele conseguira acomodar-se ao lado da srta. Ernestine Meutys nos degraus de pedra do pavilhão, mas então Eugene Thesiger deitou-se aos pés da moça no degrau de baixo, uma boa posição para olhar para cima, para seus olhos. Amelia estava ao lado dele, mas nunca parecia importar ao lado de quem Amelia estava.

Eles falavam sobre o pavilhão em cujos degraus estavam sentados, e Amelia, que muitas vezes fazia perguntas desinteressantes, perguntara quando fora construído. O pavilhão pertencia a Frederick, afinal, e ele sentiu o orgulho ferido quando o amigo tirou as palavras de sua boca e respondeu em seu lugar, embora a resposta tenha sido dada na forma de outra pergunta.

— A fundação é da época dos Tudors, não é? — indagou. — Não foi um observatório ou laboratório ou algo do tipo no tempo de Henrique VIII?

— Isso mesmo — confirmou Frederick. — Havia uma história sobre um feiticeiro ou um alquimista ou algo que o valha, e o pavilhão foi destruído e depois reconstruído em seu estilo atual.

— Em estilo italiano, não é mesmo? — completou Thesiger. — Mas mal dá para notar agora, por causa da vinha-virgem.

— Vinha-da-virgínia, não é? — Amelia perguntou, e Frederick assentiu:

— Sim, vinha-da-virgínia. — Thesiger disse que se parecia mais com uma planta da América do Sul, e Ernestine respondeu que o estado da Virgínia ficava ao sul dos Estados Unidos da América, sendo esse o motivo.

— Sei disso por causa da guerra — ela concluiu modestamente, ao que ninguém sorriu nem contradisse. As pessoas tinham boas maneiras naquela época.

— Por certo há uma história fantasmagórica envolvendo o lugar? — Thesiger retomou a palavra, olhando para as portas escuras e cerradas do pavilhão.

— Não que eu saiba — refutou o proprietário do local. — Acho que a gente do campo inventou essa história porque sempre se viam muitos coelhos e doninhas e animais do tipo mortos ao redor do lugar. E certa vez um cão, o spaniel preferido do meu tio. Mas, é claro, isso porque eles ficam presos na vinha-da-virgínia... veja como é alta e volumosa... e não conseguem sair, morrendo como se pegos em uma armadilha. Mas as pessoas da vila preferem pensar que se trata de fantasmas.

— Pensei que houvesse de fato uma história de fantasmas — Thesiger insistiu.

E Ernestine completou:

— Uma história de fantasmas. Que maravilha! Conte-nos, sim, sr. Doricourt? Este é o lugar ideal para uma história de fantasmas. Ao ar livre e com o sol brilhando, de forma que não poderíamos *de fato* nos assustar.

Doricourt protestou novamente, negando conhecer qualquer história.

— Isso porque você nunca lê, meu querido — respondeu Eugene Thesiger. — Aquela biblioteca sua abriga um livro encantador, nunca notou? Tem uma capa de couro marrom com o brasão da sua família. O chefe da propriedade escreve sua história até onde a conhece. Há muito escrito naquele livro. Remonta à época dos Tudors: 1515, para ser mais exato.

— O tempo da rainha Elizabeth. — Ernestine achava que isso tornava tudo ainda mais interessante. — E a história de fantasmas é contada nele?

— Não é exatamente uma história de fantasmas — explicou Thesiger. — É só que o pavilhão parece ser um lugar desafortunado para se dormir.

— Assombrado? — Frederick perguntou, acrescentando que precisava procurar aquele livro.

— Não precisamente assombrado. Mas diversas pessoas que passaram a noite ali nunca mais acordaram.

— Mortos, ele quis dizer — concluiu Ernestine. E foi Amelia quem perguntou:

— O livro diz algo em particular sobre como essas pessoas morreram, o que as matou ou algo que o valha?

— Há algumas hipóteses — disse Thesiger —, mas esse é *de fato* um assunto sombrio. Não sei por que o mencionei. Temos tempo para uma partida de croqué antes do chá, Doricourt?

— Gostaria que *você* lesse o livro e me contasse as histórias — Ernestine pediu a Frederick, à parte, por sobre o jogo de croqué.

— É o que farei — respondeu ele com fervor. — Basta me pedir o que quiser.

— Ou talvez o sr. Thesiger possa nos contar em algum outro momento, ao crepúsculo, já que esse parece ser o horário preferido das pessoas para histórias de fantasmas. Você fará isso, sr. Thesiger? — Ela falava por cima do ombro coberto em musselina azul.

Frederick certamente pretendia procurar o livro, mas postergou sua busca até depois do jantar, quando foi sozinho à biblioteca, encontrou o livro marrom e o levou até o círculo de luz criado pelo abajur a óleo de colza.

— Consigo folheá-lo em meia hora — concluiu, e inclinou o abajur para acender seu charuto.

A primeira parte do livro fora redigida com a bela escrita do início do século XVI, que parece tão clara, mas é simplesmente impossível de ler. Quanto às páginas posteriores, embora a caligrafia fosse suficientemente legível e com letras suficientemente romanas, Frederick ainda ficara desamparado, pois era escrita em latim, e o latim dele limitava-se às passagens específicas que "conhecera" em sua escola particular. Ele reconheceu uma palavra ou outra aqui e ali: *mors*, por exemplo, *pallidus*, *sanguinis*, *pavor* e *arcanum*, como você ou eu reconheceríamos; mas ler as passagens mais complicadas e tirar algum sentido delas era outra história! Frederick colocou de volta o livro na prateleira, fechou as persianas e apagou o abajur. Ele pensou em pedir a Thesiger que traduzisse a coisa toda, mas depois mudou de ideia. Nesse estado de ânimo, foi para a cama querendo conseguir lembrar mais do latim que fora tão dolorosamente imposto aos melhores anos de sua mocidade.

E, no fim das contas, quem contou a história do pavilhão foi Thesiger.

Houvera um pequeno baile na propriedade de Doricourt na noite seguinte, um baile informal sobre o carpete, eles o chamavam. Os móveis foram arrastados até as paredes, e não fora tão ruim dançar sobre o tapete bem esticado de Axminster quanto se poderia supor.

Foi nos degraus do conservatório, não aqueles que levam à sala de dança, mas nos levam ao jardim, que a história foi contada. Os quatro jovens estavam sentados juntos, as moças com suas crinolinas cobertas pelas saias que se espalhavam ao seu redor como enormes rosas pálidas, os rapazes com a postura ereta em seus casacos com ombros altos e gravatas brancas. Ernestine fora muito gentil com ambos os moços, um tanto gentil demais, quem sabe? De qualquer forma, havia nos olhos deles precisamente aquela luz que se pode imaginar nos olhos de cervos rivais quando chega a época do acasalamento. Foi Ernestine quem pediu a Frederick que contasse a história, e Thesiger quem, por sugestão de Amelia, a contou.

— São muitas as histórias — começou ele —, mas, de certa forma, todas são a mesma. O primeiro homem a dormir no pavilhão o fez dez anos após sua construção. Era amigo do alquimista ou do astrólogo que o construiu. Foi encontrado morto pela manhã. Havia sinais de luta. Seus braços traziam marcas de cordas. Não, nunca encontraram corda alguma. Ele morreu por ter perdido muito sangue. Suas feridas eram curiosas. Isso foi tudo o que os rudes abutres puderam relatar aos familiares enlutados do falecido naquele dia.

— Como você é engraçado, sr. Thesiger! — comentou Ernestine, com sua célebre risada suave e baixa.

— E o seguinte? — perguntou Amelia.

— O seguinte foi sessenta anos depois. Também se tratava de um visitante. E ele foi encontrado morto com as mesmas marcas, e os médicos disseram a mesma coisa. E assim sucessivamente. Foram oito mortes no total, todas inexplicáveis. Há cem anos que ninguém dorme ali. As pessoas parecem não querer usar o lugar como dormitório. Não consigo imaginar por quê.

— Ele não é de matar? — Ernestine perguntou a Amelia, que continuou:

— E ninguém sabe como tudo aconteceu?

Ninguém respondeu nada até que Ernestine reformulou a pergunta:

— Suponho que tenha sido apenas um acidente?

— Um acidente curiosamente recorrente — respondeu Thesiger, e Frederick, que ao longo da conversa fizera as observações certas no momento correto, lembrou que não servia de nada acreditar nessas antigas lendas. Ele acreditava que a maioria das famílias tinha algum tipo de lenda. Frederick herdara a propriedade de Doricourt de um tio-avô desconhecido sobre quem, em vida, não chegara nem mesmo a ouvir falar, mas que era muito adepto de tradições familiares.

— De minha parte, não dou nenhuma importância a esses contos.

— É claro que não. De qualquer forma — continuou Thesiger, deliberadamente —, você não gostaria de passar uma noite naquele pavilhão.

— Não mais do que você — foi tudo o que Frederick conseguiu dizer.

— Admito que eu não gostaria de fazê-lo — confessou Eugene —, mas aposto cem libras que você não ousaria fazê-lo.

— Feito — concordou Frederick.

— Ah, sr. Doricourt! — suspirou Ernestine, um tanto chocada com a aposta feita "diante das damas".

— Não! — interpelou Amelia, a quem, é claro, ninguém prestou atenção. — Não façam isso!

Sabe como, em meio às flores e à folhagem, uma serpente, por vezes, subitamente levanta de surpresa sua ameaçadora cabeça? Da mesma forma, em meio a conversas amigáveis e risos, um antagonismo súbito e feroz às vezes fica à espreita e volta a desaparecer, surpreendendo, acima de tudo, os antagonistas. Esse antagonismo fazia-se notar

O PAVILHÃO 83

no tom de voz de ambos os rapazes, e, após Amelia ter intercedido, fez-se um breve e ofegante silêncio. Ernestine foi quem o rompeu.

— Ah, gostaria de saber quem ganhará a aposta! Gostaria que ambos pudessem ganhar, não é mesmo, Amelia? Mas suponho que isso nem sempre seja possível, não é mesmo?

Ambos os cavalheiros asseguraram que, no caso das apostas, seria bastante raro que isso acontecesse.

— Nesse caso, gostaria que não apostassem — concluiu Ernestine. — Vocês poderiam *ambos* passar a noite lá, não? Assim, fariam companhia um ao outro. Eu não acho que apostar somas tão altas seja algo agradável, não é mesmo, Amelia?

Amelia concordou, mas Eugene já se precipitara em dizer:

— Considere a aposta desfeita, então, se ela não agrada à srta. Meutys. Sua sugestão é inestimável. Mas não precisamos desconsiderar a ideia como um todo. Olhe aqui, Doricourt. Eu ficarei no pavilhão da uma às três, e você, das três às cinco. E então, nosso orgulho terá sido honrado. O que lhe parece?

A serpente desaparecera.

— De acordo — disse Frederick. — E poderemos comparar nossas impressões depois disso. Será um tanto interessante.

E então alguém chegou, indagando onde eles todos haviam se metido, o que fez com que voltassem para dentro para dançar mais um pouco. Ernestine dançou duas vezes com Frederick e bebeu xerez gelado e água. Depois, eles se despediram à mesa do salão de entrada e acenderam as velas que os levariam até seus quartos.

— Espero que eles não façam nada — disse Amelia quando as garotas se sentaram para pentear os cabelos nas duas grandes penteadeiras com babados de musselina branca no quarto que dividiam.

— Não façam o quê? — perguntou Ernestine, vigorosamente devido à escovação.

— Não durmam naquele pavilhão odioso. Gostaria que você lhes pedisse que não o fizessem, Ernestine. Eles ouvirão se *você* lhes pedir...

— É claro que eu o farei se você assim desejar, querida — respondeu Ernestine, cheia de cordialidade. Sua alma era repleta de bondade. — Mas não acho que você deva, de fato, acreditar em histórias de fantasmas.

— Por que não?

— Ah, por causa da Bíblia e porque frequentamos a igreja e tudo o mais — respondeu Ernestine.

— O que foi isso? — interrompeu Amelia.

Isso fora um som vindo do pequeno quarto conjugado. Não havia luz naquele cômodo. Amelia adentrou o pequeno quarto, sob os protestos de Ernestine:

— Não faça isso! Como pode? Pode ser um fantasma ou um rato, ou algo que o valha.

Enquanto entrava no cômodo, Amelia sussurrou:

— Quieta!

A janela do pequeno cômodo estava aberta, e ela inclinou o corpo para fora. O peitoril de pedra gelou seus cotovelos através de seu robe estampado.

Ernestine continuava a pentear o cabelo. Amelia ouviu uma movimentação abaixo da janela e ficou escutando.

— Será hoje à noite — alguém disse.

— Está tarde demais — outro alguém respondeu.

— Se estiver com medo, sempre será tarde ou cedo demais — o primeiro respondeu. E era Thesiger.

— Você sabe que não estou com medo — retrucou com fervor o outro, que era Doricourt.

— Uma hora para cada um de nós e nosso orgulho estará honrado — insistiu Thesiger, despreocupado. — É o que as garotas estão esperando. Não consegui pegar no sono. Vamos fazê-lo agora e acabar logo com isso. Vejamos... maldição!

Ouviu-se um barulho abafado.

— Deixei cair meu relógio. Esqueci-me de que a corrente estava solta. Sem problemas, o vidro nem chegou a quebrar. Bem, você está dentro?

— Ah, sim, se você insiste. Devo ir primeiro ou você?

— Eu vou — disse Thesiger. — É o que é justo, visto que a sugestão foi minha. Ficarei até uma e meia, ou quinze para as duas, e depois é a sua vez. Certo?

— Está certo. Embora eu ache a coisa toda uma bobagem — respondeu Frederick.

Então, as vozes se calaram. Amelia voltou ao encontro da outra garota.

— Eles irão hoje à noite.

— É mesmo, querida? — Ernestine parecia tão serena quanto sempre estivera. — Irão aonde?

— Dormir naquele pavilhão odioso.

— E como você sabe?

Amelia explicou como sabia e acrescentou:

— O que podemos fazer?

— Ora, querida, suponho que podemos nos deitar — sugeriu Ernestine, carinhosamente. — Saberemos tudo o que se passou pela manhã.

— Mas e se algo acontecer?

— O que poderia acontecer?

— Ah, *todo tipo de coisa!* — respondeu Amelia. — Gostaria que eles não fossem adiante com isso! Descerei lá e pedirei que não o façam.

— *Amelia!* — a outra garota por fim se exaltara. — Você *não pode*! Não vou *deixar* que ouse fazer algo tão deselegante. O que os rapazes pensariam de você?

Essa pergunta silenciou Amelia, mas ela começou a vestir seu corpete, que já houvera sido descartado.

— Eu não vou se você acha que não devo — ela aquiesceu.

— Ousada e precipitada, é o que titia diria — concluiu a outra.

— Estou quase certa de que sim.

— Mas ficarei vestida. Não vou perturbá-la. Ficarei sentada no quarto conjugado. *Não conseguirei* pregar os olhos enquanto ele estiver correndo tal perigo.

— Ele quem? — A voz de Ernestine tornara-se um tanto aguda.

— E não há perigo algum.

— Há, sim — respondeu Amelia, com amargor. — E quis dizer *eles*. Ambos.

Ernestine pôs-se a rezar e deitou-se na cama. Ela enrolara os cabelos em papéis que lhe modelavam os cachos e que pareciam uma grinalda de rosas brancas.

— Não acho que a titia vá gostar — disse — quando souber que você ficou a noite inteira sentada observando os rapazes. Boa noite, querida.

— Boa noite — respondeu Amelia. — Eu sei que você não entende. Não tem problema.

Ela se sentou no escuro, próxima à janela do quarto conjugado. Nenhum som perturbava o silêncio, exceto o estalar dos galhos, o barulho das folhas quando pássaros ou outros pequenos animais noturnos moviam-se nas sombras do jardim e os rangidos repentinos que os móveis fazem quando você se senta sozinho e fica escutando no silêncio da noite.

Amelia permaneceu sentada, escutando. O pavilhão tinha linhas em cinza pálido contra a madeira que pareciam agarradas a ele nas partes escuras. Mas aquilo, ela se lembrou bem, era apenas a vinha. Ela permaneceu sentada ali por um longo período, sem saber quanto tempo se passara. A ansiedade é um péssimo marcador de tempo, e os primeiros dez minutos haviam parecido uma hora. Ela não tinha relógio. Ernestine tinha um e dormia com ele debaixo do travesseiro. Não havia nada com que medir o passar do tempo, e ela permaneceu sentada ali, rígida, com os ouvidos atentos a qualquer passo que se desse na grama, os olhos vidrados em busca de uma figura que saísse do pavilhão escuro e atravessasse o cinzento gramado coberto de orvalho na direção da casa. Ela não ouviu ou viu nada.

De forma lenta e imperceptível, o cinza da grama coberta de orvalho foi ficando cada vez mais claro; e o cinza das árvores adormecidas assumiu amenos rastros de cor. O céu tornara-se desbotado acima das árvores, talvez a lua estivesse saindo. O pavilhão fazia-se cada vez mais visível. Parecia a Amelia que algo se movia entre as folhas que o cercavam, e ela olhava para vê-lo sair de lá. Mas ele não saiu.

— Se ao menos a lua iluminasse mais — disse a si mesma. E, de repente, ela sabia que o céu estava claro e que aquela luz não era a fria luz prateada e sem vida da lua, mas o crescente clarão do amanhecer.

Ela se apressou até o outro quarto, colocou a mão debaixo do travesseiro de Ernestine e apanhou o pequeno relógio cravejado com o "E" em diamantes.

— Quinze para as três — disse em voz alta. Ernestine mexia-se e resmungava.

Amelia não hesitou mais. Sem pensar duas vezes quanto ao que era deselegante e mais adequado, acendeu sua vela e desceu rapidamente as escadas. Ainda no escuro, parou por um momento no salão de entrada e atravessou a porta da frente, adentrando o cinza do novo dia. Ela passou pelo terraço. Os pés de Frederick estavam projetados para fora da janela francesa do *fumoir*. Ela apoiou a vela no terraço, cuja chama iluminava o suficiente o ambiente externo, foi até Frederick, que dormia com a cabeça apoiada nos ombros e as mãos dependuradas, e o chacoalhou.

— Acorde! — ordenou. — Acorde! Algo aconteceu! São quinze para as três e ele ainda não voltou.

— Quem não... o quê? — Frederick perguntou, sonolento.

— O sr. Thesiger. O pavilhão.

— Thesiger? O... *você*, srta. Davenant? Perdoe-me. Devo ter apagado.

Ele se levantou, ainda desconcertado, contemplando com os olhos entorpecidos essa aparição de branco, ainda com trajes de dormir, os cabelos pálidos, agora não mais trançados.

— O que foi? — disse. — Alguém está doente?

Com brevidade e urgência, Amelia contou-lhe o que ocorrera, implorando a ele que fosse, de pronto, ver o que sucedera. Se estivesse totalmente desperto, o tom de voz e os olhos dela lhe teriam revelado muito.

— Ele disse que voltaria — Frederick respondeu. — Não seria melhor esperarmos? Volte para a cama, srta. Davenant. Se ele não chegar em meia hora...

— Se você não for neste mesmo minuto — Amelia refutou com tensão —, eu mesma irei.

— Ah, bem, se você insiste — disse Frederick. — Ele deve ter simplesmente pegado no sono, como eu. Srta. Davenant, minha querida, volte para o seu quarto, eu lhe imploro. Pela manhã, quando todos estivermos rindo desse alarme falso, você ficará feliz em se lembrar que o sr. Thesiger nada soube sobre essa sua ansiedade.

— Eu o odeio — respondeu Amelia, porém com gentileza —, e vou até lá ver o que acontecer. Venha ou não, faça como quiser.

Ela apanhou o candelabro prateado, e ele seguiu seu brilho constante pelos degraus do terraço e através da grama cinzenta e orvalhada.

No meio do caminho, ela parou, ergueu a mão que estivera escondida entre os babados de musselina e a estendeu para ele, segurando uma grande adaga indiana.

— Peguei-a no salão — explicou. — Em caso de algum perigo *real*, quero dizer, algo do mundo dos vivos. Pensei que... mas eu não conseguiria usá-la. Você não quer pegá-la?

Ele tomou a adaga, rindo gentilmente.

— Como é romântica! — disse, com admiração, e olhou-a ali de pé na luz acinzentada e dourada da madrugada misturada àquela da vela. Era como se ele nunca a tivesse visto antes.

Eles chegaram aos degraus do pavilhão aos tropeços. A porta estava fechada, mas não trancada. E Amelia notou que os galhos da vinha não haviam sido perturbados; espalhavam-se pela porta, alguns deles tão grossos quanto um dedo humano.

— Ele deve ter entrado por uma das janelas — Frederick concluiu. — Sua adaga será útil, srta. Davenant.

Ele cortou a matéria esverdeada, úmida e pegajosa, e forçou a porta com auxílio do ombro. Ela cedeu ao seu toque, e eles entraram.

Aquela única vela mal dava conta de iluminar o pavilhão, e a luz fraca que entrava pela porta e pelas janelas ajudava muito pouco. O silêncio era denso e pesado.

— Thesiger! — gritou Frederick, limpando a garganta. — Thesiger! Olá! Onde você está? — Thesiger não respondeu onde estava. E então eles viram.

Havia pequenos assentos de pedra junto às janelas e, entre elas, se estendiam baixos bancos de pedra. Em um deles, algo escuro e esbranquiçado em alguns pontos perturbava o contorno da pedra esculpida.

— Thesiger! — insistiu Frederick, com um tom que os homens usam em um cômodo que sabe, quase com certeza, estar vazio. — Thesiger!

Amelia, entretanto, inclinara-se por cima de um dos bancos. Ela segurava a vela de forma tortuosa, de modo que, ao mesmo tempo em que iluminava, derramava também sua cera.

— Ele está aí? — perguntou Frederick, seguindo-a. — É ele? Está dormindo?

— Pegue a vela — ordenou Amelia, e ele a obedeceu. Amelia tocou o que se estendia pelo banco. De repente, ela gritou. Apenas um grito, não muito alto. Mas Frederick se lembra exatamente de como foi. Às vezes, ele o ouve em sonhos e acorda murmurando, embora seja um homem velho agora, ao que sua esposa indaga: "O que foi, querido?". E ele responde: "Nada, minha Ernestine, nada".

Logo após o grito, ela exclamou:

— Ele está morto! — E caiu de joelhos ao lado do banco. Frederick viu que ela segurava algo. — Talvez não esteja — ela então disse. — Busque ajuda na casa, um conhaque, chame um médico. Ah, vá! Vá de pronto!

— Não posso deixá-la aqui — respondeu Frederick. — E se ele retomar consciência?

— Isso não acontecerá — disse Amelia sem esperanças. — Vá, vá agora mesmo! Faça como eu digo. Vá! Se não for — acrescentou, de forma repentina e surpreendente —, acredito que poderei matá-lo. É tudo sua culpa.

Tal espantosa e afiada injustiça fez Frederick se mexer.

— Creio que ele tenha apenas desmaiado ou algo do tipo — disse. — Quando eu tiver acordado todos na casa e eles testemunharem suas emoções, você vai se arrepender...

Ela se colocou de pé, tomou a adaga das mãos dele e a ergueu, com estranheza e sem jeito, mas com uma inquestionável ameaça, de modo a não ser confundida ou ignorada. Frederick se foi.

Quando ele voltou na companhia do lacaio e do jardineiro, visto que achara por bem não perturbar as senhoras, o pavilhão estava tomado pela reveladora luz do dia. Sobre o banco jazia um homem morto, e, ajoelhada ao lado dele, uma mulher viva em cujo peito cálido a cabeça fria e pesada dele repousava. As mãos do morto estavam cheias de folhas verdes esmagadas, e grossas gavinhas retorcidas se enrolavam em seus pulsos e em seu pescoço. Um mar de verde parecia ter se arrastado da janela aberta até o banco onde ele estava deitado.

O lacaio, o jardineiro e o amigo do homem morto olhavam por todos os lados.

O PAVILHÃO

— Parece que ele se enroscou na vinha e perdeu o controle — disse o lacaio, coçando a própria cabeça.

— Mas como a vinha entrou aqui? É isso que eu quero saber — o jardineiro se pronunciou.

— Pela janela — explicou Doricourt, molhando os lábios com a língua.

— Mas a janela estava fechada quando vim até aqui às cinco, ontem à noite — refutou o jardineiro com teimosia. — Como ela avançou tanto desde então?

Eles olhavam um para o outro, murmurando hipóteses impossíveis.

A mulher nunca se pronunciou. Permaneceu sentada ali no centro do círculo branco formado pela crinolina de seu vestido, como uma rosa branca quebrada. Mas seus braços envolviam Thesiger, e ela não os movia.

Quando o médico chegou, pediu que buscassem Ernestine, que chegou ruborizada, sonolenta e um tanto assustada e em choque.

— Você está chateada, querida — disse à sua amiga. — E não seria de se esperar o contrário. Como foi corajosa em vir com o sr. Doricourt verificar o que acontecera! Mas não há nada a ser feito agora, querida. Entre, e pedirei que lhe sirvam um chá.

Amelia riu, olhou para baixo, para o rosto em seu colo, deitou a cabeça do jovem de volta no banco entre as folhas suspensas da vinha, inclinou-se sobre ele, beijou-o e disse-lhe, baixo e com delicadeza:

— Adeus, querido, adeus! — Então, tomou o braço de Ernestine e foi para dentro em sua companhia.

O médico examinou o cadáver e entregou o atestado de óbito. "Ataque cardíaco" foi seu original e brilhante diagnóstico. O atestado não dizia nada, e Frederick não mencionou nada sobre a vinha enroscada ao redor do pescoço do morto, nem sobre as pequenas feridas brancas, encontradas ali, como pequenos lábios semiabertos nos quais não corria sangue.

— Uma pessoa com muita imaginação ou menos instrução — disse o médico — poderia supor que a vinha tivesse algo a ver com sua morte. Mas não devemos encorajar esse tipo de superstição. Auxiliarei meus homens no preparo do corpo para seu derradeiro sono. E não precisamos dar às mulheres o que falar.

— Você lê latim? — Frederick perguntou. O médico lia. E foi isso o que fez mais tarde.

Era o latim daquele livro marrom com o brasão de Doricourt que Frederick queria que fosse lido. E, depois que ele e o médico ficaram reunidos por três horas junto ao livro, eles o fecharam e olharam um para o outro com olhos hesitantes e cheios de dúvidas.

— Não pode ser verdade — disse Frederick.

— Se for — respondeu o médico mais cauteloso —, não vai querer que ninguém comente sobre isso. Eu destruiria esse livro se fosse você. E cortaria a vinha, a queimaria e arrancaria dali suas raízes. É evidente, pelo que você me diz, que seu amigo acreditava que aquela vinha se alimentava de homens e que o fazia, um pouco antes de florescer, como nos informa o livro, ao amanhecer. Sendo assim, sua intenção era que aquela coisa, quando rastejasse para dentro do pavilhão em busca de sua presa, encontrasse *você* e não ele. Teria sido assim, pelo que entendo, se o relógio dele não tivesse parado à uma.

— Ele o derrubara — explicou Doricourt, como se estivesse em um sonho.

— Todos os casos neste livro são iguais — disse o médico. — O estrangulamento, as feridas brancas... já ouvi falar dessas plantas, mas nunca acreditei. — Ele deu de ombros. — Seu amigo tinha algum rancor contra você? Algum motivo para querer tirá-lo do caminho?

Frederick pensou em Ernestine, nos olhos de Thesiger sobre ela, de como ela lhe sorriu por cima do ombro coberto em musselina azul.

— Não — respondeu. — Nenhum. Absolutamente nenhum. Deve ter sido um acidente. Tenho certeza de que ele não sabia. Não conseguia ler em latim — mentiu, sendo afinal o cavalheiro que era, e o nome de Ernestine sendo sagrado.

— A vinha parece ter sido trazida até aqui e plantada no tempo de Henrique VIII. E então tudo começou. Parece que era na época de sua floração que ela precisava... que, digamos assim, era perigosa. Daí os pequenos animais e pássaros encontrados mortos próximo ao pavilhão. Mas percorrer todo aquele caminho, cruzando o chão! A coisa tinha que ser quase consciente — disse ele, com um arrepio sincero. — Alguém poderia pensar — corrigiu-se prontamente — que ela sabia o que fazia se não fosse completamente contrário às leis da natureza.

— Sim — concordou Frederick —, é o que se poderia pensar. Se não lhe puder mais ser útil, vou descansar. De alguma forma, tudo isso me abateu, pobre Thesiger!

Seu último pensamento antes de dormir foi de compaixão.

— Pobre Thesiger — disse —, como foi violento e maldoso! E eu escapei por pouco! Não devo nunca contar a Ernestine. E o tempo todo Amelia estivera ali. Ernestine nunca faria *isso* por *mim*! — E, com um pouco de pesar pelo impossível, ele adormeceu.

Amelia continuou a viver. Não era do tipo que morre nem mesmo por algo como o que ocorreu com ela naquela noite, quando, pela primeira e última vez, segurou seu amor nos braços e reconheceu-o como o assassino que era. Foi somente um dia desses que ela morreu, já uma mulher muito velha. Ernestine, que, amada e rodeada por filhos e netos, seguiu vivendo após sua morte, proferiu seu epitáfio.

— Pobre Amelia — disse —, ninguém nunca olhava em sua direção. Houve uma indiscrição quando ela era jovem. Ah, nada de escandaloso, é claro. Era uma dama. Mas as pessoas falam. Foi o tipo de coisa que marca uma garota.

EDITH NESBIT

DOS MORTOS

1893

Um conto londrino sobre um amor nascido de circunstâncias duvidosas. Se o amor não consegue superar em vida o orgulho ferido, talvez possa fazê-lo na morte. Isso é o que Ida Helmont descobrirá.

PARTE 1

— Sendo ou não verdade, seu irmão é um canalha. Nenhum homem, ao menos nenhum que seja decente, conta essas coisas.

— Ele não me contou. Como ousa levantar tal hipótese? Encontrei a carta em sua escrivaninha e, sendo ela minha amiga e sua prometida, jamais pensei que pudesse haver mal algum em ler a correspondência que destinou ao meu irmão. Devolva-me a carta. Fui tola em lhe contar.

Ida Helmont esticou o braço, esperando receber de volta o que pedira.

— Ainda não — respondi e dirigi-me à janela. A pálida luz avermelhada do pôr do sol londrino iluminava o papel, enquanto eu lia aquela peculiar e delicada caligrafia que conhecia tão bem e que beijara tantas vezes:

> Meu querido, é verdade.
>
> Eu o amo, mas nosso amor é impossível. Devo me casar com Arthur. Minha honra já está comprometida. Se ao menos ele me libertasse... mas nunca o fará. Ele me ama com tamanha insensatez. Quanto a mim, é você quem eu amo: de corpo, alma e espírito. Meu coração é todo seu. Penso em você durante todo o dia e, à noite, é você com quem sonho. Mesmo assim, devemos nos separar. É assim que o mundo funciona. Adeus!
>
> Sua, eternamente,
>
> Elvire

Eu de fato já vira aquela caligrafia diversas vezes. Mas a paixão expressa ali era algo novo para mim. Aquilo eu nunca testemunhara.

Virei-me de costas para a janela, exaurido. Minha sala de estar me parecia estranha. Ali estavam meus livros, minha luminária, meu jantar intocado ainda na mesa, da forma como o deixara quando me levantei para disfarçar minha surpresa diante da visita de Ida Helmont. Ida Helmont, que agora sentava-se em minha poltrona, olhando para mim em silêncio.

— Bem, você não vai me agradecer?

— Você apunhala meu coração e me pede para agradecer?

— Perdoe-me — disse ela, erguendo o queixo. — Não fiz nada além de mostrar-lhe a verdade. Por isso não se deve esperar gratidão... posso lhe perguntar, por mera curiosidade, o que pretende fazer?

— Seu irmão lhe dirá...

Ela se levantou de repente, pálida até os lábios.

— Você não contará ao meu irmão, certo? — indagou.

— Que você leu suas correspondências particulares? Decerto que não.

Ela veio em minha direção, os cabelos dourados como fogo contra a luz do sol poente.

— Por que está tão nervoso comigo? — perguntou. — Seja razoável. O que mais eu poderia fazer?

— Não sei.

— Teria sido correto não lhe contar?

— Não sei. Tudo o que sei é que você apagou o sol, e eu ainda não me acostumei com o escuro.

— Acredite — ela continuou, chegando ainda mais perto de mim e encostando a mão, com o mais leve dos toques, em meu ombro —, acredite, ela nunca o amou.

Havia uma suavidade em seu tom de voz que ao mesmo tempo me irritava e me encorajava. Eu me afastei gentilmente, deixando que suas mãos caíssem ao lado de seu corpo.

— Perdoe-me — disse-lhe. — Comportei-me de forma horrível. Você fez certo de vir, e não lhe nutro ingratidão. Você pode enviar uma carta para mim?

Eu me sentei e escrevi:

Eu lhe devolvo sua liberdade. O único presente meu que pode agradá-la agora.

Arthur

Estendi a folha de papel à srta. Helmont e, depois que ela a havia lido, fechei-a, coloquei um selo e o endereço.

— Adeus — disse-lhe então, entregando a carta a ela. Quando a porta se fechou com sua saída, afundei-me em minha poltrona e não tenho vergonha em dizer que chorei como uma criança ou um tolo pelo meu brinquedo perdido: aquela pequena jovem de cabelos castanhos que amava a outro de "corpo, alma e espírito".

Não ouvi a porta se abrir nem os passos se aproximando. Sendo assim, assustei-me quando uma voz atrás de mim disse:

— Você está assim tão infeliz? Ah, Arthur, não pense que não sinto muito por você.

— Não quero que ninguém tenha pena de mim, srta. Helmont — respondi.

Ela ficou em silêncio por um momento. E então, com um movimento rápido, repentino e gentil, ela se abaixou e beijou minha testa. Ouvi quando a porta se fechou delicadamente. Nesse momento, soube que a bela srta. Helmont me amava.

Num primeiro instante, esse pensamento apenas passou por mim: uma nuvem clara contra um céu cinzento. Mas, no dia seguinte, minha razão despertou:

— Teria a srta. Helmont dito a verdade? Seria possível que...?

Estava determinado a ver Elvire, saber de seus próprios lábios se por algum feliz acaso o golpe que me atingira vinha, não dela, mas de uma mulher cujo amor poderia ter matado a honestidade.

Andei de Hampstead até a Gower Street. Enquanto percorria a longa rua, vi uma figura de rosa saindo de uma das casas. Era Elvire. Ela caminhava à minha frente e dirigiu-se a uma esquina da Store Street. Ali, encontrou Oscar Helmont. Eles se viraram e se depararam comigo, face a face, e vi tudo o que precisava ser visto. Eles se amavam. Ida Helmont dissera a verdade. Eu os cumprimentei e continuei em meu caminho. Antes que seis meses tivessem se passado, estavam casados, e, antes de um ano, eu me casara com Ida Helmont.

Por que isso aconteceu, eu não sei. Se foi o remorso por ter, mesmo que por metade de um dia, sonhado que ela poderia ser tão baixa a ponto de inventar uma mentira para conquistar um amante, ou se foi sua beleza, ou ainda a doce adoração de uma mulher que tinha metade de seus conhecidos a seus pés, eu não sei. De todo modo, meus pensamentos se voltaram para ela como se estivessem voltando para sua terra natal. Meu coração também seguiu tal caminho e, dentro em pouco, eu a amava como nunca amara Elvire. Que não haja dúvidas de que eu a amei, como nunca voltarei a amar!

Nunca houve ninguém como ela. Ela era corajosa e bela, astuciosa e sábia, além de infinitamente adorável. Era a única mulher no mundo. Havia uma franqueza, uma grandeza em seu coração, que fazia com que todas as outras mulheres parecessem pequenas e desprezíveis. Ela me amava, e eu a adorava. Casei-me com ela, permanecemos juntos por três gloriosos anos, e então eu a deixei. Por quê?

Porque ela me disse a verdade. Foi em uma noite, já bem tarde. Passáramos a noite sentados na varanda de nossa casa à beira da praia, observando a luz da lua na água e escutando o suave barulho da água do mar batendo contra a areia. Nunca fui tão feliz; nunca mais serei feliz, assim posso esperar.

— Meu querido — disse ela, apoiando a cabeça dourada contra o meu ombro —, quanto você me ama?

— Quanto?

— Sim, quanto? Quero saber qual é o meu lugar em seu coração. Significo mais para você do que qualquer outra pessoa?

— Meu amor!

— Mais do que você mesmo?

— Mais do que a minha vida!

— Eu acredito em você — ela respondeu. Depois, respirou fundo e tomou minhas mãos. — Não faz diferença. Nada no céu ou na terra pode ficar entre nós agora.

— Nada — repeti. — Mas, minha querida, minha esposa, o que aconteceu?

Ela estava pálida.

— Devo contar-lhe — continuou. — Não posso esconder nada de você agora, porque sou sua: de corpo, alma e espírito.

O eco daquela frase me apunhalou.

O luar brilhava, resplandecendo em seu cabelo dourado, cálido e macio e em seu rosto pálido.

— Arthur — disse —, você se lembra quando fui até sua casa em Hampstead com aquela carta?

— Sim, minha querida, lembro-me de como você...

— Arthur! — ela falava com pressa e em um tom baixo — Arthur, aquela carta foi forjada. Ela nunca a escreveu. Eu...

Ela se interrompeu, pois eu me levantara, afastara suas mãos de mim e permanecera parado, fitando-a. Por Deus! Pensei que o que sentira era raiva por aquela mentira. Agora sei que foi apenas minha vaidade ferida despertada. Por ter sido enganado, por ter sido ludibriado, por ter sido feito de tolo! Por ter me casado com a mulher que me havia iludido! Naquele momento, ela não era mais a esposa que eu adorava, era apenas uma mulher que forjara uma carta e me enganara para que casasse com ela.

Eu a interrompi, condenei-a, disse que jamais voltaria a falar com ela. Senti estar coberto de razão por estar tão zangado. Disse-lhe que não queria ter mais nada com uma impostora e mentirosa.

Não sei se esperava que ela se jogasse aos meus pés e implorasse perdão. Acho que tinha uma vaga noção de que poderia, aos poucos, consentir com dignidade em perdoá-la e esquecer. Nada do que falei foi a sério. Não, não. Nenhuma palavra. Enquanto dizia aquelas coisas, meu desejo era que ela se jogasse em prantos aos meus pés, para que eu pudesse erguê-la e abraçá-la.

Mas ela não se jogou aos meus pés. Ficou parada em silêncio olhando para mim.

— Arthur — falou ela, quando parei para recobrar o fôlego —, deixe-me explicar... ela... eu...

— Não há nada a explicar — disse-lhe com veemência, ainda naquela tola ilusão de que havia algo um tanto nobre em minha indignação, assim como nos sentimos quando nos referimos a nós mesmos como pecadores miseráveis. — Você é uma mentirosa e uma impostora, e isso basta para mim. Nunca mais lhe dirigirei a palavra. Você arruinou minha vida...

— Está falando sério? — perguntou ela, me interrompendo e inclinando-se para a frente para me olhar. Havia lágrimas em sua face, mas ela não chorava agora.

Eu hesitei. Queria tomá-la em meus braços e dizer: "Encoste a cabeça aqui, minha querida, chore e saiba o quanto eu te amo".

Mas, em vez disso, mantive-me em silêncio.

— Está falando sério? — ela insistiu.

Então, colocou sua mão em meu braço. Minha vontade era agarrá-la e puxá-la na minha direção.

Mas eu a afastei e disse:

— Sério? Sim, é claro que falo sério. Por favor, não encoste em mim. Você arruinou a minha vida.

Ela se virou sem dizer uma palavra, entrou em nosso quarto e fechou a porta.

Eu queria segui-la, dizer-lhe que, se houvesse algo a ser perdoado, ela estava perdoada.

Porém, dirigi-me até a praia e caminhei sob os penhascos.

O luar e a solidão, no entanto, de pronto me clarearam os pensamentos. O que quer que ela tivesse feito fora feito por amor a mim, disso eu sabia. Eu iria para casa e diria isso a ela, diria que, independentemente do que fizera, ela era o amor de minha vida, o único tesouro em meu coração. É certo que o ideal que tinha dela se estilhaçara, mas, mesmo então, o que significavam todas as outras mulheres do mundo em comparação a ela? Eu me apressei de volta, mas, em meio ao meu ressentimento e mau temperamento, distanciara-me bastante, e o caminho de volta era um tanto longo. Estivera separado dela por três horas até o momento em que abri a porta da pequena casa que compartilhávamos. A casa estava escura e silenciosa. Tirei os sapatos, arrastei-me escada acima e abri a porta de nosso quarto com delicadeza. Talvez ela tivesse chorado até dormir, e eu me inclinaria sobre seu corpo e a acordaria com meus beijos, implorando por perdão. Sim, havíamos chegado a esse ponto.

Eu entrei no quarto e me dirigi à cama. Ela não estava lá. Não estava no quarto, como percebi de imediato. Ela não estava em casa, como vim a saber dentro de alguns instantes. Depois de desperdiçar uma hora inestimável buscando por ela por toda a cidade, encontrei um bilhete sobre a cômoda:

"Adeus! Aproveite da melhor forma o que resta de sua vida. Eu não a arruinarei mais."

Ela partira, em definitivo. Corri até a cidade a tempo de pegar o primeiro trem da manhã, somente para descobrir que sua família nada sabia sobre ela. A busca se mostrara inútil, inútil. Apenas um andarilho me disse ter encontrado uma dama no penhasco, e um pescador me trouxe um lenço marcado com seu nome que ele encontrara na praia.

Procurei por toda a parte, mas, por fim, precisei voltar a Londres. Assim, os meses se passaram. Não contarei muito sobre esse período, porque até mesmo a memória de tal sofrimento me deixa tonto e com o coração ferido. A polícia, os detetives e a imprensa, todos falharam por completo. Seus amigos não podiam me ajudar e, além disso, mostravam-se indignados comigo, principalmente seu irmão, que agora vivia feliz com meu primeiro amor.

Não sei como suportei aquelas longas semanas e meses. Tentava escrever, tentava ler, tentava viver a vida de um ser humano razoável. Mas era impossível. Não suportava a companhia de um tipo como eu. Dia e noite, era quase capaz de ver seu rosto, quase capaz de ouvir sua voz. Fazia longas caminhadas pelo campo, e sempre me parecia que iria vê-la na curva seguinte do caminho ou na próxima clareira na floresta. Mas nunca a via, nunca a ouvia. Acredito que não estava completamente são naquela época. Por fim, numa manhã, enquanto me preparava para uma dessas longas caminhadas cujo único propósito era o meu próprio cansaço, um mensageiro me encontrou. Arranquei-lhe o envelope vermelho das mãos.

Na folha de papel rosada dentro dele estava escrito:

> Venha ao meu encontro sem demora. Estou morrendo. Você deve vir.
>
> Ida
>
> Apinshaw Farm, Mellor, Derbyshire.

Um trem sairia para Marple, a estação mais próxima, às doze. Eu o tomei. Digo-lhes que há algumas coisas sobre as quais não se pode escrever. Minha vida durante aqueles longos meses é uma delas, e aquele percurso é outra. Como ela vivera durante aqueles meses? Aquela pergunta me perturbava, como se vê com os nervos perturbados alguém que tem em vista uma operação cirúrgica ou cujo ente querido tenha sido ferido. Porém, a sensação maior era a de alegria: alegria intensa e indizível. Ela estava viva! Eu a veria de novo. Peguei o telegrama e o analisei: "Estou morrendo". Simplesmente não acreditava. Ela não poderia morrer até me ver. E se vivera todos aqueles meses sem mim, poderia viver agora, quando eu me reunisse a ela, e ela soubesse do inferno que eu passara longe dela e de como nosso encontro era para mim o paraíso. Ela precisava viver. Eu não a deixaria morrer.

A viagem foi longa, passando por colinas sombrias: escuras, difíceis de transpor, infinitamente desgastantes. Por fim, paramos diante de uma construção longa e baixa, onde podiam-se ver uma ou duas luzes fracas brilhando. Eu saltei fora.

A porta se abriu. Um brilho de luz me fez piscar e dar um passo para trás. Uma mulher se impunha à porta.

— O senhor é o sr. Arthur Marsh? — ela perguntou.

— Sim.

— Então está atrasado. Ela está morta.

PARTE 2

Entrei na casa, caminhei até a lareira e estiquei as mãos mecanicamente para o fogo, uma vez que, embora estivéssemos na primavera, o frio me tomara até os ossos. Havia algumas pessoas ao redor da lareira, e as chamas tremeluziam. Então uma senhora veio até mim, com o típico instinto de hospitalidade do norte.

— O senhor está cansado — disse — e parece perdido. Tome um gole de chá.

Explodi em uma gargalhada. Era deveras cômico. Eu viajara mais de trezentos quilômetros para vê-la, e ela estava morta, e ali estavam eles, me oferecendo chá. Eles se afastaram de mim como se eu fosse um animal selvagem, mas eu não conseguia parar de rir. Então, alguém pôs a mão em meu ombro e me conduziu até um quarto escuro, acendeu uma lamparina, fez com que me sentasse em uma poltrona e sentou-se à minha frente. Era um cômodo vazio, friamente mobiliado com poltronas de junco e mesas e cadeiras demasiadamente polidas. Respirei fundo, repentinamente retomando o tom sério, e olhei para a mulher sentada à minha frente.

— Eu fui a enfermeira da srta. Ida — ela explicou. — E ela me pediu que o chamasse. Quem é o senhor?

— O marido dela...

A mulher me olhava com um olhar severo, e sua intensa surpresa lutava contra seu ressentimento.

— Então, que Deus lhe perdoe — ela continuou. — O que o senhor fez, eu não sei, mas mesmo *Ele* vai ter dificuldade em perdoar.

— Diga-me — falei —, minha esposa...

— Dizer o quê? — O desprezo e amargor no tom de voz daquela mulher não me feriram; afinal, o que era aquilo em comparação ao desprezo próprio que havia roído meu coração durante todos aqueles meses? — Dizer o quê? Vou lhe dizer. Sua esposa tinha tanta vergonha do senhor que nunca mencionou para mim que era casada. Preferiu deixar que eu pensasse o que quisesse. Ela chegou até aqui e me implorou: "Enfermeira, cuide de mim, estou em apuros fatais. E não deixem que saibam que estou aqui", ela pediu. E sendo eu casada com um homem honesto e próspero, por sorte consegui ajudá-la.

— Por que não me chamaram antes? — Um pranto angustiado me contorcia.

— Eu *nunca* o teria chamado, foi *ela* quem quis. Ah, e pensar que Deus, Todo-Poderoso, fez os homens capazes de afligir sofrimentos tão terríveis a nós, mulheres! Meu jovem, eu não sei o que o senhor fez a ela para que ela o deixasse, mas deve ter sido uma crueldade tamanha, porque ela era capaz de beijar o chão onde o senhor passasse. Ela ficava sentada, dia após dia, olhando seu retrato, conversando com ele e o beijando, quando achava que eu não estava vendo, e chorava, até me fazer chorar também. Ela chorava quase toda noite. E, um dia, quando disse a ela que orasse a Deus para ajudá-la em suas provações, ela me mostrou seu rosto em um retrato e me disse, com um sorriso triste: "Este é o meu deus, enfermeira".

— Chega! — supliquei debilmente, estendendo as mãos para que ela interrompesse aquela tortura: — Não aguento mais, não agora.

— *Chega?* — ela repetiu. Ela se levantara e caminhava para cima e para baixo pelo cômodo, com os punhos cerrados. — De fato. Vou me calar, mas não o esquecerei! Eu lhe digo que orei pelo senhor repetidas vezes quando pensei que era um amante daquela pobre criatura. Não o deixarei fora das minhas preces agora que sei que ela era sua esposa legítima, que o senhor dispensou quando se cansou dela, deixando-a com o coração partido com saudade. Ah! Eu oro para que Deus o castigue por tudo o que fez a ela! O senhor matou a minha querida. E terá que pagar o preço, meu jovem, até o último centavo! Ah, Deus do céu, faça-o sofrer! Faça-o sentir!

Ela bateu o pé ao passar por mim. Eu estava imóvel, e mordia os lábios, até sentir o sangue quente e salgado em minha língua.

— Ela não era nada para o senhor! — a mulher gritou, andando cada vez mais rápido de um lado para o outro, entre as cadeiras e a mesa. — Qualquer tolo é capaz de ver isso. O senhor não a amava, por isso não sente nada agora, mas um dia vai gostar de alguém e então saberá o que ela sentiu, que a justiça divina não falhe!

Eu também me levantei, atravessei o cômodo e me apoiei contra a parede. Ouvia suas palavras sem as entender.

— O senhor não sente *nada*? Por acaso é feito de pedra? Venha vê-la, deitada ali, imóvel. Agora não sofrerá mais por um tipo como o senhor. Não ficará mais sentada, olhando pela janela sem dizer nada, apenas com as lágrimas escorrendo, uma a uma, em seu colo. Venha e veja o que o senhor fez com a minha querida e então pode partir. Ninguém o quer aqui. Ela não quer mais o senhor. Mas talvez queira ter certeza de que ela está bem enterrada primeiro? Por certo mandará colocarem uma enorme lápide sobre seu túmulo, para ter certeza de que ela não voltará.

Eu me virei para ela. Seu rosto fino ficara pálido com uma dor e fúria impotentes. Seus punhos permaneciam cerrados como garras.

— Mulher! — supliquei-lhe. — Tenha piedade!

Ela parou e olhou para mim.

— Como é? — perguntou.

— Tenha piedade! — repeti.

— Piedade? O senhor deveria ter pensado nisso antes. O senhor não mostrou piedade a ela. Ela o amava, morreu amando-o. E, se eu não fosse uma mulher cristã, eu o mataria por isso, como o rato que é! É isso o que faria, mesmo tendo que pagar por isso depois.

Agarrei as mãos daquela senhora e as segurei com firmeza, apesar de sua resistência.

— A senhora não entende? — disse ferozmente. — Nós nos amávamos. Ela morreu me amando. Eu terei que continuar vivendo amando-a. E é dela que a senhora tem pena? Eu lhe digo, tudo não passou de um erro, um estúpido erro. Leve-me até ela e, por tudo o que lhe é mais sagrado, deixe-me ficar sozinho com ela.

Ela hesitou, e então disse com um tom de voz um tanto menos severo:

— Ora, venha comigo então.

Seguimos em direção à porta. Quando ela a abriu, pude ouvir um choro brando e fraco. Meu coração parou.

— O que foi isso? — inquiri, parado à porta.

— Sua criança — ela se limitou a dizer.

Então havia isso também! Ah, minha amada! Ah, minha pobre amada! Todos esses longos meses!

— Ela sempre dizia que mandaria chamar o senhor quando não estivesse mais nessa condição — a mulher explicava ao subir as escadas. — "Queria que ele visse o bebê, enfermeira", ela dizia, "...

nossa criança. Ficará tudo bem quando o bebê nascer. Eu sei que ele virá até mim, então. Você verá." E eu nunca falei nada, pensando que o senhor não viria se ela fosse sua amante, e sem imaginar que, sendo o marido dela, poderia ficar longe dela por uma hora que fosse, ela estando naquela situação. Silêncio!

Ela tirou uma chave do bolso e a colocou na fechadura. Abriu a porta, e eu entrei atrás dela. Era um cômodo grande e escuro, repleto de móveis antigos. Havia velas nos candelabros de latão e um cheiro de lavanda.

A grande cama com dossel estava coberta de branco.

— Minha querida... minha pobre e bela criatura! — exclamou a mulher, que começara a chorar pela primeira vez ao puxar o lençol. — Ela não está linda?

Fiquei parado ao lado da cama. Olhei para o rosto de minha esposa. Parecia o mesmo que eu costumara ver deitado no travesseiro ao meu lado, cedo pela manhã, quando a brisa e o amanhecer despertavam no horizonte. Ela não parecia morta. Seus lábios ainda estavam vermelhos, e me parecia que suas faces ainda carregavam um toque de cor. Parecia-me também que, se eu a beijasse, ela acordaria, e colocaria a mão macia em meu pescoço e a bochecha contra a minha, e que, então, poderíamos contar tudo um ao outro, e choraríamos juntos e nos entenderíamos e conformaríamos. Então eu me abaixei e pressionei meus lábios contra os dela enquanto a velha enfermeira saía do quarto. Mas os lábios vermelhos eram como mármore, e ela não despertou. Nunca mais despertaria. Digo-lhes mais uma vez, há coisas sobre as quais não podemos escrever.

PARTE 3

Deitei-me naquela noite em um grande quarto repleto de uma mobília pesada e escura, em uma enorme cama com dossel, com cortinas igualmente pesadas e escuras, uma cama que parecia opor-se àquela outra de cujo lado por fim conseguiram me tirar.

Eles me alimentaram, creio eu, e a velha enfermeira me tratou bem. Acho que ela enxergava então que não era dos mortos de quem se deve ter mais pena.

Por fim, me deitei na espaçosa cama e fiquei ouvindo conforme os milhares de ruídos daquela casa se dissipavam, o breve choro de minha prole cessando por último. Eles haviam me trazido a criança, e eu a segurara em meus braços e inclinara a cabeça, tocando sua pequena face e os frágeis dedos. Eu não amava aquela criança, então. Dissera a mim mesmo que a criança me custara a vida dela. Mas meu coração me assegurava que era eu o responsável por aquilo. O alto relógio na escadaria soava as horas: onze, doze, uma, e ainda assim eu não conseguia dormir. O quarto estava escuro e tranquilo.

Ainda não tivera conseguido analisar minha vida com calma. Estivera intoxicado pelo luto, uma verdadeira embriaguez, mais misericordiosa do que a calma que vem depois.

Agora, estava deitado e imóvel, com a falecida no quarto ao lado, e analisava o que sobrara de minha vida. Permaneci parado, pensando. E, durante aquelas horas, senti o amargor da morte. Deveria ser por volta das duas horas quando me dei conta pela primeira vez de um som leve, diferente do tiquetaquear do relógio. Digo que foi a primeira vez que me dei conta dele, porque sabia perfeitamente bem que já ouvira aquele som mais de uma vez antes e me mantivera determinado a não lhe dar ouvidos, *já que ele vinha do quarto ao lado*: o quarto onde jazia o corpo.

E eu não queria ouvir aquele som, porque sabia que significava que eu estava nervoso, miseravelmente nervoso, um bruto covarde. Significava que eu, tendo matado minha esposa com toda a certeza, como se a tivesse apunhalado no peito, agora me rebaixara a ponto de temer seu corpo sem vida, o corpo que jazia no quarto ao lado do meu. As cabeceiras das camas haviam sido posicionadas contra a mesma parede e, daquela parede, imaginei ter ouvido sons bastante baixos, quase inaudíveis. Por isso, quando digo que me dei conta deles, quero dizer que, por fim, ouvi um som tão distinto que não deixava qualquer sombra de dúvida. Isso fez com que eu de pronto me sentasse na cama, as gotas de suor encharcando a minha testa e escorrendo até as minhas mãos frias, enquanto eu prendia a respiração e ouvia.

Não sei por quanto tempo fiquei sentado ali, sem ouvir nenhum outro som. Por fim, meus músculos tensos relaxaram, e me atirei de volta ao travesseiro.

— Seu tolo! — disse a mim mesmo. — Morta ou viva, ela não é sua amada, o amor de sua vida? Por acaso você não poderia morrer de alegria se ela voltasse para você? Que Deus permita que seu espírito volte e diga que ela o perdoa!

"Queria que ela viesse até mim", respondi a mim mesmo em voz alta, enquanto cada fibra em meu corpo e minha mente se retraía e estremecia em negação.

Risquei um fósforo, acendi uma vela e respirava com mais facilidade conforme observava a mobília lustrada, os detalhes ordinários de um cômodo qualquer. Depois, pensei nela, deitada sozinha, tão perto de mim, tão imóvel sob o lençol branco. Ela estava morta; não despertaria nem se moveria. Mas e se ela se movesse? E se afastasse o lençol, se levantasse e, após caminhar até meu quarto, virasse a maçaneta da porta?

Enquanto pensava nisso, ouvi, claramente e sem equívoco, a porta da câmara da morte se abrir devagar. Ouvi passos lentos no corredor, lentos e pesados. Ouvi o toque das mãos na minha porta, do lado de fora, mãos incertas, que buscavam o trinco.

Doente de horror, permaneci agarrado ao lençol.

Sabia bem o bastante o que entraria quando aquela porta se abrisse, aquela porta na qual meus olhos estavam vidrados. Temia olhar. Ainda assim, não ousava desviar os olhos. A porta se abriu com lentidão, e a figura da minha esposa morta adentrou o quarto. Ela veio diretamente na direção da cama e parou aos seus pés em seu branco traje fúnebre, com a atadura branca ainda sob o queixo. Senti

DOS MORTOS

o aroma da lavanda. Seus olhos estavam arregalados e me olhavam com um amor indescritível.

Eu poderia ter gritado alto.

Minha esposa se pronunciou. Era a mesma voz amável que eu tanto adorava ouvir, mas agora estava bastante fraca e branda: e agora eu tremia ao ouvi-la.

— Você não está com medo de mim, querido, mesmo eu estando morta, está? Ouvi tudo o que você me disse quando chegou, mas não podia responder. Mas agora voltei dos mortos para lhe dizer que não fui de fato tão perversa quanto você imaginou. Elvire me dissera que amava Oscar. Eu apenas escrevi a carta para que fosse mais fácil para você. Fui orgulhosa demais para contar-lhe isso quando você ficou chateado, mas agora não tenho mais orgulho. Você me amará novamente, não amará, agora que estou morta? Os mortos sempre são perdoados.

A voz do pobre fantasma era rouca e tênue. Um terror abjeto me paralisara. Eu não consegui responder nada.

— Diga que você me perdoa — a voz fina e monótona continuou. — Diga que me ama de novo.

Eu tinha que dizer algo. Mesmo em minha covardia, consegui balbuciar:

— Sim, eu a amo. Sempre a amei, que Deus me ajude!

O som da minha própria voz me confortou, e consegui terminar a frase com mais firmeza do que quando comecei. A figura junto à cama balançava um pouco instável.

— Suponho — ela prosseguiu com fadiga — que você não teria medo, agora que estou morta, se me aproximasse de você e o beijasse?

Ela se moveu como se fosse se aproximar de mim.

E então eu de fato irrompi num grito alto, que se repetiu algumas vezes, e cobri o rosto com o lençol, enrolando-o ao redor da cabeça e do meu corpo, segurando-o com toda a força.

Fez-se um momento de silêncio. Então ouvi minha porta se fechar, e depois um som de passos e vozes, e ouvi algo pesado caindo.

Desenrolei minha cabeça do lençol. Meu quarto estava vazio. Então recobrei a razão. Saltei da cama.

— Ida, minha querida, volte! Não tenho medo! Eu a amo! Volte! Volte!

Corri até a minha porta e a abri de pronto. Alguém trazia uma vela pelo corredor. No chão, junto à porta, do lado de fora da câmara da morte, encontrava-se algo amontoado: era o corpo, em seus trajes fúnebres. Morta, morta, morta.

Ela está enterrada no cemitério em Mellor, sem lápide alguma sobre seu túmulo.

Agora, se foi catalepsia, como disseram os médicos, ou se meu amor voltou dos mortos para mim, que a amava, eu nunca saberei. Mas disto eu sei: se eu tivesse estendido os braços para ela, enquanto estava parada aos pés da minha cama, se tivesse dito a ela: "sim, mesmo que da sepultura, minha querida, mesmo que seja do próprio inferno, volte, volte para mim", se tivesse lugar em meu coração covarde para algo além do terror irracional que matou o amor naquele mesmo instante, não estaria sozinho aqui agora. Eu a afastei, tive medo do amor, não a recebi em meu coração. E agora ela não voltará para mim nunca mais.

Por que sigo vivendo?

Vejam, há a criança. Ela tem quatro anos agora e nunca falou ou sorriu.

EDITH NESBIT

HERANÇA ASSOMBRADA

1900

Lawrence e Selwyn devem disputar quem ficará com a herança de seu tio-avô. Uma série de acasos leva Lawrence a tempo ao casarão que dizem ser mal-assombrado e uma reviravolta o aguarda lá.

O acaso mais extraordinário que já me ocorreu foi eu ter voltado à cidade naquele dia. Sou uma pessoa razoável; não sou dessas coisas. Fazia uma viagem de bicicleta com outro rapaz. Estávamos desvencilhados dos interesses mesquinhos de uma profissão mal remunerada; éramos homens livres de um endereço determinado, de qualquer data marcada ou de uma rota preconcebida. Deitei-me cansado e alegre, adormeci como o mero animal que era: um cão fatigado após um dia de caça. Acordei às quatro da manhã, sendo a outra metade de meu ser uma criatura de nervos e caprichos, que já me levara a todo tipo de loucura já considerada. Mas até mesmo aquela minha outra metade, fera lamuriante e traidora que é, nunca me pregara uma peça tal como naquela circunstância. De fato, algo no saldo final dos atos impensados daquele dia me faz pensar se, no fim das contas, teria sido de fato eu, ou até mesmo minha outra metade, que perseguiu tal aventura, ou se não teria sido obra de um poder externo a nós... mas essa é uma especulação tão inútil para mim quanto desinteressante para o leitor, portanto, vamos esquecê-la.

Permaneci acordado das quatro às sete, vítima de um crescente desgosto pela viagem de bicicleta, dos amigos, daquela paisagem, do esforço físico e das férias. Às sete horas, senti que preferia morrer a passar mais um dia na companhia do outro jovem, um rapaz excelente, a propósito, e a melhor das companhias.

Às sete e meia, chegou o carteiro. Vi-o passar pela janela enquanto fazia a barba. Desci para pegar minha correspondência, mas naturalmente não havia nada.

Durante o desjejum, disse:

— Edmundson, meu caro, sinto muitíssimo, mas uma correspondência que recebi esta manhã me compele a voltar de pronto à cidade.

— Mas pensei que... — começou Edmundson. Então, ele se deteve, e notei que percebera a tempo que não era hora de me lembrar que, não tendo deixado a meus conhecidos um endereço, eu não poderia ter recebido correspondência alguma.

Ele parecera compreender e me ofereceu o que restara do bacon. Suponho que pensou se tratar de um romance ou uma bobagem do tipo. Permiti que pensasse isso; afinal, nenhuma outra circunstância que não a de um romance teria parecido sábia em comparação à vã tolice de tal repentina determinação em encurtar um passeio tão agradável e voltar aos cômodos empoeirados e abafados de Gray's Inn.

Após aquele primeiro e quase perdoável lapso, Edmundson se comportou lindamente. Peguei o trem das 9h17 e, às 11h30, subia por minhas escadas empoeiradas.

Entrei e me deparei com uma pilha de envelopes e folhetos publicitários que ali caíram depositados pelo carteiro, assim como folhas mortas que se acumulam nas casas aos montes. Todas as janelas estavam cerradas. Tudo estava coberto por uma grossa camada de poeira. Minha lavadeira evidentemente imaginara que aquele fosse um bom momento para suas férias. Peguei-me inutilmente imaginando onde ela estaria. E então o cheiro de bolor dos cômodos fechados me fez recobrar os sentidos, e me lembrei, de estalo, do aroma doce da terra e das folhas secas naquela mata pela qual, neste mesmo instante, o sensato e afortunado Edmundson estaria passeando.

Imaginar as folhas secas me fez lembrar da pilha de correspondências. Passei os olhos por ela. Apenas uma dentre todas aquelas cartas me despertara o mínimo de interesse. Era de minha mãe:

Elliot's Bay, Norfolk,

17 de agosto.

Querido Lawrence,

Tenho notícias maravilhosas para você. Seu tio-avô Sefton faleceu e deixou para você metade de sua imensa propriedade. A outra metade foi deixada para seu primo de segundo grau, Selwyn. Você deve vir imediatamente para casa. Há pilhas de cartas aqui para você, mas não ouso encaminhá-las, só Deus sabe onde você pode estar. Gostaria que se lembrasse de deixar um endereço. Envio esta carta a suas acomodações, caso tenha tido a preocupação de instruir sua criada e encaminhar-lhe suas correspondências. É uma bela fortuna, e estou feliz demais por você tê-la recebido para repreendê-lo como merece, mas espero que isso sirva de lição para que deixe um endereço da próxima vez que viajar. Não se demore.

Sua amada mãe,

Margaret Sefton.

P.S.: é o testamento mais insano que já vi; tudo foi dividido igualmente entre vocês dois, exceto a casa e o terreno. O testamento diz que você e seu primo Selwyn devem se encontrar ali no dia 1º de setembro após a morte do seu tio-avô, na presença da família, e decidir qual dos dois ficará com a casa. Se não conseguirem chegar a um consenso, ela será apresentada ao estado para a construção de uma instalação manicomial. Imagine só! Ele sempre foi tão excêntrico. Aquele que não ficar com a casa, receberá 20 mil libras. É claro que você deverá optar por *isso*.

P.P.S.: Não se esqueça de trazer camisas quentes, o ar aqui, à noite, é um tanto gelado.

Abri ambas as janelas e acendi um cachimbo. Sefton Manor, aquele belo casarão antigo. Conheci-o através de um retrato em Hasted, berço de nossa família, por assim dizer... além disso, uma grande fortuna. Esperava que meu primo Selwyn fosse preferir as 20 mil libras ao velho casarão. Caso contrário... bem, talvez minha fortuna fosse o suficiente para se somar àquelas 20 mil libras e convencê-lo.

Então, de repente, dei-me conta de que estávamos em 31 de agosto e de que, no dia seguinte, deveria encontrar meu primo Selwyn e "a família", e deveríamos chegar a uma decisão sobre o casarão. Nunca ouvira falar de meu primo Selwyn, até onde me lembrava. A árvore genealógica de minha família era rica em ramificações. Eu esperava que se tratasse de um jovem razoável. Além disso, nunca vira o casarão de Sefton Manor House, exceto por um retrato. Ocorreu-me que preferia ver a casa antes de encontrar-me com meu primo.

Peguei o trem seguinte até Sefton.

— Fica a cerca de um quilômetro e meio pelo campo — explicou o carregador na ferrovia. — Pegue as escadas, a primeira à esquerda, e siga em frente até chegar à mata. Depois, mantenha-se à esquerda, siga até a campina no final, e o senhor verá o lugar logo abaixo, no vale.

— Soube que se trata de um belo lugar — comentei.

— Mas está caindo aos pedaços — ele concluiu. — Não me surpreenderia se custasse um bom dinheiro para arrumá-lo. Com a água entrando pelo telhado e tudo mais.

— Mas certamente o dono...

— Ah, ele nunca morou ali; não desde que o filho se foi. Ele morava na hospedaria, no topo da colina, com vista para o casarão.

— O casarão está vazio?

— Tão vazio quanto uma noz podre, exceto pela velha mobília. Qualquer um — continuou o funcionário — pode pernoitar ali o quanto quiser. Mas eu não faria isso!

— Está querendo dizer que há um fantasma lá? — Espero ter ocultado de minha voz qualquer tom de euforia indevida.

— Não acredito em fantasmas — disse o rapaz com firmeza —, mas minha tia trabalhava na hospedaria, e não há dúvida de que *algo* perambula pelo local.

— Ora — disse-lhe —, isso tudo é muito interessante. Você não quer sair um pouco da estação e vir tomar uma cerveja comigo?

— Não me importaria em fazê-lo — ele respondeu. — Há um lugar não muito longe daqui. Mas não posso sair da estação, por isso, se quiser me pagar algo, como diz o ditado, poderá molhar minha mão.

Dei ao rapaz uma moeda, e ele me contou sobre o fantasma do casarão de Sefton Manor House. De fato, contou-me sobre os fantasmas, pois, pelo que parece havia dois: uma dama de branco e um cavalheiro de chapéu e capa preta.

— Dizem — continuou o carregador — que uma das jovens queria, em uma ocasião, fugir para se casar e planejou fazê-lo, mas não conseguiu ir além da porta do casarão. Seu pai, pensando se tratar de ladrões, atirou pela janela, e o casal feliz caiu morto nos degraus.

— E você acha que a história é real?

O rapaz não sabia dizer. De qualquer forma, havia uma homenagem na igreja em nome de Maria Sefton e George Ballard, dizendo algo sobre como, mesmo na morte, não serem separados.

Eu peguei as escadas, passei pela mata, segui até a campina e, assim, dei em um morro de pedra, sustentado pelas raízes dos pinheiros, onde cresciam violetas-bravas. Abaixo se estendia o prado verde, com árvores aqui e acolá. A hospedaria, coberta em estuque, ficava logo abaixo. De sua chaminé, podia ver sair a fumaça. Ainda mais abaixo ficava o casarão, com seus tijolos vermelhos e mainéis cobertos de um líquen acinzentado: uma casa como nenhuma outra, em estilo elizabetano. De suas belas chaminés retorcidas não saía nenhuma fumaça. Apressei-me, passando pelo pequeno gramado, na direção do casarão.

Não tive nenhuma dificuldade em chegar ao grande jardim. Os tijolos do muro estavam, por toda a parte, soltos ou em ruínas. A hera forçara sua passagem, deslocando as pedras que o cobriam; cada raiz vermelha oferecendo dezenas de apoios para os pés. Escalei o muro e me vi no jardim. Ah, mas que jardim! Em toda a Inglaterra não há muitos jardins como aquele: antigas sebes, rosários, fontes, fileiras de teixos, caramanchões de barbas-de-velho (agora cheias de plumas, em sua época de germinação), grandes árvores, balaustradas e degraus de mármore cinza, terraços, gramados verdes, um deles, em especial, com cascalho ao redor e uma sebe de roseira-brava e, no meio desse gramado, um relógio de sol. Tudo isso era meu, ou, para ser mais exato, poderia ser meu, caso meu primo Selwyn se provasse uma pessoa razoável. Como rezei para que ele não fosse uma pessoa de bom gosto! Que fosse uma pessoa que gostasse de iates, cavalos de corrida ou diamantes, automóveis, ou qualquer coisa que o dinheiro pode comprar, e não uma pessoa que apreciasse belas casas elizabetanas e jardins inacreditáveis.

O relógio de sol ficava em uma massa de alvenaria, muito baixa e larga para ser chamada de pilar. Subi os dois degraus e me inclinei para ler a data e a inscrição:

Tempus fugit manet amor.

A data indicava 1617, com as iniciais S. S. A superfície do mostrador era excepcionalmente ornamentada: uma grinalda de rosas desenhadas de forma primorosa circundava os números. Enquanto me inclinava, um movimento repentino do outro lado do pedestal chamou minha atenção. Inclinei-me um pouco mais para ver o que se movera, teria sido um rato, um coelho talvez? Um vulto rosa saltou-me aos olhos. Uma dama de vestido rosa estava sentada no degrau do outro lado do relógio de sol.

Suponho ter deixado escapar alguma exclamação, e a jovem olhou para cima. Ela tinha cabelos e olhos escuros, a face era rosada e branca, com algumas sardas douradas no nariz e nas maçãs do rosto. Seu vestido era de algodão rosa, leve e macio. Ela parecia uma bela rosa.

Nossos olhos se encontraram.

— Perdoe-me — disse. — Não fazia ideia... — Detive-me ali e tentei voltar a terra firme. Explicações graciosas não têm tanto efeito quando dadas de bruços, estirado sobre um relógio de sol.

Quando consegui me levantar, ela também se pusera de pé.

— É uma bela propriedade antiga — ela disse docemente; pelo que me pareceu, com o gentil desejo de me aliviar do meu constrangimento, movendo-se, como se para ir embora.

— Um lugar um tanto extraordinário — respondi de forma tola, mas ainda me encontrava um tanto constrangido e queria dizer-lhe algo, qualquer coisa que fosse, para deter sua partida. O leitor não faz ideia de como ela era linda. Ela trazia um chapéu de palha nas mãos, pendurado por macias fitas pretas. Seu cabelo era volumoso e macio, como o de uma criança. — Suponho que já tenha visto a casa? — perguntei-lhe.

Ela deteve-se, com um dos pés ainda no degrau inferior do relógio de sol. Seu rosto pareceu se iluminar como se tivesse tido uma ideia tão repentina quanto bem-vinda.

— Bem... não — ela respondeu. — O fato é que... gostaria terrivelmente de ver a casa. Na verdade, desloquei-me quilômetros e quilômetros com esse propósito, mas não há ninguém para me deixar entrar.

— E o pessoal da hospedaria? — sugeri.

— Ah, não — ela respondeu. — Eu... o fato é que... não quero que me mostrem o lugar. Gostaria de explorá-lo!

Ela me olhou, analisando-me. Seus olhos se fixaram na minha mão direita, que estava sobre o relógio. Sempre cuidei com razoável atenção de minhas mãos e usava um belo anel, com uma safira, trazendo o brasão dos Sefton: uma relíquia de família, a propósito. Seu olhar para a minha mão precedeu um olhar mais longo para o meu rosto. Então, ela deu de ombros.

— Ah, certo... — disse, e fora como se ela tivesse simplesmente dito: "Vejo que você é um cavalheiro e um rapaz decente. Por que não deveria explorar o casarão em sua companhia? Apresentações? Do que nos servem?".

Ela dissera tudo isso sem ambiguidade e sem palavras ao dar de ombros.

— Talvez eu consiga apanhar as chaves — arrisquei.

— Você gosta tanto assim de casarões antigos?

— Sim — respondi-lhe. — E você?

— Gosto tanto que quase invadi este. Teria feito isso se as janelas fossem alguns centímetros mais baixas.

— Eu sou alguns centímetros mais alto — falei, pondo-me de pé, de modo a aproveitar ao máximo meu um metro e oitenta em comparação ao seu metro e sessenta, ou algo próximo a isso.

— Ah... se ao menos você se atrevesse! — ela respondeu.

— E por que não? — insisti.

Ela seguiu na minha frente, passando pela bacia de mármore da fonte e ao longo da histórica fileira de teixos, plantada, assim como todas as antigas fileiras de teixo, por aquele habilidoso jardineiro,

Henrique VIII. Depois, seguiu pelo gramado, por um caminho sinuoso, repleto de relva e arbustos, que dava em uma porta verde no muro do jardim.

— Dá pra levantar este trinco com um grampo de cabelo — ela disse e, com isso, o ergueu.

Entramos em um pátio. A grama nova crescia verde entre os pisos cinzentos em que ecoavam nossos passos.

— A janela é esta — ela concluiu. — Vê? Um dos painéis está quebrado. Se alcançar o parapeito da janela, pode colocar a mão para dentro, abrir o fecho e...

— E quanto a você?

— Ah, você me deixa entrar pela porta da cozinha.

Foi o que fiz. Minha consciência tentou em vão me acusar de invasor. Aquela não seria minha própria casa, ou algo tão próximo a isso?

Deixei-a entrar pela porta dos fundos. Caminhamos pela espaçosa cozinha escura, onde um velho caldeirão se erguia na lareira, e os velhos espetos e morilhos ainda mantinham seu lugar ancestral. Depois, passamos por outra copa, onde a ferrugem vermelha fazia uma refeição completa em um fogão comparativamente moderno.

Seguimos então pelo grande salão, onde as velhas armaduras, casacos e capas arredondadas penduravam-se nas paredes, e onde as escadarias de pedra esculpida subiam, uma de cada lado, até a galeria superior.

As longas mesas no meio do salão haviam sido marcadas pelas facas dos muitos que ali comeram sua carne, iniciais e datas se encontravam entalhadas. O telhado era curvado, as janelas tinham um arco baixo.

— Ah, que lugar! — ela exclamou. — Este cômodo deve ser muito mais antigo do que o restante...

— Evidentemente. De cerca de 1300, eu diria.

— Ah, exploremos o resto! — continuou. — É de fato um conforto não ter um guia, somente alguém como você, que não vê problema algum em apenas adivinhar as datas. Eu odiaria saber *com precisão* quando esse salão foi construído.

Exploramos o salão de baile e a galeria de quadros, o salão branco e a biblioteca. A maioria dos quartos estava mobiliada, com móveis pesados, alguns magníficos, porém, tudo coberto de poeira e desbotado.

Foi no salão branco, uma sala espaçosa com painéis no primeiro andar, que ela me contou a história dos fantasmas, substancialmente a mesma que meu carregador me contara, diferente apenas em um aspecto.

— E então, quando ela estava saindo deste mesmo cômodo... sim, tenho certeza de que é este o cômodo, porque a mulher na hospedaria apontou para esta janela dupla e me contou... quando o pobre casal estava escapulindo pela porta, o pai cruel saiu de repente de um canto escuro e matou a ambos. Então, agora, eles assombram este lugar.

— É algo terrível de se pensar — respondi com seriedade. — Você gostaria de morar em uma casa mal-assombrada?

— Eu não poderia — ela respondeu prontamente.

— Nem eu. Seria muito... — Meu discurso teria terminado de forma petulante não fosse pelo seu semblante sério.

— Gostaria de saber quem *de fato* viverá aqui — ela disse. — O proprietário faleceu há pouco. Dizem que é uma casa pavorosa, cheia de fantasmas. É claro que não estamos com medo agora... com a luz do sol dourada batendo sobre a poeira do chão... mas, à noite, quando o vento sopra, as portas rangem e tudo faz barulho, ah, deve ser horrível!

— Ouvi dizer que a casa foi deixada para duas pessoas, ou melhor, uma delas ficará com a casa e a outra com uma soma em dinheiro — expliquei. — É uma bela casa, cheia de lindos itens, mas creio que pelo menos um dos herdeiros preferirá o dinheiro.

— Ah, sim, penso que sim. Será que os herdeiros sabem sobre os fantasmas? É possível, ver as luzes da hospedaria, sabe, à meia-noite, e eles veem o fantasma de branco pela janela.

— Nunca o de preto?

— Ah, sim, suponho que sim.

— Os fantasmas não aparecem juntos?

— Não.

— Suponho — continuei — que quem quer que seja o responsável por administrar tais coisas saiba que os pobres fantasmas gostariam de ficar juntos, por isso, os proíbe.

Ela estremeceu.

— Venha — disse a mim —, vimos a casa toda; vamos voltar para a luz do sol. Vou sair, e você tranca a porta atrás de mim e depois sai pela janela. Agradeço por ter se dado a todo esse trabalho. Foi uma aventura e tanto...

Aquela expressão me agradava muito, e ela se apressou em estragá-la.

— Foi uma aventura e tanto percorrer todo esse glorioso casarão antigo e ver tudo o que queria ter visto, não apenas aquilo que alguma criada não se importasse que eu visse.

Ela passou pela porta, mas, quando a fechei e estava me preparando para trancá-la, percebi que a chave não estava mais na fechadura. Procurei pelo chão, tateei meus bolsos e, por fim, voltando para a cozinha, a encontrei na mesa, onde juro nunca a ter posto.

Depois de enfiar a chave na fechadura e trancá-la, saí pela janela rapidamente e cheguei ao jardim. Ninguém compartilhava de sua solitude comigo. Procurei pelo jardim e pelo pátio, mas nenhum vislumbre de tom de rosa acalmou meus olhos ansiosos. Cheguei novamente ao relógio de sol e me estiquei sobre a pedra quente do largo degrau onde ela estivera sentada. Com isso, me considerei um tolo.

Eu a deixara partir. Não sabia seu nome, não sabia onde vivia. Ela estivera na hospedaria, mas era provável que somente para almoçar. Eu nunca mais a veria e certamente nunca mais veria aqueles olhos escuros e gentis, um cabelo como aquele, o contorno das faces e queixo ou um sorriso tão honesto. Em suma, uma garota pela qual seria tão deliciosamente natural para mim me apaixonar. Porque, durante todo o tempo que ela permanecera falando comigo sobre arquitetura e arqueologia, sobre datas e eras, entalhes e molduras, eu estivera descuidadamente me apaixonando pela ideia de me apaixonar por ela. Eu acalentara e adorara a possibilidade encantadora, e agora minha chance tinha passado. Nem mesmo eu não poderia me apaixonar definitivamente após uma única conversa com uma garota que eu nunca mais veria! E apaixonar-se é algo tão agradável! Praguejei pela minha chance perdida e voltei à hospedaria. Conversei com o garçom.

— Sim, uma dama de rosa almoçara ali junto de um grupo. Ela se dirigira ao castelo. Era um grupo vindo de Tonbridge.

O castelo de Barnhurst ficava próximo ao casarão de Sefton Manor. A hospedaria se propõe a entreter as pessoas que chegam em intervalos e entalham seus nomes nas paredes da torre do castelo. A hospedaria tem um livro de visitantes. Eu o examinei. Cerca de vinte nomes femininos. Qualquer um deles poderia ser o dela. O garçom olhou por cima do meu ombro. Virei as páginas.

— Nessa parte do livro estão apenas os grupos que estão pernoitando na hospedaria — ele explicou.

Um nome chamou minha atenção. "Selwyn Sefton", escrito com uma letra clara, arredondada e negra.

— Está hospedado aqui? — apontei para o nome.

— Sim, senhor, chegou hoje.

— Pode me conseguir um quarto?

Meu pedido foi atendido. Pedi que meu jantar fosse servido ali, sentei-me e refleti como deveria agir. Deveria convidar meu primo Selwyn para jantar e enchê-lo de vinho e promessas específicas? A honra me proibia. Deveria procurá-lo e tentar estabelecer relações amigáveis? Com que fim?

Então vi pela minha janela um jovem com paletó xadrez, o rosto ao mesmo tempo pálido e grosseiro. Ele caminhava pelo chão de cascalho quando a voz de uma mulher no jardim chamou: "Selwyn".

Ele desapareceu, indo na direção da voz. Creio nunca ter desprezado tanto um homem à primeira vista.

— Bruto — concluí. — Por que ele deveria ficar com a casa? Ele provavelmente a cobriria de estuque. Talvez até a abandonaria! Nunca suportaria os fantasmas...

Então a ideia mais imperdoável e ousada de minha vida me ocorreu atingindo-me em cheio: um golpe desferido pela minha outra metade. Deve ter se passado um ou dois minutos antes que meus músculos pudessem relaxar e meus braços caíssem ao lado de meu corpo.

— É o que farei — concluí.

Eu jantei. Disse ao pessoal da hospedaria para não me esperarem acordados. Eu iria encontrar-me com alguns amigos no bairro e talvez passasse a noite com eles. Levei minha capa de inverno comigo nos braços e meu chapéu de feltro em um bolso. Vestia um paletó leve e um chapéu de palha.

Antes de sair, inclinei-me com cuidado em minha janela. A lâmpada na janela ao lado da minha me revelava o jovem pálido, fumando um charuto grosso e fedorento. Esperava que ele continuasse sentado ali, fumando. Sua janela estava virada na direção certa, e, se ele não visse o que eu queria que visse, outras pessoas na hospedaria veriam. A proprietária me assegurara que eu não incomodaria ninguém se voltasse à meia-noite e meia.

— Não seguimos os horários do campo aqui, senhor — ela explicou —, visto que temos tantos hóspedes de passagem.

Comprei velas no vilarejo e, enquanto atravessava o parque em meio à escuridão, me virava diversas vezes para garantir que a luz e o pálido jovem ainda estavam naquela janela. Já passava das onze.

Entrei no casarão, acendi uma vela e passei pela cozinha escura, cujas janelas, eu sabia bem, não davam para a hospedaria. Quando cheguei ao salão, apaguei a vela. Não ousaria revelar sua luz prematuramente, e não na parte não assombrada da casa.

Dei de encontro violentamente com uma das longas mesas, mas isso me ajudou a clarear as ideias e, de pronto, encostei a mão na balaustrada de pedra da grande escadaria. O leitor mal acreditaria em mim se contasse, verdadeiramente, qual sensação me tomara quando comecei a subir as escadas. Não sou covarde... pelo menos nunca pensara ser até então. No entanto, a escuridão absoluta me enervara. Precisei prosseguir devagar, ou teria perdido a cabeça e subido aos saltos a escada, três degraus por vez, de tão marcante que era a sensação de que algo, algo assombroso, estava atrás de mim.

Cerrei os dentes. Cheguei ao topo das escadas, tateando as paredes e, depois de um primeiro passo em falso, que me fizera chegar à grande galeria de quadros, encontrei o salão branco. Entrei ali, fechei a porta e tateei o caminho até um pequeno cômodo sem janelas, que havíamos decidido que deveria ter sido um lavabo.

Lá, arrisquei-me a acender novamente minha vela.

O salão branco, lembrava-me, estava totalmente mobiliado. Ao voltar até ele, acendi um fósforo e, com sua luz, determinei o caminho até a lareira.

Então, fechei a porta do lavabo atrás de mim. Tateei meu caminho até a lareira e apanhei os dois candelabros de latão com espaço para vinte velas cada. Coloquei-os numa mesa a um ou dois metros da janela e, neles, preparei as velas. É surpreendentemente difícil fazer qualquer coisa no escuro, mesmo uma coisa tão simples quanto preparar uma vela.

Depois, voltei para o pequeno lavabo, vesti minha capa e o chapéu e olhei para o relógio. Onze e meia. Seria preciso aguardar. Sentei-me e esperei. Pensei na minha riqueza, mas o pensamento se esvaneceu. Eu queria aquela casa. Pensei em minha bela dama de rosa, mas também deixei de lado aquele pensamento. Em meu íntimo, tinha consciência de que minha conduta, suficientemente heroica em certo sentido, pareceria mesquinha e ardilosa aos seus olhos. Apenas dez minutos haviam se passado. Eu não conseguiria esperar até a meia-noite. O frio da noite e da casa úmida e sem uso e, talvez, alguma influência menos material, me faziam tremer.

Abri a porta, engatinhei até a mesa e, tendo o cuidado de me manter abaixo do nível das janelas, ergui o braço trêmulo e acendi, uma a uma, as quarenta velas. O cômodo resplandeceu com o brilho da luz. Recobrei a coragem conforme a escuridão recuou. Estava entusiasmado demais para perceber quão tolo parecia. Levantei-me corajosamente e comecei minha encenação diante da janela, que a luz das velas iluminava, iluminando também atrás de mim. Minha capa fora atirada sem preocupação pelo meu ombro, e meu chapéu preto de feltro havia sido retorcido e inclinado por cima de meus olhos.

Fiquei ali parado, esperando que o mundo, e especialmente meu primo Selwyn, me visse: a própria imagem do fantasma que assombrava aquele cômodo. E da minha janela, eu via a luz naquela outra janela e, indistintamente, a figura que ali repousava. Ah, meu primo Selwyn, desejei-lhe muitas coisas naquele instante! Pois tivera apenas um momento para me sentir corajoso e audaz. Depois disso, ouvi, na parte de baixo da casa, um som muito leve e tênue. E depois, o silêncio. Respirei fundo. O silêncio perdurava. Continuei parado ao lado da janela iluminada.

Após um longo intervalo, ou pelo menos foi o que me pareceu, ouvi o estalo de uma tábua, e depois um barulho suave que se aproximara e parecera parado do lado de fora da porta do cômodo onde me encontrava.

Novamente prendi a respiração e, dessa vez, lembrei-me da história mais horrível já escrita por Poe, "A queda da casa de Usher", e imaginei ter visto a maçaneta da porta se mexer. Fixei os olhos nela. A sensação passou e depois voltou.

Depois, mais uma vez, fez-se o silêncio. E então a porta se abriu de maneira súbita e silenciosa, e eu vi uma figura de branco. Seus olhos brilhavam no rosto pálido como a morte. Ela deu dois passos fantasmagóricos, deslizando em minha direção, e meu coração pareceu parar. Nunca pensara ser possível sentir um golpe tão forte de puro terror. Eu tinha me passado por um dos fantasmas daquela casa amaldiçoada. Bem, o outro fantasma, o verdadeiro, viera ao meu encontro. Não gosto de me lembrar daquele momento. A única coisa que me agrada em lembrar é que eu não gritei nem enlouqueci. Acho que estive à beira de ambos.

O fantasma, como disse, deu dois passos à frente; então, ergueu os braços, e a vela acesa que carregava caiu no chão, fazendo-o se recostar novamente contra a porta, com os braços cruzados sobre o rosto.

A queda daquela vela me fez despertar como se fosse um pesadelo. Ela caiu de maneira firme e rolou para debaixo da mesa.

Percebi que meu fantasma era humano. Gritei sem qualquer coerência:

— Não, por Deus... está tudo bem.

O fantasma soltou seus braços, que estavam erguidos, e virou os olhos agonizantes para mim. Arranquei a capa e o chapéu.

— Eu... não... gritei — ela disse. E, com isso, atirei-me para a frente e a segurei em meus braços, minha pobre dama de rosa, agora pálida como uma rosa branca.

Carreguei-a até o lavabo e deixei uma das velas com ela, apagando as demais com pressa. Percebera então algo de que, em minha extravagante insensatez, não me dera conta antes: minha encenação fantasmagórica poderia atrair até a casa todo o povo do vilarejo. Apressei-me pelo longo corredor e tranquei duas vezes as portas que levavam até a escada. Depois, voltei até o lavabo e à desfalecida rosa branca. Como, em meio à loucura e insensatez daquela noite, eu pensara em levar comigo um frasco de conhaque está além do meu entendimento. Mas fora o que fizera. Então, esfreguei a bebida em suas mãos e têmporas. Tentei forçá-la por entre seus lábios e, por fim, ela suspirou e abriu os olhos.

— Ah... graças a Deus... graças a Deus! — exclamei, pois, de fato, quase cheguei a temer que minha brincadeira insana a tivesse matado. — Você está melhor? Ah, pobre dama, você está melhor?

Ela moveu a cabeça um pouco em meus braços.

Novamente suspirou, e seus olhos se fecharam. Dei mais conhaque a ela. Ela bebeu, engasgou e depois ergueu-se, recostada em meu ombro.

— Estou bem agora — disse com fraqueza. — Bem feito para mim. Que tolice tudo isso! — Então, começou a rir e depois a chorar.

Foi então que ouvimos vozes no terraço abaixo. Ela se agarrou ao meu braço em um frenesi de terror, as lágrimas reluzentes brilhando em suas faces.

— Ah, de novo não, de novo não! — gritou. — Não posso suportar.

— Acalme-se — falei, apertando suas mãos nas minhas com força. — Fiz papel de tolo; você também. Devemos ser fortes agora. As pessoas do vilarejo viram as luzes, só isso. Elas pensam que somos ladrões. Não conseguirão entrar. Se ficarmos quietos, eles irão embora.

Mas, quando foram embora, deixaram o policial local de guarda. Ele se manteve vigilante como deveria até que a luz do dia começou a aparecer sobre a colina. Depois, arrastou-se até o palheiro e adormeceu, não havia como culpá-lo.

Mas, durante aquelas longas horas, mantivera-me sentado ao lado dela, segurando sua mão. No início, ela se agarrou a mim como uma criança assustada, e suas lágrimas eram a coisa mais linda e triste de se ver. À medida que ficamos mais calmos, passamos a conversar.

— Fiz isso para assustar meu primo — expliquei. — Queria ter lhe dito hoje, quero dizer, ontem, mas você já havia ido embora. Meu nome é Lawrence Sefton, e o casarão ficará para mim ou para o meu primo, Selwyn. Eu queria assustá-lo para dissuadi-lo. Mas você, por que você...?

Mesmo então eu não conseguia entender. Ela olhava para mim.

— Eu não sei como eu pude pensar que teria coragem de fazer isso, mas eu queria a casa, por isso, eu queria assustá-lo...

— Me assustar. Por quê?

— Porque eu sou sua prima Selwyn — ela disse, escondendo o rosto nas mãos.

— E você sabia quem eu era? — perguntei.

— Por causa do seu anel — ela explicou. — Vi seu pai usando-o quando era garota. Não podemos voltar para a hospedaria agora?

— Não, a menos que você queira que todos saibam da nossa tolice.

— Gostaria que você me perdoasse — ela disse depois que havíamos conversado por um tempo, e ela até mesmo rira da descrição do pálido jovem a quem eu havia, em minha cabeça, outorgado seu nome.

— O erro foi mútuo — respondi. — Que o perdão também seja.

— Ah, mas não foi — disse ela avidamente. — Porque eu sabia quem você era, e você não sabia quem eu era: você não tentaria *me* assustar.

— Você sabe que não. — Minha voz evidenciara um tom mais tenro do que eu desejava fazer transparecer.

Ela ficou em silêncio.

— E quem ficará com a casa? — perguntou.

— Oras... você, é claro.

— Jamais.

— Por quê?

— Porque não.

— Não podemos deixar essa decisão para depois? — perguntei

— Impossível. Teremos que decidir amanhã... quero dizer, hoje.

— Bem, quando nos encontrarmos amanhã... quero dizer, hoje... com os advogados, acompanhantes, mães e parentes, deixe-me dar uma palavra a sós com você.

— Sim — ela respondeu com doçura.

— Sabe — ela disse prontamente —, nunca mais poderei me respeitar. Tentar uma coisa dessas, e depois ficar tão horrivelmente amedrontada. Ah! Pensei que você realmente *fosse* o outro fantasma.

— Vou contar um segredo — respondi. — Eu pensei que o fantasma fosse *você* e fiquei muito mais assustado do que você ficou.

— Bem... — ela continuou, encostando em meu ombro, como uma criança cansada faria —, se você também ficou com medo, primo Lawrence, então eu não me importo tanto assim.

Foi logo depois disso que, observando com cuidado pela janela do salão pela vigésima vez, tive a felicidade de ver o policial desaparecer para dentro do estábulo, esfregando os olhos.

Saímos pela janela do outro lado do casarão e voltamos para a hospedaria, passando pelo parque coberto de orvalho. Entramos ambos pela janela francesa da sala de estar pela qual ela saíra. Ninguém estava agitado, por isso, concluímos que ninguém, exceto eu e ela, sabia o que se passara naquela noite.

O dia seguinte parecia uma festa no jardim, quando advogados e executores, tias e parentes se reuniram no terraço em frente ao casarão de Sefton Manor House.

Ela mantinha o olhar voltado para baixo. Seguia sua tia de maneira recatada pela casa e pelo terreno.

— Sua decisão precisará ser apresentada dentro de uma hora — disse o advogado do meu tio-avô.

— Minha prima e eu a anunciaremos dentro desse prazo — falei e, prontamente, ofereci o braço a ela.

Paramos ao chegar ao relógio de sol.

— Minha proposta é a seguinte: diremos que a nossa decisão foi que a casa ficará com você — expliquei a ela. — Gastaremos as

20 mil libras para reformar a casa e o terreno. Quando a reforma terminar, poderemos decidir quem ficará com ela.

— Mas como?

— Faremos um sorteio ou jogaremos uma moeda, ou o que você preferir.

— Preferiria decidir agora — ela disse. — Fique *você* com ela.

— Não, *você.*

— Prefiro que fique com você. Eu... não me sinto tão gananciosa como ontem — concluiu.

— Nem eu. Ou pelo menos não da mesma forma.

— Faça isso... fique com a casa — disse ela com muita franqueza.

Ao que respondi:

— Prima Selwyn, a menos que você fique com a casa, irei propô-la em casamento.

— *Ah!* — ela suspirou.

— E, quando você recusar, no mesmo local onde nos conhecemos há pouco, será a minha vez de recusar. Recusarei a casa. Então, se você se mantiver obstinada, ela se tornará uma casa manicomial. Não seja teimosa. Finja ficar com a casa e...

Ela olhava para mim de forma um tanto piedosa.

— Muito bem — disse —, fingirei ficar com a casa, e quando ela estiver reformada...

— Jogaremos a moeda.

Assim, diante dos parentes presentes, a casa foi entregue à minha prima Selwyn. Quando a reforma estava concluída, encontrei-me com Selwyn no relógio de sol. Havíamos nos encontrado ali diversas vezes ao longo da reforma, pela qual ambos nos interessamos de forma um tanto extravagante.

— Agora — disse —, vamos jogar a moeda. Cara, você fica com a casa, coroa, ela fica comigo.

Joguei a moeda; ela caiu nos degraus de pedra do relógio de sol e manteve-se ereta ali, presa entre dois blocos de pedra. Ela riu, e eu também.

— Não é *minha* casa — falei para ela.

— Não é *minha* casa — respondeu ela.

— Querida — continuei, e nenhum de nós ria então —, não pode ser *nossa* casa?

E, graças a Deus, nossa casa ela é.

EDITH NESBIT

NA ESCURIDÃO

1910

Um mistério cerca a vida de Haldane. Winston espera ajudá-lo, mas já não sabe o que de fato ocorreu e o que é fruto de uma mente tocada pela loucura. O desenrolar dos fatos lhe revela um cruel destino.

Pode ter sido algum tipo de loucura. Ou pode ser que ele realmente fosse o que se conhece por assombrado. Ou pode ter sido, embora eu não finja entender como, o desenvolvimento, por meio de um sofrimento intenso, de um sexto sentido, em uma natureza um tanto nervosa e altamente agitada. Algo certamente o levara até onde Eles estavam. E para ele, Eles eram um só.

Ele me contou a primeira parte da história, e o final vi com meus próprios olhos.

PARTE 1

Haldane e eu éramos amigos desde nosso tempo de escola. O que nos aproximara de início fora nosso desprezo em comum por Visger, que viera da mesma região do país que nós. Sua família conhecia a nossa, sendo assim, sua presença nos fora imposta quando ele chegou. Era a pessoa mais insuportável, enquanto garoto e quando homem, que já conheci. Ele jamais mentia. E não há problema nisso. Mas não parava por aí. Caso lhe perguntassem se algum outro rapaz tinha feito algo fora dos limites ou se estava envolvido em algum tipo de brincadeira, ele sempre dizia:

— Não sei, senhor, mas suponho que sim. — Ele nunca sabia, disso nós cuidávamos. Mas aquilo que ele supunha estava sempre certo.

Lembro-me de uma ocasião em que Haldane torceu-lhe o braço para que ele dissesse como sabia sobre o que acontecera junto à cerejeira, e tudo o que ele disse foi:

— Não sei, só tive certeza. E estava certo, vê?

O que se pode fazer com um rapaz assim?

Crescemos e nos tornamos homens. Ao menos Haldane e eu. Visger cresceu e se tornou um pedante. Era vegetariano, abstêmio e um cientista totalmente lunático e cristão, e todas as coisas que os pedantes costumam ser, mas não era um pedante comum. Ele sabia todo tipo de coisa que não deveria saber, das quais não poderia ter tido conhecimento de maneira decente. Não quero dizer que ele descobria as coisas. Simplesmente as sabia. Certa vez, quando eu me encontrava um tanto infeliz, ele veio aos meus aposentos. Estávamos todos em nosso último ano em Oxford. Foi então que começou a falar sobre coisas que nem mesmo eu sabia direito. Foi, em verdade, por isso que viajei à Índia naquele inverno. Já era horrível o suficiente estar infeliz sem que aquela criatura soubesse de tudo.

Fiquei longe por um ano. Ao voltar, pensei muito em como ficaria alegre em ver o velho Haldane novamente. Se pensei em Visger, foi para desejar que estivesse morto. Mas não pensei muito nele.

Queria de fato ver Haldane. Ele sempre fora um rapaz tão alegre e simpático, simples, honrado, rígido, e cheio de simpatias práticas. Eu desejava encontrá-lo, ver o sorriso em seus alegres olhos azuis, que contemplavam o mundo através da malha de rugas que o riso tinha formado ao seu redor, ouvir seu gargalhar alegre e sentir seu aperto de mãos firme. Segui direto das docas para seus aposentos em Gray's Inn, apenas para encontrá-lo frio, descorado, anêmico, com os olhos embotados, as mãos fracas e lábios pálidos que sorriam sem regozijo e davam-me as boas-vindas sem alegria.

Ele estava cercado por uma porção de móveis desordenados e objetos pessoais semiembalados. Algumas caixas grandes estavam amarradas, e havia caixas de livros, cheias e à espera de que as tábuas que as fechassem fossem pregadas.

— Sim, estou de mudança — ele explicou. — Não suporto este lugar. Há algo de estranho aqui, algo diabolicamente estranho. Vou embora amanhã.

O crepúsculo do outono começara a encher os cantos de sombras.

— Vejo que recebeu as peles — falei apenas por trivialidade, tendo visto a grande caixa que as continha amarradas entre as demais.

— Peles? — perguntou. — Ah, sim. Agradeço imensamente. Sim. Tinha me esquecido das peles. — Ele riu, por educação, suponho, pois não havia piada alguma naquilo. Eram inúmeras e de boa qualidade, as melhores que consegui comprar, e as vira sendo embaladas e enviadas quando ainda trazia muita dor em meu coração. Ele ficou olhando para mim, sem dizer nada.

— Vamos sair para jantar algo — falei o mais alegremente que pude.

— Estou ocupado demais — ele respondeu sem pestanejar, dando uma olhada ao redor do quarto. — Olhe, estou tremendamente feliz em vê-lo. Se você pudesse sair e pedir nosso jantar... eu mesmo iria, é só que... bem, você está vendo.

Eu fui. E, quando voltei, ele havia desocupado um espaço próximo à lareira e movido a grande mesa articulável para junto dela. Jantamos ali, à luz de velas. Eu tentei ser engraçado. Ele, tenho certeza, tentou se divertir. Nenhum de nós teve sucesso. E seus olhos fatigados me observavam o tempo todo, exceto naqueles momentos fugazes quando, sem virar a cabeça, ele olhava para trás, por cima do ombro, para as sombras que se aglomeravam ao redor do pequeno canto iluminado onde estávamos sentados.

Quando já havíamos jantado e o criado viera para tirar nossos pratos, olhei para Haldane com firmeza, o que o fez interromper sua anedota descabida e me olhar interrogativamente.

— E então? — eu disse.

— Você não está ouvindo — disse ele com petulância. — Qual o problema?

— É isso que é bom você me dizer — respondi.

Ele ficou em silêncio, deu um daqueles olhares furtivos para as sombras e se inclinou para atiçar o fogo a fim de iluminar todos os cantos do cômodo, bem sabia eu.

— Você está em frangalhos — falei, bem-humorado. — O que foi que aconteceu? Vinho? Carteado? Especulação? Alguma mulher? Se não me disser, terá que contar ao seu médico. Ora, meu amigo, você está com uma aparência horrível.

— É um conforto ter um amigo como você aqui — disse e esboçou um sorriso mecânico, nem um pouco agradável de se ver.

— Sou o amigo que você quer ver, eu acredito — respondi. — Acha que sou cego? Alguma coisa aconteceu, e você apelou a algo. Morfina, talvez? E vem remoendo isso até perder todo o senso de proporção. Deixe disso, velho amigo. Aposto um dólar que não é nada tão ruim quanto você imagina ser.

— Se pudesse contar a você, ou a qualquer pessoa... — disse ele calmamente — não seria tão ruim. Se pudesse contar a alguém, contaria a você. E mesmo assim, já contei mais a você do que a qualquer outra pessoa.

Não consegui tirar mais nada dele. Mas ele insistiu que eu ficasse, me emprestaria sua cama e se ajeitaria de outra forma, como explicou. Mas eu já havia reservado um quarto em Victoria e aguardava minha correspondência. Por isso, o deixei, já bastante tarde, e ele ficou parado junto à escada, segurando uma vela por sobre os corrimões para iluminar minha descida.

Quando voltei na manhã seguinte, ele havia partido. Alguns homens colocavam seus móveis em um grande veículo de carga com o logotipo de alguma empresa pintado em letras grandes.

Ele não deixara endereço algum com o carregador e fora embora em um cabriolé com duas valises, para Waterloo, era o que o carregador imaginava.

Bem, um homem tem o direito ao monopólio de seus próprios problemas, caso assim escolha. E eu tinha os meus próprios problemas para me ocupar.

PARTE 2

Foi mais de um ano depois que vi Haldane novamente. Eu tinha conseguido um aposento no Albany naquela época, e ele apareceu uma manhã, bastante cedo, antes do desjejum, na verdade. E se antes sua aparência estava horrível, agora estava quase fantasmagórica. Seu rosto parecia desgastado, como uma concha que durante anos tivera sido lançada ao mar mais de uma vez ao dia em uma praia de seixos. Suas mãos estavam magras como garras de um pássaro e tremiam como borboletas quando são apanhadas.

Eu o recebi com cordialidade e entusiasmo e insisti que tomasse o café da manhã. Dessa vez, decidi que não faria perguntas. Vi que não seria necessário. Ele me diria. Era o que pretendia. Tinha ido até ali apenas para me contar, e nada mais.

Acendi a lamparina, fiz café e conversamos sobre trivialidades. Bebemos e comemos, e esperei até que ele começasse. Ele prosseguiu da seguinte forma:

— Eu vou pôr fim à minha vida. — disse. — Ah, não fique tão alarmado. — Suponho que eu tenha dito algo ou o olhado de alguma maneira. — Não farei isso aqui nem agora. Farei quando for preciso, quando não suportar mais. E quero que alguém saiba por quê. Não quero sentir que sou a única criatura viva que sabe. E posso confiar em você, não posso?

Murmurei algo reconfortante.

— Gostaria, se você não se importar, que me desse sua palavra de que não contará a ninguém o que direi a você, pelo menos enquanto eu estiver vivo. Depois disso... pode contar a quem quiser.

Eu lhe dei minha palavra.

Ele se sentou em silêncio, olhando para a lareira. Em seguida, deu de ombros.

— É extraordinariamente difícil dizer — explicou e sorriu. — O fato é o seguinte: está lembrado daquela criatura, George Visger?

— Sim — respondi. — Não o vi desde que voltei. Alguém me disse que foi a uma ilha ou algo que o valha para pregar o vegetarianismo aos canibais. De qualquer forma, ele está fora do caminho, azar o dele.

— Sim — disse Haldane. — Ele está fora do caminho. Mas não está pregando nada. Na verdade, está morto.

— Morto? — foi tudo o que consegui pensar em dizer.

— Sim — assegurou. — Nem todos sabem, mas está.

— Qual foi a causa da morte? — perguntei, não que me importasse. O fato em si já era bom o suficiente para mim.

— Você sabe que ele sempre foi um sujeito intrometido. Sempre sabia de tudo. Gostava de conversas francas e que tudo ficasse às claras. Bem, ele se intrometeu entre mim e outra pessoa: contou a ela uma série de mentiras.

— Mentiras?

— Bem, os fatos eram verdade, mas ele os distorceu ao contar, fazendo com que fossem mentiras, sabe como é? — Eu sabia e balancei a cabeça afirmativamente. — E ela acabou tudo comigo. E depois morreu. E não éramos mais nem amigos. Eu não consegui vê-la... antes... não pude nem mesmo... ah, Deus. Mas fui ao funeral. E ele estava lá. Haviam solicitado sua presença. E depois ele voltou aos meus aposentos. E eu estava ali sentado, pensando. E ele apareceu.

— É a cara dele. É exatamente o que faria. Aquela criatura! Espero que o tenha expulsado.

142 EDITH NESBIT

— Não, não o expulsei. Eu ouvi o que ele tinha a dizer. Ele tinha vindo me dizer que, sem dúvida, tudo transcorrera para o melhor. E que não ficara sabendo de ninguém as coisas que contara a ela. Ele apenas as adivinhara. E adivinhara certo, maldito. Que direito tinha ele de adivinhar? E disse que era melhor assim, porque, além de tudo, a loucura era um traço que corria na minha família. Ele também adivinhara aquilo.

— E era verdade?

— Se era, eu não sabia. Disse que era por isso que havia sido melhor assim. Então, eu lhe disse que não havia loucura alguma na minha família antes, mas que haveria agora. E agarrei-lhe o pescoço. Não tenho certeza se minha intenção era matá-lo; deveria ser. De qualquer forma, foi o que eu fiz. O que você disse?

Eu não tinha dito nada. Não é fácil pensar de pronto na coisa mais prudente e adequada a dizer quando seu amigo de mais longa data lhe diz que é um assassino.

— Quando consegui soltar-lhe o pescoço, o que foi tão difícil quanto soltar as alças de uma bateria galvânica, ele caiu de uma só vez sobre o tapete em frente à lareira. E me dei conta do que fizera. Como é que os assassinos conseguem ser apanhados?

— Suponho que sejam descuidados — me vi dizendo. — Eles perdem a cabeça.

— Não foi o que aconteceu comigo — prosseguiu. — Nunca me senti tão calmo. Fiquei sentado em uma grande poltrona olhando para ele e pensei em tudo. Ele estava prestes a ir para aquela ilha, disso eu sabia. Havia se despedido de todos, como me contara. Não havia sangue do qual precisaria me livrar, apenas um pouco no canto de sua boca entreaberta. Ele não viajaria usando o próprio nome, por conta dos curiosos. A bagagem de um sr. Fulano de Tal não seria apanhada e sua cabine estaria vazia. Ninguém adivinharia que o sr. Fulano de Tal era na verdade Sir George Visger, membro da Royal Society. Era tudo muito simples e claro. Não precisaria me livrar de nada, apenas do homem. Nenhuma arma, nenhum sangue... e livrar-me dele foi o que fiz.

— Como?

Ele sorriu com astúcia.

— Não, não... — disse. — É aí que encerramos a história. Não é que não confie em sua palavra, mas você pode em algum momento falar dormindo ou ser acometido por uma febre ou algo que o valha. Não, não. Contanto que não saiba onde está o corpo, vê, eu estarei protegido. Mesmo que você pudesse provar que eu lhe contei tudo isso, o que não pode, seriam apenas fantasias do meu pobre cérebro desequilibrado. Percebe?

Eu percebia. E senti pena dele. E não acreditei que matara Visger. Ele não era o tipo de pessoa que mata os outros. Por isso, disse:

— Claro, velho amigo, percebo. Agora, escute aqui. Vamos viajar juntos, você e eu... vamos viajar um pouco e ver o mundo, e esquecer completamente aquele sujeito desagradável.

Seus olhos se iluminaram com isso.

— Ora — disse —, você entende. Você não me odeia nem sente ojeriza por mim. Queria ter lhe contado antes, sabe, quando você chegou e eu estava embalando todos os meus pertences. Mas agora é tarde demais.

— Tarde demais? Nem um pouco — retruquei. — Vamos, vamos arrumar nossas coisas e partiremos hoje à noite... rumo ao desconhecido, entende?

— É para lá que estou indo — ele completou. — Espere só. Quando souber o que tem se passado comigo, não ficará tão disposto a viajar em minha companhia.

— Mas você já me contou o que tem se passado — respondi, e quanto mais pensava no que ele me contara, menos acreditava.

— Não — respondeu com calma. — Contei o que se passou com ele. O que está se passando comigo é bastante diferente. Eu lhe contei quais foram suas últimas palavras? Quando ele estava vindo na minha direção. Antes de eu lhe agarrar a garganta, sabe? Ele disse: "Cuidado. Você nunca conseguirá se livrar do corpo. Além disso, a ira é um pecado". Você sabe como ele era, parecia um animal sobre as patas traseiras. Então, depois de um tempo, fiquei pensando naquilo. Mas tal pensamento não me ocorrera durante um ano inteiro. Porque de fato me livrara de seu corpo. E então estava sentado naquela poltrona confortável e pensei que já teria se passado cerca de um ano desde o ocorrido. Apanhei meu livro e me dirigi à janela para ver um pequeno calendário que carregava comigo, conforme entardecia. Havia se passado exatamente um ano naquele mesmo dia. E então me lembrei do que ele dissera. E pensei comigo mesmo: "Não deu muito trabalho me livrar do seu corpo, seu bruto". Depois disso, olhei para o tapete junto à lareira e... Ah! — Ele soltou um grito alto e repentino. — Não posso dizer, não posso.

Meu criado abriu a porta. Seu rosto estava sereno, disfarçando uma curiosidade inquietante.

— Chamou, senhor?

— Sim — menti. — Quero que leve um recado até o banco e espere lá pela resposta.

Quando havia me livrado dele, Haldane continuou:

— Onde eu estava?

— Você ia me contar o que ocorreu depois de olhar o calendário. O que foi?

— Nada demais — continuou, rindo baixo. — Ah, nada demais. Apenas que eu olhei para o tapete junto à lareira e ali estava ele. O homem que eu matara um ano antes. Nem tente explicar, ou perderei as estribeiras. A porta estava fechada. As janelas também. Um minuto antes, ele não estava ali. E depois apareceu. Isso é tudo.

"Alucinação" foi uma das palavras que me veio à cabeça.

— Exatamente o que eu pensei — disse ele, triunfante. — Mas eu toquei nele. Era bastante real. Pesado, sabe, e mais rígido do que os vivos ao toque... as mãos pareciam terem sido esculpidas em pedra e recobertas em couro, e os braços lembravam uma estátua de mármore em um terno de sarja azul. Você não odeia quando homens vestem ternos de sarja azul?

— As alucinações também podem ser táteis — escapou-me.

— Exatamente o que pensei — Haldane disse, mais triunfante do que nunca. — Mas há limites, sabe? Depois, pensei que alguém pudesse tê-lo descoberto e o colocado ali para me assustar enquanto estava de costas. Por isso, fui até o local onde escondera seu corpo, e ele estava ali. Ah! Exatamente como o deixara. A única diferença era que... havia se passado um ano. Agora, há dois dele ali.

— Meu caro amigo — disse. — Isso é simplesmente cômico.

— Sim — concordou. — É curioso. Eu mesmo acho. Especialmente à noite, quando acordo e penso nisso. Espero não morrer no escuro, Winston. Esse é um dos motivos pelos quais acho que terei que me matar. Poderia então ter certeza de que não morrerei na escuridão.

— Isso é tudo? — perguntei, certo de que seria.

— Não — Haldane respondeu prontamente. — Não é tudo. Ele já voltou a mim outra vez. No vagão de um trem. Eu estava dormindo. Quando acordei, ele estava ali deitado no assento à minha frente. Sua aparência era a mesma. Eu o joguei para fora nos trilhos no túnel Red Hill. E, se o vir novamente, eu é quem vou me atirar ali. Não posso suportar. É demais. Preferiria antes morrer. Seja como for a próxima vida, não haverá nada desse tipo. Esse tipo de coisa existe aqui, nos túmulos, caixões e... você acha que eu estou louco. Mas não estou. Você não pode me ajudar, ninguém pode. Ele sabia, percebe? Ele disse que eu não conseguiria me livrar do corpo. E não consigo me livrar dele. Não consigo, não consigo. Ele sabia. Ele sempre sabia das coisas que não tinha como saber. Mas vou acabar com o jogo dele. Afinal, tenho uma carta na manga e a usarei da próxima vez que ele tentar me enganar. Dou minha palavra de honra, Winston, que não estou louco.

— Meu velho — respondi —, não acho que você esteja louco. Mas acho que esteja com os nervos bastante abalados. Os meus também estão um pouco. Sabe por que fui para a Índia? Foi por sua conta e por ela. Não podia ficar aqui e ver aquilo, embora desejasse sua felicidade e tudo o mais, você sabe que sim. E quando voltei, ela... e você... vamos viajar juntos — insisti. — Você não vai continuar imaginando coisas se tiver a mim para conversar. E eu sempre disse que você não era nem de longe uma má companhia.

— Ela gostava de você — ele respondeu.

— Ah, sim — disse. — Ela gostava de mim.

PARTE 3

Foi assim que acabamos viajando juntos para o exterior. Eu estava cheio de esperanças por ele. Ele sempre fora um sujeito tão esplêndido, tão saudável e forte. Não conseguia acreditar que tivesse ficado louco para sempre, quero dizer, de modo que não pudesse retomar a sanidade. Talvez meus próprios problemas tivessem feito com que eu não enxergasse as coisas tão claramente. De qualquer forma, o levei para longe para recuperar sua sanidade mental, exatamente como o teria feito para que ele recobrasse suas forças após uma febre. E a loucura parecia ter cessado. Em um mês ou dois, nos encontrávamos perfeitamente alegres, e pensei tê-lo curado. E fiquei muito feliz devido àquela nossa velha amizade e porque ela o amara e gostara de mim.

Nunca falamos sobre Visger. Pensei que ele o tivesse esquecido por completo. Pensei ter compreendido como sua mente, sobrecarregada pela tristeza e pela raiva, se fixara no homem que ele odiava e havia tecido uma teia de horror, como em um pesadelo, em torno daquele sujeito detestável. E eu tinha meus próprios problemas sob controle. Estávamos tão alegres quanto dois garotos, juntos durante todos aqueles meses.

Por fim, nossa viagem nos levou a Bruges, que estava cheia, por conta de uma exposição. Conseguimos apenas um quarto e uma cama. Por isso, tiramos na sorte quem ficaria com a cama e, quem perdesse, teria que passar a noite como pudesse na poltrona. As roupas de cama seriam divididas igualmente.

Passamos a noite em um *café-chantant* e terminamos em um bar. Já era tarde e estávamos com sono quando voltamos ao Grande

NA ESCURIDÃO **147**

Vigne. Apanhei nossa chave que estava pendurada por um prego no balcão do concierge, e subimos. Conversamos um pouco, lembro-me, sobre a cidade, o campanário e o aspecto veneziano dos canais ao luar, e então Haldane foi para a cama, e eu me envolvi como em um casulo com a minha parte dos cobertores e me encaixei dessa forma na poltrona. Não estava nada à vontade, mas o cansaço compensava o desconforto. Estava quase dormindo quando Haldane me acordou para me falar sobre seu testamento.

— Deixei tudo para você, meu velho — disse. — Sei que posso confiar tudo a você.

— É bem verdade — respondi. — E, se você não se importar, falaremos sobre isso pela manhã.

Ele tentou insistir, disse-me como eu tinha sido um bom amigo e tudo o mais, mas fiz com que se calasse e pedi-lhe que fosse dormir. Mas não. Ele não estava confortável, dissera. Estava com uma sede tamanha, como se sua boca fosse uma fornalha. E notara que não havia uma garrafa de água no quarto. E a água no jarro parecia uma sopa pálida, como dissera.

— Está certo — respondi. — Acenda sua vela e vá buscar uma água, então, em nome de Deus, e deixe-me dormir.

Ao que ele respondeu:

— Nada disso, acenda você. Não quero sair da cama no escuro. Posso... posso tropeçar em algo, não é? Ou dar de cara com algo que não estava ali quando vim me deitar.

— Maldição — praguejei. — Tomara que dê de cara com sua avó.

De qualquer forma, acendi a vela. Ele se sentou na cama e me olhou, bastante pálido, com os cabelos todos bagunçados por conta do travesseiro, e os olhos reluzentes, piscando rápido.

— Assim está melhor — disse. E então continuou: — Olhe ali. Ah, sim, entendi. Certo. É estranho o modo como eles marcam os lençóis aqui. Maldição, por um segundo pensei que fosse sangue.

— O lençol trazia uma marcação, não no canto, como geralmente se marcam os lençóis em casa, mas bem no meio, onde se faz a dobra, em um grande ponto-cruz vermelho.

— Sim, estou vendo — respondi —, é um lugar estranho para uma marcação.

— As letras também são estranhas — continuou. — G.V.

— Grande Vigne — esclareci. — Com quais letras você esperava que eles marcassem as coisas aqui? Ande logo.

— Venha comigo — pediu. — Sim, quer mesmo dizer Grande Vigne, é claro. Queria que você descesse comigo, Winston.

— Deixe que eu vou até lá — respondi e me virei, com a vela em mãos.

Ele já tinha se levantado da cama e, em um instante, se pôs ao meu lado.

— Não — opôs-se —, não quero ficar sozinho no escuro.

Disse isso assim como uma criança assustada teria feito.

— Certo então, venha comigo — assenti. E juntos nós fomos. Lembro-me de ter tentado contar alguma piada sobre como seus cabelos estavam compridos e sobre o corte do seu pijama, mas a decepção me entristecia. Ficara bastante claro para mim, mesmo então, que todo o tempo e a atenção que eu lhe dedicara tinham sido em vão e que, no final das contas, ele não estava curado de forma alguma. Descemos o mais silenciosamente quanto pudemos e apanhamos uma jarra de água da longa mesa no salão de jantar. Primeiro, ele se agarrou ao meu braço; depois, tomou a vela de mim e seguiu em frente devagar, protegendo a chama com a mão e olhando, com muito cuidado, para todos os lados, como se esperasse ver algo que desejasse desesperada-mente não ver. E é claro que eu sabia do que se tratava. Não gostei do modo como ele estava se portando. Não há palavras para expressar como aquilo me desagradou. E de tempos em tempos ele olhava para trás, por cima dos ombros, assim como fizera naquela primeira noite depois que voltei da Índia.

Aquilo me enervou de tal forma que mal consegui encontrar o caminho de volta para o nosso quarto. E, quando chegamos, palavra de honra, quase tive certeza de que veríamos aquilo que ele esperava que talvez pudesse ver no tapete junto à lareira; aquilo ou algo muito parecido. Mas é claro que não havia nada.

Apaguei a vela e arrumei os cobertores ao meu redor, os quais arrastara atrás de mim durante nossa excursão. Estava acomodado em minha poltrona quando Haldane se pronunciou.

— Você está com todos os cobertores — disse.

— Não estou — respondi —, somente aqueles que já estavam comigo.

— Então não consigo achar os meus — ele explicou, e eu podia ouvir seus dentes batendo. — E estou com frio. Estou... pelo amor de Deus, acenda a vela. Acenda. Acenda de uma vez. Algo horrível...

Eu não conseguia encontrar os fósforos.

— Acenda a vela, faça isso — implorou, com a voz desafinada, como ocorre por vezes com os garotos na igreja. — Se não acender, ele virá até mim. É muito fácil se aproximar de qualquer pessoa no escuro. Ah, Winston, acenda a vela, pelo amor de Deus! Não posso morrer na escuridão.

— Estou acendendo — falei ferozmente, enquanto tateava em busca dos fósforos sobre a cômoda de mármore, na lareira, em todos os lugares, menos na mesa de centro redonda onde eu os havia colocado. — Você não vai morrer. Não seja tolo — respondi. — Está tudo bem. Vou acender a vela em um instante.

— Está frio. Está frio. Está frio — foi o que ele disse, dessa forma, três vezes. E depois soltou um grito alto, como o de uma mulher ou uma criança, como o de uma lebre quando os cães a apanham. Eu o ouvira gritar daquele jeito apenas uma vez antes.

— O que foi? — gritei, não tão alto. — Por Deus, controle-se. O que foi? — Fez-se um silêncio vazio. E então, bastante devagar, ele respondeu:

— É o Visger. E falava de forma abafada, como através de um véu que o sufocava.

— Besteira. Onde? — perguntei, colocando as mãos nos fósforos enquanto ele falava.

— Aqui — gritou bruscamente, como se tivesse arrancado aquele véu. — Aqui, ao meu lado. Na cama.

Acendi a vela. Fui até ele.

Ele estava espremido na beirada da cama. Esticado sobre a cama, ao seu lado, estava um homem morto, pálido e gelado.

Haldane havia morrido na escuridão.

Fora tudo tão simples.

Havíamos entrado no quarto errado. O homem ao qual o quarto pertencia estava ali, estirado na cama que ele reservara e pela qual pagara antes de morrer, vítima de um ataque cardíaco, mais cedo naquele dia. Um caixeiro-viajante francês, vendendo sabonetes e itens de perfumaria. Seu nome: Felix Leblanc.

Mais tarde, já na Inglaterra, realizei uma investigação cautelosa. O corpo de um homem havia sido encontrado no túnel de Red Hill, tratava-se do dono de um armarinho chamado Simmons, que bebera ácido sulfúrico, devido a uma depressão por conta de seu comércio. A garrafa ficara presa à mão do morto.

Por motivos pessoais, tive o cuidado de ter ao meu lado um inspetor de polícia quando abri as caixas que me foram entregues pelo testamento de Haldane. Uma delas era a grande caixa, recoberta de metal, na qual eu enviara a ele as peles da Índia como presente de casamento, misericórdia!

Fora muito bem soldada.

Dentro, estavam as peles de animais? Não. Estavam os corpos de dois homens. Um foi identificado, após algum trabalho, como o de um vendedor ambulante de canetas que visitava os escritórios da cidade, um indivíduo sujeito a ataques. Pelo que parecera, havia morrido em um desses aposentos. O outro corpo era justamente o de Visger.

Explique como quiser. Ofereci ao leitor, caso se lembre, uma série de possíveis explicações antes de começar a história. Ainda não encontrei uma explicação que pudesse me satisfazer.

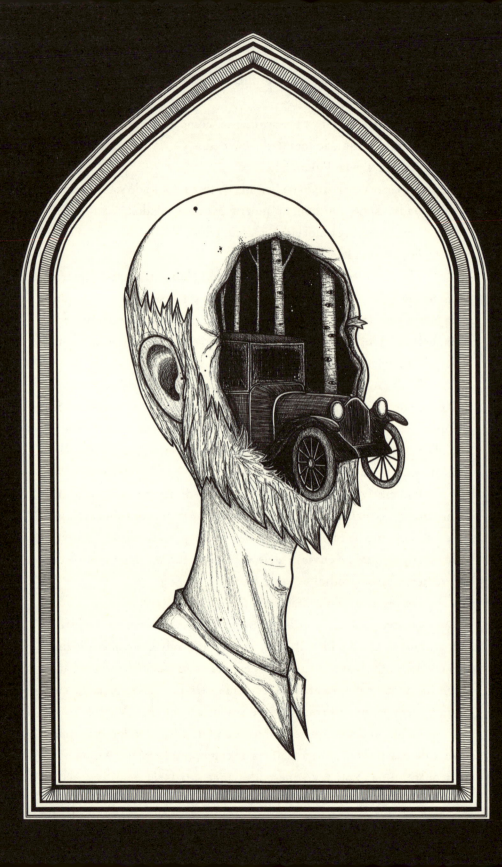

EDITH NESBIT

O AUTOMÓVEL VIOLETA

1910

Uma jovem enfermeira é chamada à fazenda de um velho casal para ajudar num caso de transtorno mental. Lá, já não sabe a qual dos dois deve seus serviços, até que um passeio lhe revela algo terrível.

Conhecem os campos de Bristol? Com suas vastas áreas onde sopra o vento, os ombros arredondados das colinas recostadas contra o céu, os vales onde se abrigam as fazendas e as propriedades rurais, com árvores ao redor, espremidas e apertadas como um cravo em seu botão? Nos longos dias de verão, é agradável deitar-se nesses campos, em meio à grama baixa e o céu claro e limpo, para sentir o cheiro do tomilho selvagem e ouvir o tilintar tênue dos sinos das ovelhas e o canto da cotovia. Mas nas noites de inverno, quando o vento desperta para seu trabalho, cuspindo chuva em seus olhos, soprando entre as pobres árvores nuas e perturbando o crepúsculo entre as colinas como um manto cinza, então é melhor estar ao lado de uma lareira quente, em uma das fazendas que se encontram solitárias onde há abrigo, e cujas janelas, brilhando com a luz das velas e do fogo, se contrapõem à escuridão profunda, assim como a fé sustenta sua labareda de amor em meio à noite cheia de pecado e dor que é a vida.

Não estou habituada a esforços literários e sinto que eles não ajudarão a expressar o que eu tenho a dizer, nem me servirão para convencer o leitor, a menos que eu conte tudo com bastante clareza. Pensei que poderia adornar tal mistério com palavras agradáveis, dispostas de maneira bonita. Mas, quando paro para pensar no que realmente aconteceu, vejo que as palavras mais simples servirão melhor. Não sei como tramar um enredo nem como ornamentá-lo. É melhor não tentar. Isso foi o que aconteceu. Não tenho habilidade alguma para incrementar os fatos, nem é necessário que o faça.

Sou enfermeira e fui enviada a Charlestown por conta de um caso de transtorno mental. Era novembro, e a neblina estava espessa em Londres, de modo que meu táxi seguia na mesma marcha de quem vai a pé; assim sendo, acabei por perder o trem que deveria ter tomado. Enviei um telegrama a Charlestown e aguardei na sombria área de espera de London Bridge. Uma criança fez o tempo passar por mim. Sua mãe, uma viúva, parecia demasiadamente exausta para conseguir responder a seu interrogatório incessante. Ela respondia de forma breve e, ao que me parecia, sem satisfazer a criança. A criança, por sua parte, pareceu logo perceber que a mãe não estava, por assim dizer, disponível. Desse modo, recostou-se no largo assento empoeirado e bocejou. Quando nossos olhos se cruzaram, dei-lhe um sorriso. A criança não sorriu de volta, apenas me observava. Tirei de minha mala uma bolsa de seda, brilhante com miçangas e borlas metálicas, e fiquei revirando-a sem parar. De pronto, a criança deslizou pelo banco e, dirigindo-se a mim, disse:

— Deixe-me tentar. — Depois disso, tudo correu com facilidade. A mãe permanecera sentada com os olhos fechados. Quando me levantei para ir, ela os abriu e me agradeceu. A criança, agarrada a mim, me beijou. Mais tarde, as vi entrarem no vagão do trem destinado à primeira classe. Meu bilhete era para a terceira.

Eu esperava, é claro, que houvesse algum tipo de transporte para me encontrar na estação, mas não havia nada. Também não havia nenhum táxi nem mesmo uma mosca à vista. A essa altura já quase escurecera, e o vento fazia a chuva soprar quase que horizontalmente ao longo da estrada vazia que se estendia além da saída da estação. Eu olhei para fora, desolada e perplexa.

— Você não alugou uma carruagem? — Era a viúva quem se dirigia a mim.

Expliquei-lhe o ocorrido.

— Meu automóvel virá diretamente para cá — disse. — Deixe-me dar-lhe uma carona? Para onde você está indo?

— Charlestown — respondi e, assim que pronunciei a palavra, notei que seu rosto mudou de forma estranha. Uma mudança tênue, mas absolutamente incontestável.

— Por que esse semblante? — perguntei-lhe sem rodeios. E é claro que ela respondeu:

— Que semblante?

— Não há nada de errado com a casa, decerto? — insisti, pois esse fora o modo como interpretara aquela leve mudança. Além disso, eu era muito jovem e já ouvira muitas histórias. — Quero dizer, nenhum motivo pelo qual a senhora não deva ir para lá?

— Não! Ah, não... — Ela olhou para fora através da chuva, e eu soube, como se ela me tivesse dito, que havia um motivo para ela não querer ir para lá.

— Não se incomode — disse-lhe. — A senhora é muito gentil, mas provavelmente é fora do seu caminho e...

O AUTOMÓVEL VIOLETA 155

— Ah, mas eu a levarei. É claro que a levarei — ela respondeu. Ao que a criança disse:

— Mamãe, aí vem o automóvel.

E de fato ele chegara, embora nenhuma de nós o tivesse ouvido até a criança se manifestar. Não sei nada sobre automóveis, e não sei os nomes de nenhuma de suas peças. Esse parecia uma carruagem, só que se entrava pela parte de trás, como se faz em uma charrete, os assentos ficavam nos cantos e, quando a porta estava fechada, havia um pequeno assento que se podia puxar para cima; nele, a criança se sentou, entre nós duas. O automóvel se movia feito mágica, ou como em um trem dos sonhos.

Seguimos rapidamente pela escuridão. Eu podia ouvir o vento soprando e o bater violento da chuva contra as janelas, mesmo com o barulho da máquina. Não se via nada do campo, apenas a noite escura e os feixes de luz dos faróis à frente.

Depois de um longo tempo, como me pareceu, o motorista desceu e abriu um portão. Passamos por ele e, depois disso, a estrada tornou-se muito mais difícil. Permanecíamos em absoluto silêncio no carro, e a criança havia adormecido.

Paramos, e o carro continuou a pulsar, como se estivesse sem fôlego, enquanto o motorista descarregava minha bagagem. Estava tão escuro que eu não conseguia ver o contorno da casa, apenas as luzes nas janelas do andar de baixo e o jardim da frente, com seus muros baixos, vagamente visíveis por conta da luz da casa e dos faróis do automóvel. Ainda assim, senti que se tratava de uma casa de tamanho razoável, cercada por grandes árvores e que havia um lago ou rio próximo. No dia seguinte, à luz do dia, descobri que era de fato assim. Nunca consegui explicar como soube isso naquela primeira noite, na escuridão, mas o fato foi esse. Talvez houvesse algo na maneira como a chuva caía sobre as árvores e a água. Não sei.

O motorista levou minha bagagem por um caminho de pedra, pelo qual depois saiu, e pude me despedir e agradecer.

— Por favor, não esperem — insisti. — Estou bem agora. Mil vezes obrigada!

O carro, no entanto, continuou a pulsar até eu chegar à porta, e então retomou o fôlego, por assim dizer, latejou um pouco mais alto, virou e foi embora.

A porta ainda não se abrira. Tateei em busca da aldrava e a bati com pressa. Do lado de dentro, tive certeza de ouvir sussurros. A luz do automóvel diminuía rapidamente até se tornar uma pequena estrela distante; seu som ofegante agora mal se fazia ouvir. Quando o barulho cessou de vez, um silêncio sepulcral tomou conta do lugar. As luzes irradiavam avermelhadas das janelas cobertas por cortinas, mas não havia outro sinal de vida. Desejei não ter tido tanta pressa em me despedir de meus guias, da companhia humana e da grande, sólida e competente presença do automóvel.

Bati novamente e, dessa vez, junto com a batida, gritei.

— Olá! — disse. — Deixem-me entrar. Sou a enfermeira!

Fez-se um silêncio, um silêncio tal que daria tempo para aqueles que estavam sussurrando trocarem olhares do outro lado da porta.

Em seguida, a fechadura gemeu, uma chave virou e a porta emoldurava não mais a madeira fria e molhada, mas a luz, um calor acolhedor e rostos.

— Entre, ah, entre! — disse uma voz de mulher, e a voz de um homem completou: — Não sabíamos que havia alguém aí.

Mesmo com minhas batidas à porta terem-na feito tremer!

Entrei, piscando com a luz ofuscante. O homem chamou um criado e, entre eles, carregaram minha bagagem para o andar de cima.

A mulher me tomou pelo braço e me conduziu até um quarto baixo e quadrado, agradável, acolhedor e confortável, com um confiável conforto vitoriano, do tipo que se expressa em tecidos encorpados e mogno. À luz da lamparina, virei-me para observá-la. Ela era pequena e magra, seu cabelo, o rosto e as mãos tinham o mesmo tom de amarelo acinzentado.

— Sra. Eldridge? — perguntei.

— Sim — ela respondeu com delicadeza. — Ah! Estou tão feliz por você ter vindo, espero que não fique entediada aqui. Tomara que fique conosco. Espero poder deixá-la à vontade.

Ela tinha um jeito gentil e urgente de falar que era bastante contundente.

— Tenho certeza de que estarei muito confortável — respondi —, mas sou eu quem devo cuidar da senhora. A senhora está doente há muito tempo?

— Não sou eu quem estou doente na verdade — ela retrucou. — É ele...

Ora, fora o sr. Robert Eldridge quem havia escrito me convocando para cuidar de sua esposa, que estava, como ele dissera, um tanto perturbada.

— Entendo — prossegui. Nunca se deve contradizê-los, isso só agrava seu transtorno.

— O motivo... — Ela começara a explicar quando ouvimos os passos dele na escada. Com isso, ela se afastou e foi buscar velas e água quente.

Ele entrou e fechou a porta. Era um homem idoso, com a barba clara e traços bastante comuns.

— Você cuidará dela — disse. — Não quero que ela fique falando com as pessoas. Ela imagina coisas.

— Que forma as ilusões assumem? — perguntei prosaicamente.

— Ela acha que estou louco — ele respondeu com uma risada curta.

— É algo um tanto comum. Isso é tudo?

— Já é o suficiente. E ela não ouve as coisas que eu ouço, não vê as coisas que eu vejo e não consegue sentir o cheiro das coisas. A propósito, você não viu ou ouviu um automóvel em seu caminho, viu?

— Eu vim em um automóvel — expliquei brevemente. — O senhor não enviou alguém para me apanhar na estação, então peguei carona com uma senhora. — Ia explicar por que perdera o primeiro trem quando me dei conta de que ele não estava me ouvindo. Estava observando a porta. Quando sua esposa entrou, com um jarro fervente em uma das mãos e um castiçal na outra, ele foi na direção dela e lhe segredou algo com angústia. As únicas palavras que consegui entender foram: — Ela veio em um automóvel de verdade.

Aparentemente, para essas pessoas simples, um automóvel era uma novidade tão grande quanto para mim. Meu telegrama, a propósito, foi entregue na manhã seguinte.

Eles eram muito gentis comigo, tratando-me como uma convidada de honra. Quando a chuva parou, o que aconteceu tarde no dia seguinte, e eu já podia sair, descobri que Charlestown era uma fazenda, uma grande fazenda, mas que, até mesmo para os meus olhos inexperientes, parecia negligenciada e pouco próspera. Não havia absolutamente nada para eu fazer a não ser seguir a sra. Eldridge, ajudando-a como podia em suas tarefas domésticas, e me sentar com ela enquanto ela costurava na aconchegante sala de estar.

Quando já estava na casa havia alguns dias, comecei a juntar todas as pequenas coisas que notara aqui e ali, e a vida na fazenda parecia subitamente ganhar clareza, como acontece com um ambiente estranho depois de um tempo.

Observei que o sr. e a sra. Eldridge tinham muito carinho um pelo outro, e que era o tipo de carinho que expressava, em sua maneira de se revelar, que eles tinham conhecido a dor e que a tinham suportado juntos. Que ela não mostrava sinais de perturbação mental, exceto em sua persistente crença de que ele estaria transtornado. Que, pela manhã, eles estavam sempre bastante alegres e que, depois do jantar, que era cedo, pareciam ficar cada vez mais deprimidos; que depois de tomarem a primeira xícara de chá, o que ocorria assim que começava a anoitecer, eles sempre saíam para caminhar juntos. Que eles nunca me convidavam para me juntar a eles nessa caminhada e que sempre tomavam a mesma direção: atravessando o campo em

O AUTOMÓVEL VIOLETA 159

direção ao mar. Que eles sempre voltavam desse passeio pálidos e abatidos; que ela por vezes chorava depois disso, sozinha no quarto deles, enquanto ele se fechava no pequeno cômodo que chamavam de escritório, onde fazia suas contas, pagava os ordenados de seus homens e onde estavam guardados seus artefatos de caça e suas armas. Depois de cearem cedo, sempre se esforçavam para parecerem alegres. Eu sabia que esse esforço era por minha causa e sabia que cada um deles pensava que era bom que o outro o fizesse.

Assim como soubera antes que eles me mostrassem que Charlestown era cercada de enormes árvores com um grande lago próximo, também sabia, de forma igualmente inexplicável, que junto a esses dois morava também o medo. Ele olhava para mim do fundo de seus olhos. E soube também que esse medo não era dela. Eu mal passara dois dias naquele lugar quando me dei conta de que começava a me afeiçoar a ambos. Eles eram tão gentis, tão generosos, tão comuns e acolhedores, o tipo de pessoa que jamais merecia saber o que é o medo; a quem só deveria ser destinada todo tipo de alegria sincera e simples, e nenhuma tristeza, a não ser aquela que se apresenta a todos nós com a morte de velhos amigos e as mudanças lentas do avançar dos anos.

Eles pareciam pertencer a terra, àqueles campos e aos bosques, aos velhos pastos e aos campos de milho minguantes. Eu me vi desejando que eu também pertencesse a eles, que tivesse nascido filha de um fazendeiro. Todo desgaste e fadiga dos estudos e exames, da escola, da faculdade e do hospital pareciam tão evidentes e fúteis, comparados com esses segredos revelados da vida no campo. E eu sentia isso cada vez mais, como também sentia cada vez mais que deveria deixar tudo aquilo: que não havia, em toda honestidade, trabalho nenhum a fazer ali, pelo menos não aquele do tipo que eu, para o bem ou para o mal, fora capacitada a fazer.

— Não devo ficar mais — disse a ela numa tarde, quando nos encontrávamos paradas na soleira da porta aberta. Já era fevereiro, e a neve espessa se acumulava nos arbustos que ladeavam o caminho lajeado. — A senhora está bem.

— Estou — ela respondeu.

— Ambos estão bem — continuei. — Não devo continuar a aceitar seu dinheiro sem ter feito nada para merecê-lo.

— Mas a jovem tem feito tudo — ela retrucou. — Não sabe quanto tem feito. Já tivemos uma filha uma vez. — Ela observou vagamente e então, depois de uma longa pausa, disse um tanto baixo, mas de maneira distinta: — Ele nunca mais foi o mesmo desde então.

— O que quer dizer? — perguntei, virando o rosto para a fraca luz do sol de fevereiro.

Ela apontou para sua própria testa enrugada em tom de amarelo acinzentado, como fazem as pessoas do campo.

— Nunca mais foi o mesmo aqui — explicou.

— De que forma? — insisti. — Querida sra. Eldridge, conte-me. Talvez eu possa ajudar de algum modo.

Sua voz demonstrava tanta sanidade e doçura. O que acontecera era que eu não sabia qual daqueles dois era o que precisava da minha ajuda.

— Ele vê coisas que ninguém mais vê, ouve coisas que ninguém ouve e sente cheiros que você não conseguiria sentir nem se estivesse ao seu lado.

Lembrei-me, com um sorriso repentino, das palavras dele na noite em que cheguei: ela não consegue enxergar, ouvir ou sentir cheiros!

E mais uma vez me perguntei a qual dos dois deveria meus serviços.

— A senhora faz alguma ideia do motivo? — perguntei. Ela pegou em meu braço.

— Começou depois que nossa Bessie morreu — explicou —, no mesmo dia em que ela foi enterrada. O automóvel que a matou, disseram-nos que foi um acidente, ia pela Brighton Road. Tinha uma cor violeta. As pessoas usam trajes violeta quando estão de luto por uma rainha, não é assim? — ela comentou. — E minha Bessie era uma rainha. Por isso o automóvel tinha que ser violeta. Faz certo sentido, não?

Pensei comigo mesma naquele momento que via que aquela mulher não estava em seu estado normal, e entendera por quê. Fora o luto que mexera com sua mente. Algo em meu semblante deve ter mudado, embora eu devesse ter percebido, pois ela disse de repente:

— Não. Não contarei mais nada!

Depois disso, ele apareceu. Ele nunca me deixava sozinha com ela por muito tempo. Nem ela o deixava por muito tempo a sós comigo.

Minha intenção não era espioná-los, embora tenha quase certeza de que minha posição de enfermeira, cuidando de alguém com aflições mentais, teria justificado tal comportamento. Mas não pretendi espioná-los. Fora obra do acaso. Eu tinha me dirigido à vila para comprar um pouco de seda azul para uma blusa que estava costurado, e um pôr do sol magnífico me tentara a prolongar minha caminhada. Foi assim que me encontrei na parte alta daqueles campos, onde eles se inclinam em direção à parte recortada da Inglaterra, formando os penhascos brancos e íngremes contra os quais bate continuamente o Canal da Mancha. O tojo florescia, e as cotovias cantavam, e meus pensamentos se concentravam em minha própria vida, minhas próprias esperanças e meus próprios sonhos. Então, percebi que chegara a uma estrada sem saber quando a tinha tomado. Segui-a em direção ao mar, e ela logo deixou de ser uma estrada, confundindo-se à relva sem pavimentação, como um riacho, que às vezes desaparece em meio à areia. Não havia nada ali a não ser a grama, os arbustos e o canto das cotovias e, para além da encosta, que dava em um penhasco, o rebentar do mar. Virei-me, seguindo a estrada que havia tomado, a qual voltara a se definir alguns metros depois, e logo enveredei-me por uma trilha funda e cercada de sebes marrons. Foi lá que os encontrei ao anoitecer. Ouvi suas vozes antes de avistá-los e antes que eles pudessem me ver. Foi a voz dela que ouvi primeiro.

— Não, não, não, não, não — ela dizia.

— Estou dizendo — respondeu a voz dele. — Ali. Não está ouvindo? Aquele som ofegante, bem ao longe? Deve estar bem na beirada do penhasco.

— Não há nada, meu querido — ela respondeu —, não há absolutamente nada.

— Você está surda... e cega! Fique para trás, estou dizendo, ele está chegando.

Fiz a curva na trilha e, ao virar, vi-o agarrar o braço dela e jogá-la contra a sebe com violência, como se o perigo que ele temia estivesse de fato bem próximo deles. Parei atrás da sebe na curva e dei um passo para trás. Eles não haviam me visto. Ela tinha os olhos voltados para o rosto dele, e eles sustentavam um mosaico de piedade, amor e agonia. O rosto dele estava tomado pelo terror, e seus olhos se moviam rapidamente como se seguissem a rápida travessia de algo na estrada, algo que nem ela nem eu podíamos ver. No momento seguinte, ele se agachara com medo, pressionando o corpo contra a sebe, seu rosto escondido atrás das mãos, e o corpo inteiro tremendo, de tal forma que consegui notar isso mesmo de onde eu estava, a metros de distância através dos ramos da alta sebe.

— E esse cheiro! — exclamou. — Vai me dizer que não consegue sentir?

Os braços dela o envolviam.

— Vamos, querido — pediu. — Vamos para casa! É tudo coisa da sua cabeça, venha para casa, junto de sua velha esposa que o ama.

Eles seguiram para casa.

No dia seguinte, pedi que ela viesse até o meu quarto para ver a nova blusa azul. Depois que a mostrei, contei a ela que os havia visto e ouvido no dia anterior na estrada.

— E agora eu sei — disse — qual de vocês é quem precisa de ajuda.

Para a minha surpresa, ela perguntou com anseio:

— Qual?

— Ora, ele, é claro! — explicando a ela como não havia nada ali!

Ela se sentou na poltrona coberta por um tecido de chita, junto à janela, e irrompeu em um choro desconsolado. Pus-me ao seu lado e a acalmei o melhor que pude.

— É um conforto saber disso — explicou ela por fim. — Não estava certa sobre em que acreditar. Ultimamente, perguntei-me em diversas ocasiões se no final das contas poderia ser eu quem estivesse ficando louca, como ele diz. E não havia nada lá? *Nunca* houve nada lá, e é sobre ele quem recai o julgamento, não sobre mim. Sobre ele. Ora, isso é algo a que se deve agradecer.

Então suas lágrimas, pensara comigo, haviam sido mais por alívio por ela ter escapado. Olhei-a com desdém e me esqueci do quanto me afeiçoara a ela. De tal modo que o que ela disse em seguida me doeu como uma punhalada.

— Já é ruim o suficiente para ele como as coisas estão — continuou —, mas não seria nada em comparação a como poderia ser se eu de fato enlouquecesse e o deixasse pensando que foi ele quem me causara aquilo. Percebe? Agora eu posso cuidar dele como sempre fiz. É só uma vez por dia que ele é acometido. Ele não suportaria se tivesse que lidar com isso o tempo todo, como eu terei que fazer agora. É muito melhor que seja ele, eu consigo suportar melhor do que ele conseguiria.

Naquele momento, eu a beijei, a abracei e pedi:

— Conte-me o que o assusta tanto. Você diz que acontece todos os dias?

— Sim, desde aquela ocasião. Eu vou lhe contar. É quase um conforto poder falar. Foi um automóvel de cor violeta que matou nossa Bessie. Sabe, nossa filha, sobre quem lhe contei. E é um automóvel de cor violeta que ele pensa ver, todos os dias na estrada. E ele diz que o ouve, e que consegue sentir o cheiro da máquina... daquilo que colocam nela, você sabe...

— Gasolina?

— Sim, e dá para notar que ele escuta algo e que o vê. Isso o assombra, como se fosse um fantasma. Sabe, foi ele quem a apanhou quando aquele automóvel violeta a atropelou. Foi isso que o fez ficar assim. Eu apenas a vi quando ele a carregou para cá, nos braços, e depois cobriu seu rosto. Mas ele a viu do jeito como eles a deixaram, largada em meio à poeira... por dias a fio dava para notar o lugar na estrada onde tudo ocorrera.

— Eles não voltaram?

— Ah, sim... voltaram. Mas nossa Bessie não voltou. Mas eles não ficaram sem castigo. Na mesma noite de seu funeral, aquele automóvel violeta despencou do penhasco, despedaçou-se junto com a alma dentro dele. Tratava-se do marido daquela viúva que lhe deu carona até aqui na primeira noite!

— Surpreenda-me que ela ainda use um automóvel depois disso — respondi, pois queria dizer algo trivial.

— Ah — continuou a sra. Eldridge —, é como eles estão acostumados. Nós não deixamos de caminhar porque nossa garota foi morta na estrada. Andar de automóvel é algo tão natural para eles quanto caminhar é para nós. Meu velho está chamando, pobrezinho. Ele quer que eu saia com ele.

Ela foi esbaforida e, em sua pressa, escorregou nas escadas e torceu o tornozelo. Tudo aconteceu em um instante. A torção foi feia.

Depois que enfaixei sua perna e ela estava no sofá, ela olhou para ele, de pé, como se estivesse indeciso, olhando pela janela, com o chapéu nas mãos. Então, ela olhou para mim.

— O sr. Eldridge não pode perder sua caminhada — disse-me. — Acompanhe-o, minha querida. Um pouco de ar lhe fará bem.

O AUTOMÓVEL VIOLETA 165

Assim eu fui, entendendo tão bem quanto como se ele tivesse me dito que não desejava minha companhia e que tinha medo de ir sozinho, mas que, ainda assim, precisava ir.

Subimos pela estrada em silêncio. Naquela curva, ele parou de súbito, apanhou-me o braço e arrastou-me para trás. Seus olhos seguiam algo que eu não conseguia ver. Depois, soltou a respiração e disse:

— Pensei ter ouvido um automóvel vindo.

Fora difícil controlar o seu terror, e notei gotas de suor em sua testa e têmporas. Depois disso, voltamos a casa.

A entorse havia sido feia, e a sra. Eldridge precisava descansar. Então, mais uma vez no dia seguinte fui eu quem o acompanhou àquela curva na estrada.

Dessa vez, ele não conseguiu ou não quis tentar disfarçar o que sentia.

— Ali, está ouvindo? — perguntou. — É claro que está ouvindo, não está?

Eu ouvira algo.

— Fique para trás — gritou bruscamente e de repente, e recuamos contra a sebe.

Mais uma vez seus olhos seguiam algo invisível a mim, e mais uma vez ele soltou a respiração.

— Um dia desses ele vai me matar — continuou —, e não sei se me importaria que fosse logo... se não fosse por ela.

— Conte-me — disse-lhe, cheia daquela importância, daquela competência consciente, que sentimos diante dos problemas das outras pessoas. Ele olhou para mim.

— Por Deus, vou lhe contar — disse. — Eu não poderia contar a *ela*. Minha jovem, cheguei ao ponto de desejar que fosse católico, para pelo menos poder contar a um padre. Mas posso contar a você sem que minha alma se perca mais do que já está perdida. Você já ouviu falar sobre um automóvel de cor violeta que se despedaçou ao despencar do penhasco?

— Sim — respondi. — Sim.

— O homem que matou minha menina era novo por essas bandas. E não era bom de fisionomia nem de ouvido, ou teria me reconhecido, visto que havíamos estado frente a frente durante o inquérito. E seria de se pensar que ele ficaria em casa naquele dia, com as cortinas fechadas. Mas não, ele não. Ele estava circulando e rodando por todo o lado em seu maldito carro violeta, no mesmo momento em que a estávamos enterrando. E ao anoitecer, quando a névoa estava alta, ele apareceu atrás de mim nesta mesma estrada. Eu me afastei, e ele parou o automóvel e me chamou, com os malditos faróis bem na minha cara: "Meu chapa, pode me indicar o caminho até Hexham?", disse-me.

"Eu gostaria de ter lhe mostrado o caminho até o inferno. Mas esse foi o caminho que eu tomei, não ele. Eu não sei como consegui fazer aquilo. Não foi minha intenção. Não pensei que fosse fazê-lo..., mas antes de me dar conta, já tinha respondido: 'Siga em frente', ordenei-lhe, 'continue indo em frente.' Em seguida, a criatura motorizada arrancou, deu um engasgo, e ele partiu. Corri atrás dele para tentar detê-lo, mas de que serve correr atrás dessas bestas motorizadas? E ele seguiu direto em frente. E todos os dias desde então, todo bendito dia, o automóvel passa por aqui, o automóvel violeta que ninguém mais além de mim consegue ver... e ele segue em frente."

— O senhor precisa ir para outro lugar — falei, dizendo o que fora treinada para falar. — O senhor imagina essas coisas. Provavelmente imaginou a coisa toda. Suponho que nunca tenha dito ao automóvel violeta para seguir em frente. Acredito que tenha sido tudo imaginação, somada ao choque pela morte de sua pobre filha. O senhor deve sair daqui imediatamente.

— Não posso — ele respondeu com convicção. — Se partisse, outra pessoa veria o automóvel. Percebe? Alguém tem que vê-lo todos os dias enquanto eu viver. Se não for eu, será outra pessoa. E eu sou a única pessoa que merece vê-lo. Eu não desejaria que ninguém o visse, é horrível demais. É muito mais horrível do que você imagina — observou depois.

Perguntei a ele, caminhando ao seu lado pela estrada silenciosa, o que o automóvel violeta tinha de tão horrível. Acho que esperei que ele dissesse que o carro estivesse coberto com o sangue de sua filha... mas o que ele disse foi:

— É horrível demais para dizer. — E estremeceu.

Eu era jovem na época, e os jovens sempre acreditam que podem mover montanhas. Eu persuadi a mim mesma que poderia curá-lo de seus delírios, atacando não o forte principal, que é sempre, de início, imperturbável, mas um de seus atalhos, por assim dizer. Decidi que o convenceria a não ir até aquela curva da estrada, naquele horário durante a tarde.

— Mas, se eu não for, outra pessoa o verá!

— Não haverá ninguém lá para vê-lo — respondi bruscamente.

— Alguém estará lá. Escreva o que estou lhe dizendo, alguém estará lá, e então eles saberão.

— Então serei eu essa pessoa — concluí. — Vamos, o senhor fica em casa com sua esposa, e eu vou. E, se eu o vir, prometo contar ao senhor. E, se não o vir, bem... então poderei ir embora com a consciência tranquila.

— A consciência tranquila — ele repetiu.

Eu argumentava com ele em todos os momentos em que era possível pegá-lo sozinho. Coloquei toda minha vontade e minha energia em ser persuasiva. De repente, como uma porta que se tentava abrir e que resistira a todas as chaves até a derradeira, ele cedeu. Sim, eu é quem iria até a estrada. E ele não.

Eu fui.

Sendo, como eu disse antes, novata em escrever histórias, talvez não tenha feito o leitor entender que foi muito difícil para mim ir até lá e que me sentia, ao mesmo tempo, uma covarde e uma heroína. Essa história de um automóvel imaginário que apenas um pobre e velho fazendeiro podia ver provavelmente lhe parece um tanto banal e corriqueira. Mas comigo não era assim. Veja bem, tal ideia dominara minha vida durante semanas e meses, dominara-a mesmo antes de eu entender a natureza de seu domínio. Era esse o medo que eu soubera que acompanhava esses dois, o medo que dividia com eles sua cama e sua mesa, que se deitava e se levantava com eles. O medo que o velho tinha disso e o medo que tinha de ter medo. E o velho era terrivelmente convincente. Quando se falava com ele, era bastante difícil acreditar que ele estava transtornado e que não havia, nem poderia haver, um automóvel misteriosamente horrível, visível para ele e invisível para as demais pessoas. E quando ele disse que, se ele não estivesse na estrada outra pessoa o veria, seria fácil dizer "bobagem", mas pensar e sentir que tudo não passava de fato de uma bobagem era estranhamente difícil.

Eu andava para cima e para baixo na estrada ao anoitecer, querendo não pensar no que o automóvel violeta poderia ocultar de tão horrível. Não deixaria que meus pensamentos se contaminassem. Não seria enganada pela transferência de pensamentos nem por nenhuma dessas tolices transcendentais. Eu não veria coisas por ter sido hipnotizada.

Subi novamente a estrada. Eu lhe prometera ficar perto daquela curva durante cinco minutos, e ali fiquei, enquanto o crepúsculo se tornava mais escuro, olhando para cima, na direção do campo e do mar. As estrelas estavam pálidas. Tudo estava calmo. Cinco minutos é muito tempo. Eu segurava o relógio nas mãos. Quatro, quatro e meio, quatro e quarenta e cinco. Cinco. Virei-me imediatamente. E então vi que ele havia me seguido. Estava parado a alguns metros de distância, e seu rosto estava voltado na direção oposta a mim. Estava virado na direção de um automóvel que disparava pela estrada. O carro aparecera muito depressa e, antes de chegar onde ele estava, eu soube que era terrível. Eu me espremi, recostando-me na sebe, que estalava, como o faria para deixar espaço para a passagem de um automóvel real, embora soubesse que este não era real. Parecia real, mas eu sabia que não era.

Ao aproximar-se dele, ele começou a recuar e, então, de repente, gritou. Eu o ouvi:

— Não, não, não, não, não aguento mais, chega. — Foi o que ele gritou. Com isso, se jogou no meio da estrada na frente do carro, e os grandes pneus do automóvel o atropelaram. Então o carro passou por mim em disparada e eu puder ver o que ele tinha de tão horrível. Não havia sangue, esse não era o motivo. Sua cor era, como ela dissera, violeta.

Fui até ele e lhe ergui a cabeça. Estava morto. Eu estava bastante calma e tranquila então e senti que tal fato seria um tanto digno de louvor. Dirigi-me até uma cabana onde um empregado tomava chá; ele juntou alguns homens e apanhou um pedaço de tábua que pudesse ser usado de maca.

Quando contei à sua esposa, a primeira coisa inteligível que ela disse foi:

— É melhor assim para ele. O que quer que ele tenha feito, agora ele já pagou por isso. — Assim, parece-me que ela sabia, ou adivinhava, mais do que ele imaginava.

Continuei com ela até a sua morte. Ela não viveu por muito mais tempo.

Pode-se pensar que talvez o velho tenha sido derrubado e morto por um automóvel de verdade, que por acaso estaria passando por aquele caminho, dentre todos os caminhos, naquela hora do dia, dentre todas as horas, e que, por acaso, o automóvel era, dentre todas as cores, violeta. Bem, um automóvel de verdade deixaria marcas naquele a quem atropelara, não é mesmo? Mas, quando levantei a cabeça daquele senhor na estrada, não havia marca alguma sobre seu corpo: nada de sangue, nenhum osso quebrado, nem mesmo seu cabelo ou seus trajes estavam desordenados. Eu lhes digo, não havia nem um pingo de lama sobre ele, exceto no local onde ele tocara a estrada ao cair. Não havia marcas de pneus na terra. O automóvel que o matara apareceu e se foi como uma sombra. Quando o homem caiu, ele se inclinou um pouco de modo que ambas as suas rodas passassem por cima dele.

O homem morreu, assim disse o médico, de parada cardíaca. Eu sou a única pessoa que sabe que ele foi morto por um automóvel violeta, que, depois de matá-lo, seguiu silenciosamente na direção do mar. E aquele carro estava vazio, não havia ninguém dentro dele. Era apenas um automóvel violeta, passando-se pela estrada em silêncio e com grande rapidez, e estava vazio.

EDITH NESBIT

NÚMERO 17

1910

No quarto número dezessete deste hotel, eventos estranhos levam jovens a atos inexplicáveis. A história é contada em primeira pessoa por um caixeiro-viajante que já se hospedou lá e pode explicar o mistério.

Eu bocejei. Não pude evitar. Mas a voz monótona e inexorável prosseguiu.

— Falando do ponto de vista jornalístico, posso dizer-lhes, senhores, que uma vez ocupei o cargo de editor de anúncios do *Bradford Woolen Goods Journal* e, falando a partir desse ponto de vista, tenho para mim que todas as melhores histórias de fantasmas já foram escritas repetidas vezes e, se eu fosse deixar a estrada e voltasse à carreira literária, nunca me deixaria levar por fantasmas. Realismo é o que se quer hoje em dia se quiser se manter atualizado.

O comerciante corpulento fez uma pausa para respirar.

— Nunca se sabe com o público — disse o velho viajante magro —, é como uma questão de gosto. Nunca se sabe o que vai ser. Se é uma avestruz mecânica ou samito de seda ou alguma novidade em vidro colorido com um formato específico ou uma caixa de tabaco, ou ainda uma charuteira moldada para parecer uma costeleta crua, nunca sabemos quando teremos sorte.

— Tudo depende de quem você é — disse o homem bem vestido no canto junto à lareira. — Se tiver em si o ímpeto certo, pode vender qualquer coisa, seja um gatinho mecânico ou uma imitação de carne. Com as histórias, presumo, é a mesma coisa, sejam realistas ou histórias de fantasmas. Mas as melhores história de fantasmas, penso eu, são as mais reais.

O comerciante corpulento já recobrara o fôlego.

— De minha parte, não acredito em histórias de fantasmas — disse com verdadeiro enfado —, mas uma vez aconteceu algo um tanto estranho a uma prima de segundo grau de uma tia minha por casamento, uma mulher muito sensata, nada afeita a disparates. E bastante honesta e honrada. Eu não teria acreditado se ela fosse do tipo volúvel e imaginativo como as moças com que vocês estão acostumados.

— Não nos conte a história — pediu o homem melancólico que viajava com suas ferramentas. — Você vai fazer com que fiquemos receosos ao nos deitar.

O esforço bem-intencionado foi em vão. O corpulento comerciante prosseguiu, como eu sabia que ele faria. Suas palavras transbordavam pela boca, assim como seu corpo transbordava pela cadeira. Voltei-me para os meus próprios assuntos, retornando ao cômodo onde estavam os comerciantes a tempo de ouvir o resumo.

— As portas estavam todas trancadas, e ela estava certa de que vira um vulto alto e branco passando por si e desaparecendo. Eu não teria acreditado se... — E assim por diante, do início, desde "se ela não fosse a prima de segundo grau" até "bastante honesta e honrada".

Bocejei novamente.

— Muito boa história — disse o esparto homenzinho perto da lareira. Tratava-se de um viajante, como éramos todos ali; isso sua presença naquele cômodo nos revelava. Ele permanecera calado durante o jantar, e depois, quando as cortinas vermelhas eram puxadas e as toalhas vermelhas e pretas foram dispostas entre os copos, os decantadores e o mogno, ele tomara para si calmamente a melhor poltrona no canto mais aquecido. Tínhamos escrito nossas cartas, e o viajante corpulento já nos entediava há algum tempo antes mesmo de eu notar que havia uma poltrona boa e que este homem silencioso, de olhos brilhantes e bom aspecto, a tinha tomado.

— Muito boa história — ele repetiu. — Mas não é o que eu chamaria de realismo. O senhor não nos contou nem a metade do que seria preciso. Não diz quando aconteceu nem onde, ou em que época do ano, ou qual era a cor do cabelo da prima de segundo grau de sua tia. Nem mesmo nos diz o que foi que ela viu, nem como era o cômodo em que estava quando viu, ou por que teve essa visão, nem mesmo o que aconteceu depois. E eu não ouso dizer uma palavra contra a prima da tia de ninguém, seja ela de primeiro ou segundo grau, mas devo dizer que gosto das histórias que relatam o que um homem viu com os próprios olhos.

— Assim como eu — o comerciante corpulento bufou — quando as ouço.

Ele assoou o nariz como uma trombeta em desafio.

— Entretanto — disse o homem cujo rosto lembrava o de um coelho —, sabemos, hoje em dia, com o avanço da ciência e todo esse tipo de coisa, que os fantasmas não existem. São alucinações, é isso o que são... alucinações.

— Não parece importar o nome que se dê a eles — o rapaz elegante insistiu. — Se você vê algo que parece tão real quanto a si mesmo, algo que faz seu sangue esfriar e o deixa enjoado e tonto de medo... ora, chame de fantasma ou de alucinação, ou chame de Tommy Dodd, não é o *nome* que importa.

O comerciante corpulento tossiu e continuou:

— Podemos chamar de outro nome. Podemos chamar de...

— Não, não, senhor — disse o homenzinho bruscamente. — Não quando o homem a quem a história aconteceu era abstêmio há cinco anos e ainda o é até o dia de hoje.

— Por que não nos conta a história? — perguntei.

— Eu poderia contar — respondeu. — Se o resto dos companheiros concordassem. Mas eu lhes aviso, essa história não é do tipo daquelas em que alguém imaginou ter visto algum tipo de coisa. Não, senhores. Tudo o que eu vou lhes contar é simples e objetivo, tão claro quanto um quadro de horários, na verdade, mais claro do que alguns. Mas não gosto muito de contar essa história, especialmente para pessoas que não acreditam em fantasmas.

Muitos de nós insistimos que acreditávamos em fantasmas. O homem corpulento bufou e olhou para seu relógio. Assim, o homem na melhor poltrona começou.

— Abaixe um pouco o gás da lareira, por favor? Obrigado. Algum de vocês conheceu Herbert Hatteras? Ele estava nessa estrada havia uns bons anos. Não? Bem, deixem para lá. Era um bom rapaz, creio eu, bons dentes e um bigode preto. Mas eu mesmo não o conheci. Era de antes da minha época. Bem, isso que vou lhes contar aconteceu em certo hotel comercial. Não vou citar nomes porque esse tipo de coisa se espalha, e em todos os outros aspectos, trata-se de um lugar decente e razoável, e todos precisamos ganhar a vida de algum modo. Era apenas um bom e antiquado hotel comercial, como todos os outros, assim como este. E fiquei lá diversas vezes desde então, embora nunca mais tenham me colocado naquele quarto. Talvez o tenham fechado depois do que aconteceu.

"Bem, o começo da história é o seguinte: eu havia me encontrado com um velho amigo da escola, em Boulter's Lock, era um domingo, eu me lembro. Jones era seu nome, Ted Jones. Ambos praticávamos canoagem. Tomamos um chá em Marlow e começamos a conversar sobre isso e aquilo, sobre os velhos tempos e os velhos amigos: 'Você se lembra do Jim? Como será que anda o Tom?'. E assim por diante.

EDITH NESBIT

Vocês sabem. E por acaso perguntei-lhe sobre seu irmão, cujo nome era Fred. Ted ficou pálido, quase derrubou a xícara e me disse: 'Quer dizer que você não sabe?'. 'Não. O quê?', perguntei, limpando o chá que ele derrubara com meu lenço.

"'Foi horrível', ele continuou. 'Eles me enviaram um telegrama, e eu o vi depois. Se fez aquilo por conta própria ou não, ninguém sabe, mas o encontraram morto, jogado no chão, com a garganta cortada.' Não havia nenhum motivo que pudesse ser atribuído a esse ato intempestivo, assim Ted me disse. Perguntei a ele onde aquilo acontecera, e ele me disse o nome desse hotel... não vou citar o nome. E depois de ter me solidarizado com ele e de o lembrar dos velhos tempos e de como o pobre Fred era um sujeito tão bom e tudo o mais, perguntei-lhe como era o cômodo. Sempre gosto de saber como são os lugares onde as coisas acontecem.

"Não, não havia nada de especialmente estranho no quarto, apenas que tinha uma cama francesa com cortinas vermelhas em uma espécie de alcova e um grande guarda-roupas de mogno do tamanho de um carro fúnebre, com uma porta de vidro; e, em vez de um espelho portátil, havia um espelho esculpido, com a moldura preta, pendurado na parede entre as janelas, e uma imagem da *Festa de Belsazar* sobre a lareira. Como é?"

Ele se interrompeu, pois o corpulento comerciante abrira a boca e a fechara novamente.

— Pensei que o senhor fosse dizer algo — o elegante homenzinho continuou. — Bem, conversamos sobre outras coisas e nos despedimos, e não pensei mais sobre isso até que os negócios me levaram até... bem, é melhor que eu não diga o nome da cidade também... e descobri que minha firma havia reservado esse mesmo hotel para que eu pernoitasse, sabem, onde o pobre Fred fora morto. E tive que ficar ali, pois encaminhariam toda a minha correspondência para lá. E, de qualquer forma, imagino que teria ido até lá por pura curiosidade.

"Não. Eu não acreditava em fantasmas naquela época. Eu era como o senhor", ele acenou amigavelmente ao corpulento comerciante.

"O lugar estava lotado, e estávamos em um grupo bastante grande, companhias muito agradáveis, como nesta noite, e começamos a falar sobre fantasmas, assim como estamos fazendo. E havia um rapaz... um rapaz de óculos, sentado bem ali, lembro-me... já estava havia muito tempo na estrada e disse, como qualquer um de vocês poderia dizer: 'Eu não acredito em fantasmas, mas não gostaria de dormir no quarto número dezessete, de forma alguma', e é claro que lhe perguntamos por quê. 'Porque não', ele respondeu sem mais delongas.

"Mas, depois de o persuadirmos um pouco, ele nos contou. Era porque aquele era o quarto onde os rapazes cortavam as próprias gargantas, como ele explicou. 'Havia um jovem chamado Bert Hatteras, e tudo começou com ele. Eles o encontraram encharcado no próprio sangue. E desde então todos os homens que ali dormiram foram encontrados com a garganta cortada.'

"Perguntei a ele quantos já haviam dormido lá. 'Bem, apenas dois além do primeiro', foi o que respondeu, 'eles fecharam o cômodo depois disso.' 'Ah, é mesmo?', falei. 'Bem, então o abriram novamente. O número dezessete é o meu quarto!'

"Vou lhe dizer, aqueles camaradas me olharam com uma cara!

"'Mas você não vai dormir lá, vai?', um deles perguntou. E eu expliquei que não pagara por um quarto onde pudesse ficar acordado.

"'Suponho que o tenham reaberto devido à alta procura', o rapaz de óculos concluiu. 'É um caso um tanto misterioso. Há algum horror oculto naquele quarto que não entendemos', continuou, 'e lhes conto mais algo de estranho. Cada um daqueles pobres rapazes era um comerciante. É isso que não me cheira bem. Teve o Bert Hatteras, ele foi o primeiro, e um rapaz de nome Jones, Frederick Jones, e depois Donald Overshaw, era escocês, e viajava com roupas de baixo infantis.'

"Bem, ficamos sentados ali e conversamos um pouco, e, se não fosse abstêmio, eu certamente teria me excedido, senhor. Sim, estou certo de que sim, pois quanto mais pensava no assunto, menos gostava de pensar no quarto número dezessete. Não havia reparado no quarto exatamente, só tinha notado que os móveis haviam sido trocados desde a época do pobre Fred. Por isso, escapuli-me aos poucos da companhia dos demais e me dirigi até a pequena cabine de vidro debaixo do arco onde se senta a balconista... aquele hotel era bastante parecido com este. E disse a ela: 'Olhe aqui, senhorita, você não teria outro quarto vazio além do dezessete?'

"'Não', ela respondeu. ' Acredito que não.'

"'Então o que é aquilo?', perguntei, apontando para uma chave pendurada no quadro, a única que restava.

"'Ah, é o quarto dezesseis', ela respondeu.

"'E tem alguém lá?', perguntei. 'É um quarto confortável?'

"'Não', ela respondeu à primeira pergunta. 'E sim, é bastante confortável. Fica bem ao lado do seu, é o mesmo tipo de quarto.'

"'Então ficarei com o dezesseis, se a senhorita não se importar', respondi-lhe e voltei até onde estavam os meus colegas, sentindo-me um tanto esperto.

"Quando subi para me deitar, tranquei a porta e, embora não acreditasse em fantasmas, desejei que o quarto dezessete não fosse colado ao meu e desejei que não houvesse uma porta interligando os dois quartos, embora ela estivesse bem trancada e a chave, do meu lado. Tinha apenas uma vela, além das duas sobre a cômoda, as quais eu não acendera. Livrei-me do meu colarinho e da gravata antes de notar que a mobília do meu novo quarto era a que fora tirada do quarto número dezessete: uma cama francesa com cortinas vermelhas, guarda-roupa de mogno do tamanho de um carro fúnebre, o espelho entalhado sobre a penteadeira entre as duas janelas e a gravura da *Festa de Belsazar* acima da lareira. De forma que, embora eu não tivesse ficado com o quarto onde os comerciantes cortavam o próprio pescoço, tinha ficado com os móveis. E, por um momento, pensei que isso era pior do que o próprio quarto, quando imaginei as coisas que aqueles móveis contariam se pudessem falar...

"Foi uma coisa tola a se fazer, mas estamos todos entre amigos aqui, e eu não me importo de confessar: olhei embaixo da cama e dentro do enorme guarda-roupa, olhei também dentro de uma espécie de armário estreito que havia ali, onde caberia um corpo em pé..."

— Um corpo? — repeti.

— Um homem, quero dizer. Sabem, parecia-me que ou esses pobres rapazes haviam sido assassinados por alguém que se escondia no quarto número dezessete para poder atacar suas vítimas, ou então havia algo ali que os assustava, fazendo com que cortassem as próprias gargantas e, juro-lhes pela minha alma, não sei dizer qual hipótese me agradava menos!

Ele parou e preparou seu cachimbo com toda a calma.

— Continue! — alguém exigiu. E foi o que ele fez.

— Pois bem, observem — prosseguiu — que tudo o que eu lhes contei até o momento em que fui me deitar naquela noite foi apenas de ouvir dizer. Por isso, não peço que acreditem em uma só palavra, embora os inquéritos dos três médicos-legistas pudessem ser suficientes para espantar a maioria das pessoas, devo dizer. Ainda assim, o que eu vou contar agora é a minha parte da história, o que aconteceu comigo mesmo naquele quarto.

Ele parou novamente, segurando o cachimbo apagado nas mãos. Fez-se um silêncio, que eu mesmo interrompi.

— Bem, e o que aconteceu? — perguntei.

— Tentei recobrar a razão — explicou. — Lembrara a mim mesmo que não fora naquele quarto, mas no do lado que tudo aconteceu. Fumei um ou dois cachimbos e li o jornal matinal, com os anúncios e tudo. E, por fim, fui me deitar. De qualquer forma, deixei a vela acesa, devo confessar.

— E o senhor dormiu? — quis saber.

— Sim. Dormi. Feito pedra. Fui acordado por uma batida leve em minha porta. Eu me sentei. Acho que nunca tive tanto medo em minha vida. Mas me forcei a dizer: "Quem vem aí?" quase em um sussurro. Deus sabe que não esperava que alguém respondesse. A vela tinha se apagado e estava escuro como breu. Pude ouvir um murmúrio baixo e um ruído do lado de fora. Ninguém respondeu. Eu lhes digo, não esperava que ninguém respondesse. Mas pigarreei e gritei: "Quem vem aí?" em voz bem alta. "Eu, senhor", respondeu uma voz. "Água para se barbear, senhor. São seis horas, senhor." Era a camareira.

Uma sensação de alívio percorreu nosso círculo.

— Não é nada de mais a sua história — concluiu o comerciante corpulento.

— O senhor ainda não a ouviu — respondeu secamente o narrador. — Eram seis horas de uma manhã de inverno, e estava escuro como breu. Meu trem partiria às sete. Levantei-me e comecei a me vestir. Minha única vela não servia de muita coisa. Acendi as duas em cima da cômoda para poder enxergar o suficiente para me barbear. Não havia água de barbear alguma do outro lado da porta, afinal. E o corredor estava tão escuro quanto um poço. Assim, comecei a me barbear com água fria; às vezes é preciso, vejam. Já tinha terminado o rosto e estava passando de leve ao redor do queixo quando vi algo se mover no espelho. Quero dizer, algo havia se movido e fora refletido no espelho. A grande porta do guarda-roupa tinha se aberto e, devido a um tipo de reflexo duplo, podia ver a cama francesa com as cortinas vermelhas. Na ponta, estava sentado um homem vestindo uma camisa e uma calça, um homem com cabelos e bigodes pretos, com a expressão mais terrível de desespero e medo no rosto que eu já vi, acordado ou em sonho. Fiquei paralisado, olhando para ele no espelho. Não teria conseguido me virar, nem que minha vida dependesse disso. De repente, ele riu. Foi uma risada abafada, horrenda, que mostrava todos os seus dentes. Eles eram bastante brancos e retos.

"E no momento seguinte, ele cortara o próprio pescoço de orelha a orelha, bem ali, diante dos meus olhos. Os senhores já viram um homem cortando o próprio pescoço? A cama estava toda branca antes disso." O narrador largara seu cachimbo e passara as mãos pelo rosto antes de continuar: "Quando já conseguia me virar, foi o que fiz. Não havia ninguém no quarto. A cama estava tão branca quanto sempre estivera. Bem, isso é tudo", ele concluiu, abruptamente. "Exceto pelo fato de que, então, é claro, eu entendi como esses pobres rapazes haviam morrido. Eles haviam testemunhado tal terror: o fantasma do primeiro homem, eu suponho, Bert Hatteras. E, com tamanho choque, devem ter feito um movimento impensado com a mão, cortando o próprio pescoço antes que pudessem se deter. Ah! A propósito, quando olhei para o meu relógio, eram duas horas; nenhuma camareira havia estado ali. Devo ter sonhado com essa parte. Mas o resto não foi um sonho. Ah! E mais uma coisa. Era de fato o mesmo quarto. Eles não haviam mudado o quarto, haviam apenas mudado o número. Tratava-se do mesmo quarto!"

— Olhe aqui — disse o homem corpulento —, esse quarto sobre o qual está falando. O meu quarto é o dezesseis. E tem essa mesma mobília que você descreveu, a mesma gravura e tudo.

— Ah, é mesmo? — respondeu o narrador, parecendo um pouco desconfortável. — Desculpe-me, mas o segredo foi revelado agora, não há mais nada a ser feito. Sim, era deste hotel que eu estava falando. Suponho que tenham reaberto o quarto. Mas o senhor não acredita em fantasmas, então não terá problema algum.

— Sim — respondeu o corpulento, levantando-se e saindo do cômodo no mesmo instante.

— Ele foi ver se não consegue mudar de quarto, esperem para ver se não — disse o homem com o rosto de coelho —, e não estou surpreso.

O homem corpulento voltou e se acomodou em sua poltrona.

— Uma bebida não me faria mal — disse, enquanto tentava alcançar a sineta.

— Vou preparar um ponche, senhores, se me permitem — disse nosso elegante narrador. — Orgulho-me bastante do meu ponche. Vou até o bar pegar o que preciso.

— Pensei que ele tivesse dito que era abstêmio — disse o viajante corpulento após o primeiro sair. Conversávamos entre dentes, e o zunido de nossas vozes fazia lembrar uma colmeia. Quando nosso narrador voltou, viramo-nos para ele, todos os seis, e começamos a falar.

— Um por vez — falou ele com calma. — Não entendi bem o que os senhores disseram.

— Queremos saber o que aconteceu — expliquei. — Se ver aquele fantasma fez os outros rapazes cortarem a própria garganta por causa do choque que levaram quando estavam se barbeando, por que você não cortou a sua também quando o viu?

— É o que teria acontecido — ele respondeu com seriedade, sem sombra de dúvida. — Eu teria cortado minha própria garganta, a não ser pelo fato de que... — e olhou para nosso amigo corpulento — eu sempre uso um aparelho de barbear e não a lâmina. Viajo para vendê-los — adicionou depois, ao cortar um limão.

— Mas... mas... — pronunciou-se o corpulento, quando conseguiu falar por cima do nosso alvoroço. — Já pedi para que me trocassem de quarto.

— Sim — disse o elegante homenzinho, espremendo o limão. — Acabei de pedir que levassem minhas coisas para lá, é o melhor quarto do hotel. Sempre acho que vale a pena me dar um pouco de trabalho para garanti-lo.

EDITH NESBIT

O DETETIVE

1920

Sellinge sonhava em se ver livre do escritório: queria ser andarilho, ladrão ou detetive. Acabou por acidente preso em uma velha hospedaria espionando uma cena de uma só vez tocante e aterrorizante.

PARTE 1

Ele estava decidido. Não olharia para trás, não vacilaria nem esmoeceria. A civilização não tinha lugar para ele dentro dos planos dela, e ele, por sua vez, mostraria à desonrada mulher que era capaz de traçar planos nos quais ela não tinha lugar, ela e suas ardilosas e chamativas substituições de pedras por pão, serpentes por ovos. O que exatamente saíra de errado não importa. Talvez houvesse uma dama na história; muito provavelmente uma amiga. Sem dúvida, o dinheiro, o orgulho e o velho desprezo pela aritmética haviam contribuído. Sua mãe agora estava morta, e seu pai já morrera muito tempo antes. Não havia mais ninguém próximo além de um tio-avô que se importasse com seu paradeiro ou com o que fizesse, se estaria bem de vida ou no fundo do poço, se vivia ou morria. Além disso, era primavera. Seus pensamentos se voltavam com anseio aos agradáveis campos verdes, aos prados exuberantes, aos pomares verdejantes, às aves em seus ninhos, aos arbustos floridos e às estradas entre eles, onde a brisa estaria batendo lenta e agradavelmente. Veio a ele a lembrança de outro dia de primavera, quando ele matara aula, encontrara quatro ninhos de tordos e um de galinha-d'água e tentara desenhar um martim-pescador no verso de seu volume sobre prosa em latim; remara em um riacho com um moinho entre as folhas resplandecentes e suas brilhantes cópias na água cristalina, sendo penalizado na escola no dia seguinte e fazendo com que sua mãe chorasse quando lhe contou. Ele se lembrou de ter dito: "Vou ser um bom menino, mamãe, vou sim!", depois acrescentando com uma daquelas estranhas precauções súbitas que forraram as vestes vibrantes de sua alma impulsiva: "Pelo menos, vou tentar ser bom".

Bem, ele havia tentado. Tentara durante mais de um ano, suportando pacientemente o pesado fardo do livro-razão e do livro de custos e a vida enfadonha no escritório que seu tio-avô lhe arranjara. Havia um pássaro engaiolado no sapateiro do vilarejo de onde vinha que cantava docemente em sua prisão e trabalhava para conseguir sua própria água de beber a pequenos goles vagarosos e cativos. Às vezes, ele pensava que era como aquele pássaro engaiolado, esforçando-se contínua e eternamente junto ao horrível maquinário que, de má vontade, cedia aos seus esforços, ofertando-lhe uma pequena ninharia que o mantinha vivo. E durante todo esse tempo os bosques e campos e as longas estradas cobertas de uma terra clara o chamavam sem parar.

Agora o chefe havia sido repugnante mais do que o normal, e o jovem se encontrava no alto das escadas, alisando o chapéu de seda que tanto representava e lembrando em detalhes a incomum repugnância do chefe. Um erro no total de duas libras e sete centavos em uma coluna, certamente um erro trivial, e de duzentas libras em outra, este último um erro óbvio e facilmente retificado, tinham sido a inspiração das palavras que tocavam sua alma revoltada de maneira dissonante. De repente, ele jogou seu chapéu no ar, chutou-o enquanto caía, preto e brilhante, fazendo com que caísse rodando pelas escadas abaixo. O rapaz que ajudava no escritório se ouriçou, com seu pescoço fino, orelhas avermelhadas e a boca bem aberta.

— Meu chapéu! — foi o que disse de maneira um tanto apropriada e não intencional.

— Com licença, o chapéu é meu! — respondeu o jovem com calma. Mas o rapaz estava genuinamente em choque.

— Estou dizendo, sr. Sellinge — comentou solenemente —, ele nunca será o mesmo novamente, absolutamente. Não adianta passá-lo a ferro, não mesmo, nem mesmo usar um molde.

— Bates — o jovem retrucou com uma solenidade no mínimo comparável —, nunca mais usarei esse chapéu. Tire sua carcaça subserviente do caminho. Vou falar com o chefe.

— Sobre o chapéu? — o rapaz perguntou, atônito e incrédulo.

— Sobre o meu chapéu — Sellinge repetiu.

O chefe olhava para ele um tanto sem expressão. Outros empregados que ele sabia bem que o haviam importunado, como ele dizia, raramente voltavam a se arriscar uma segunda vez. E agora este jovem incompetente e incorrigível, que brincava de forma irreverente com as colunas do templo dos deuses estava de pé diante dele, e claramente, estava ali para dizer-lhe algo, não meramente para ouvir.

— Bem, Sellinge — disse, franzindo o cenho um pouco, mas não muito, a fim de evitar afugentar um pedido de desculpas mais generoso do que aquele com o qual Sellinge o havia encarado. — Bem, do que isso se trata?

Sellinge, resumidamente e com respeito, mas muito claramente, disse-lhe do que se tratava. E o chefe escutou, mal conseguindo acreditar em seus respeitáveis ouvidos.

O DETETIVE 187

— Sendo assim — a história se encerrava —, gostaria de partir imediatamente se o senhor não se importar.

— O senhor percebe, meu jovem — o cabeça da firma perguntou com seriedade —, que está jogando sua carreira fora?

Sellinge explicou que sim, percebia.

— Disse algo sobre sua alma? — O chefe corpulento olhava para ele através de seus óculos dourados. Nunca ouvi falar de tal coisa em minha vida!

Sellinge aguardou respeitosamente, e o responsável por aquele estabelecimento parecia de súbito mais velho. O incomum é desconcertante. O chefe não estava acostumado a ouvir almas sendo mencionadas, exceto aos domingos. No entanto, o jovem era sobrinho-neto de um velho amigo, um amigo valioso e útil nos negócios, um homem a quem seria embaraçoso para ele ofender ou incomodar. Esse é o verdadeiro significado da amizade no mundo dos negócios. Por isso, disse:

— Vamos lá, Sellinge, pense bem. Tive motivos para reclamar, mas não reclamei injustamente, não injustamente, creio eu. Suas oportunidades neste escritório... o que foi que disse?

O jovem havia começado a dizer, muito educadamente, o que pensava do escritório.

— Mas, por Deus! — exclamou o velho senhor, um tanto nervoso com tal rebelião inalcançável. — O que é que você quer? Vamos lá... — disse, lembrando a utilidade daquele tio-avô ilustre e inflexível, como ele bem se lembrava: — Se não é o suficiente para você, um escritório de advogados respeitável com todas as chances de ascensão, todas as chances... — ele repetiu ponderando, esquecendo-se então de tudo o que o intransigente rapaz dissera: — Se não é o suficiente para você, então o que é? O que você quer? — perguntou, com uma mistura patética de desesperança, raiva e a certeza de que sua pergunta não tinha resposta.

— Eu gostaria — respondeu Sellinge com calma — de ser andarilho ou ladrão (— Por Deus! — exclamou o chefe.) ou então um detetive. Quero andar por aí e poder fazer as coisas. Quero...

— Detetive? — repetiu o chefe. — E você já...

— Não — respondeu Sellinge —, mas poderia.

— Temos aqui um Sherlock Holmes, então? — disse o chefe, de fato sorrindo.

— Nunca — respondeu o funcionário com firmeza e franzindo. — Posso ir agora, senhor? Não tenho oportunidade na carreira de ladrão ou detetive, então serei andarilho, pelo menos durante este verão. Talvez eu vá para o Canadá. Sinto muito não ter sido bem-sucedido aqui. Bates vale o dobro do que ganho. Sua fé jamais vacila. Sete por nove é sempre sessenta e três com ele.

Mais uma vez, o chefe pensou em seu útil amigo da cidade.

— Esqueça Bates — disse. — A porta está fechada? Certo. Sente-se, por favor, sr. Sellinge. Tenho algo a lhe dizer.

Sellinge hesitou, olhou ao redor para os móveis revestidos de couro e cheios de poeira, o tapete turco desgastado, as caixas de metal preto e reluzente que guardavam os documentos, e as prateleiras com papéis azuis e amarelos opacos. O retângulo marrom da janela emoldurava uma faixa de céu azul e uma parte dos sujos tijolos do escritório em frente. Uma pequena nuvem desgarrada, muito branca e luminosa, começou a cruzar a faixa de céu.

— O senhor é muito gentil, senhor — respondeu Sellinge, mais convencido do que nunca —, mas não reconsideraria minha decisão nem que o senhor me oferecesse dez vezes o que ganho.

— Sente-se — repetiu o chefe. — Garanto que não pretendo aumentar seus ordenados nem pedirei que reconsidere sua decisão. Gostaria apenas de sugerir uma alternativa, uma alternativa que você mesmo mencionou — adicionou com persuasão.

— Ah! — exclamou Sellinge, sentando-se abruptamente. — Qual?

PARTE 2

E agora contemplemos o sonho realizado. Um jovem com os cabelos descoloridos pelo sol, que parece nunca ter sido marcado pela civilização, com suas botas grandes e empoeiradas, levando nas costas todos os apetrechos completos de um artista que faz pinturas a óleo; o disfarce um pouco novo demais, mas adequado e completo. Ele percorre lentamente as estradas cobertas de poeira branca, e o seu olhar para a direita e para a esquerda envolve os verdes campos e a floresta com o ardor persuasivo de um amante feliz. A única mancha no belo campo que é a vida disposto à sua frente são as últimas palavras que o chefe lhe dirigira:

— Trata-se de um trabalho bem simples para um aspirante a detetive. Você só precisa descobrir se o velho enlouqueceu ou não. Você se enturme com o pessoal do vilarejo e me informe. Faça com que falem com você. E se conseguir descobrir isso, bem, então pode ser que essa lhe seja uma boa carreira. Há muito que estou insatisfeito com meu investigador de costume. Sim, três libras por semana, mais as despesas. Mas seja razoável. Sabe, nada de primeira classe.

Isso o chefe disse em voz alta. Para si mesmo, ele dissera: "Às vezes, um sujeito simplório pode ser útil se for honesto. E, se ele não descobrir nada, não ficaremos pior do que estávamos antes, e poderei dizer ao seu tio que realmente lhe dei oportunidades excepcionais. Excepcionais".

Sellinge também, andando entre as empoeiradas sebes de flores brancas, sentiu que a oportunidade era excepcional. Durante toda a sua vida, as pessoas lhe haviam contado de tudo, e aquilo que uma pessoa lhe confidenciasse, mesmo que pela metade, podia ser juntado à meia confidência de uma outra, geralmente formando uma esfera completa de fatos se ao menos aquele a quem os fatos foram confidenciados possuísse o poder de juntar as duas metades partidas. Sellinge tinha esse poder. Ele sabia de muitas coisas: os pequenos escândalos, as intrigas paroquiais e os meandros do vilarejo onde nascera eram mais claros para ele do que para os principais envolvidos. Ele olhava adiante com agrado para a hospedaria na taberna do vilarejo e para o que lhe contariam de passagem pelos bancos junto à porta.

O vilarejo (ele agora já se aproximava) era íngreme e estreito, exibindo os seus telhados curiosos e sortidos em meio às intermitentes árvores do pomar, um carpete repleto de espaços verdes. Five Bells ficava à esquerda, com seus jardins de chá laterais, frescos e atraentes.

Sellinge passou pela porta escura e empoeirada, onde o tênue odor do tabaco da noite passada e da cerveja matinal daquele dia disputavam com o vigor fresco de um ramo de sempre-vivas num jarro azul sobre o bar, repleto de marcas circulares.

Após dez minutos, ele havia reservado seu quarto, um pequeno quarto branco no sótão quente sob a laje, e descobrira que era Squire quem vivia no casarão, e que havia muitas histórias, era verdade, mas que não se deveria acreditar em tudo o que se ouvia, nem na metade daquilo que se via, e que quanto menos se dissesse, melhor, mas que valia a pena dar uma olhada na casa, ou pelo menos, assim as pessoas diziam, para observar os antigos casarões em ruínas. Não, provavelmente não seria possível entrar. Costumavam ficar abertos às quintas-feiras, o terreno e a casa, mas haviam sido fechados aos visitantes havia muito anos. Aprendera também que, embora parecesse ficar tão perto, o casarão ficava a uns bons seis quilômetros pela estrada.

— E Squire é muito bom para o povo do vilarejo — continuou a corpulenta proprietária de rosto agradável que estava atrás do bar. — Paga bons salários, sim, e se alguém está em apuros, ele sempre põe a mão no bolso. Não acredito que gaste nem a metade daquilo que dá aos outros consigo mesmo. Será um dia triste em Jevington quando algo lhe acontecer, senhor, isso eu lhe digo. Não há mal em querer ver a casa, senhor, mas quanto a vê-lo, ele nunca recebe ninguém. Ora, vejam só, escute! — Ouviu-se o som dos cavalos e das rodas na estrada. — Olhe rápido, senhor!

O DETETIVE 191

Sellinge olhou para fora e viu uma carruagem antiga que levava duas pessoas. Na carruagem, estava um homem velho de cabelos brancos com o rosto pálido e magro e olhos claros e turvos.

— É ele — explicou a mulher ao seu lado, abaixando-se enquanto a carruagem passava. — Sim, seis quilômetros pela estrada, senhor.

Equipado com seu conjunto de tintas e cavalete, o jovem detetive se pôs a caminho. Não havia sobre ele nada da furtividade de um detetive comum. Seu disfarce era perfeito, principalmente porque não era um disfarce. Se houvesse um, o disfarce era aquele com que se cobria sua alma, que fingia para si mesma que a tarefa em mãos era perigosa e difícil. O grande atrativo da carreira de detetive para ele não era tanto a ideia de caçar criminosos, mas sim a atitude dramática de alguém que anda pelo mundo com uma barba falsa e uma caixa de maquiagem numa mão e sua vida na outra. Descobrir a verdade sobre as excentricidades de um velho homem era outra história, mas sobre ela, até o momento, nosso herói ainda não sabia detalhes. Ele queria ser um andarilho ou um detetive, e aqui estava: era ambos. É preciso ganhar o pão, e qual a melhor forma de se fazer isso senão aquela?

Alguns degraus lisos e gastos abriam um caminho quase escondido entre a grama cortada para o feno, com um labirinto de azedinhas vermelhas, botões-de-ouro e margaridas entre a nuvem de plantas em flor. A madeira dos degraus estava quente ao toque, e a grama que se reunia sobre o caminho pulverizava suas botas com pequenas sementes.

Depois disso, havia um bosque, com tocas de coelhos e a grama curta e seca sobre o calcário que ela cobria finamente. O sol brilhava com rigor em um céu acobreado. O caminhante suplicava por uma sombra. Ela se mostrava muito à frente, como uma miragem no deserto, junto a um agrupamento de pinheiros, com um lago de água parada e branca e uma casinha. Poderia perguntar o caminho naquela casa e puxar alguma conversa.

Ele fixou os olhos naquele lugar e seguiu caminhando, com as tiras de couro esquentando os ombros e o bastão de madeira quente na mão. De repente, viu na colina, desbotado para além dos pinheiros, alguém descendo por aquele caminho. Ele sabia que um cavalete plantado é um ímã para mentes rústicas. Essa talvez fosse, afinal de contas, a melhor alternativa. Nunca um artista preparou tão rapidamente a cena que deveria atrair o olhar do observador rústico e a aproximação demorada, mas inevitável, do andante rústico.

Dentro de três minutos, ele se sentara em seu banquinho de acampar, com uma tela diante de si e a paleta quase pronta. Depois de quatro minutos, uma boa camada de azul fora aplicada à tela. Roxo também, ao quinto minuto, porque o céu adquirira tal cor no oeste, roxo e, além disso, uma estranha tonalidade ameaçadora que exigia um tom siena queimado, um cromado médio e uma pitada de vermelho. A figura cinzenta que avançava tinha desaparecido entre os pinheiros. Ele espremia loucamente a tinta verde sobre o primeiro plano: é preciso pelo menos ter uma pintura iniciada. E o sol perseguira de forma intolerável cada pedaço de seu corpo enquanto estivera sentado no campo sem nenhuma sombra, esperando que o outro passasse por si.

E então, mais subitamente do que um terremoto ou o nascimento do amor, um vento forte e impetuoso se abateu sobre ele, arrebatou a tela e o cavalete, até mesmo as tintas e o cajado de madeira e os levou, rodopiantes, como folhas no equinócio de outono. Seu chapéu também voara, não que isso importasse, e o virgem livro de desenhos girava em branco diante no vento que, de acordo com os jornais do dia seguinte, viajava a uma velocidade de dez quilômetros por hora. O magnífico roxo e o cobre do oeste voavam pelo céu, enquanto uma chuva feroz atingia seu rosto e suas mãos. Ele procurou a caixa de tintas, que se alojara na entrada de uma toca de coelho, apanhou a tela, prensada a um abrunheiro, e correu para o abrigo mais próximo: a casa entre os pinheiros. Numa chuva como aquela, é preciso correr de cabeça baixa ou arriscar ficar cego, sendo assim, ele não viu, até que recuperasse o fôlego no velho terraço da casa, que não poderia esperar hospitalidade daquele abrigo.

Era uma pequena hospedaria, há muito tempo deserta, com as paredes e o teto abaulados e descoloridos pela umidade, as janelas de treliça cobertas apenas pela cortina tramada pelas aranhas, o piso coberto pela antiga poeira e com os ramos dos pinheiros que ali entravam e, junto à lareira, os ninhos de pássaros que já ali não estavam haviam caído sobre as cinzas do fogo apagado fazia muito tempo. O clarão fulgurante de um raio o espantou enquanto tentava mover a maçaneta da porta, e a porta, pendurada por uma dobradiça enferrujada, cedeu ao seu empurrão enquanto o primeiro trovão se estilhaçava e rugia sobre sua cabeça. Apesar de tudo, era um abrigo, embora o vento impelisse a chuva quase que horizontalmente através da janela quebrada e por toda a sala. Ele alcançou a janela e, ao custo de uma manga encharcada, puxou uma persiana verde desbotada rapidamente. Em seguida, passou a explorar os cômodos superiores. Buracos na cobertura expunham o lugar às intempéries, e o gotejar da água que fura até a pedra desgastara as tábuas do piso, de modo que elas cediam perigosamente aos seus passos. O topo da pequena escadaria sinuosa, a meio caminho, parecia o lugar mais seco.

Ele sentou-se ali com as costas contra a parede e ficou ouvindo o estalar e rugir dos trovões, observando através da claraboia os raios que desciam das nuvens, rápidos e ameaçadores, como a língua da boca de uma cobra.

Nenhum homem que não seja um sonhador escolhe como rito simbólico o pontapé de um grande chapéu preto pelas escadas do escritório que escolheu abandonar. Sellinge, que de início assistia à gloriosa orquestra, passou de ouvi-la a sonhar acordado, e o sonho lúcido se transformou em um sono sem sonhos.

Quando acordou, soube imediatamente que não estava sozinho na pequena casa esquecida. Um andarilho talvez, quase certamente um invasor. Ele não tivera tempo de se desvencilhar desse pensamento antes que outro o tomasse. Ele é quem era o andarilho e invasor. O outro sujeito talvez fosse um policial local. Você já tentou explicar alguma coisa para a polícia de um distrito rural? Seria mais aconselhável ficar em silêncio, prendendo a respiração, e assim, talvez, escapar de um interrogatório que não poderia lhe ser vantajoso e poderia, tendo em vista seus objetivos, ser absolutamente terrível.

Por isso, ele permaneceu em silêncio, ouvindo. A quase nada. A outra pessoa, quem quer que fosse, mal se movia; ou talvez os movimentos fossem abafados pelo rugir dos trovões e o açoitar da chuva, pois a tempestade perdurara ao sono de Sellinge. Mas sua força cedera enquanto ele dormia, e logo os grandes trovões desapareceram em murmúrios lentos e amuados, e a chuva feroz tornou-se um tamborilar constante sobre a laje e um gotejar lento vindo dos buracos do telhado até as tábuas apodrecidas do chão. O anoitecer caía, e as sombras montavam acampamento nos cantos das escadas e do sótão, cujo chão estava no mesmo nível que seus olhos. E lá embaixo, em meio ao tamborilar da chuva, ele ouvia movimentos suaves. Seus ouvidos tensos só se deram conta de sua suavidade até que o contraste abrupto de um passo na terra lá fora o fizera lembrar-se do valor dos ruídos normais que os seres humanos fazem quando se movem.

O passo fora pesado e afundara na lama molhada; o toque forte contra a porta quebrada fez com que a dobradiça solitária respondesse de maneira aguda. Os passos no assoalho da sala de baixo eram altos e ecoantes. Aqueles outros ruídos tinham sido como o murmúrio surdo dos bosques de verão nos ouvidos de quem está meio adormecido. Esses passos eram definitivos e inegáveis, como o som do tráfego de Londres.

De repente, todos os sons cessaram por um momento, e naquele instante Sellinge encontrou tempo para desejar nunca ter descoberto esse abrigo. O clima mais feroz, mais molhado, mais tempestuoso sob o céu aberto parecia melhor do que a casinha escura que ele compartilhava com esses dois outros sujeitos. Pois havia dois. Ele sabia disso antes mesmo que o homem começasse a falar. Mas ele não soubera até então que o outro, o primeiro, de movimentos suaves, era uma mulher. Quando soube, sentiu, em um lampejo de impotente ressentimento, a desonra de sua situação e a impossibilidade de fugir dela. Ele era um espião. De alguma forma, não lhe ocorrera que espionar fizesse parte da carreira de detetive. E não havia nada que ele pudesse fazer para melhorar as coisas que, inevitavelmente, não fosse as tornar piores. Revelar-se agora seria multiplicar por mil tudo aquilo que ele desejava minimizar. Isso porque as primeiras palavras que escutou dos dois no andar de baixo foram palavras de amor, baixas, apaixonadas e ternas, na voz de um homem. Ele não conseguia ouvir a resposta da mulher, mas há maneiras de responder que não podem ser ouvidas.

— Fique como está — ele ouviu a voz do homem novamente — e deixe-me ficar aqui, aos seus pés, e adorá-la.

E mais uma vez:

— Ah, meu amor, meu amor. É tudo tão diferente de como achávamos que seria, mas é o paraíso em comparação a todo o resto no mundo.

Sellinge supôs que a mulher respondera, embora não tivesse ouvido nada, pois o homem continuou:

— Sim, eu sei que é difícil para você vir até aqui, e você vem tão raramente. E, mesmo quando não está aqui, eu sei que você entende. Mas a vida é demasiado longa e fria, querida. Dizem que a morte é fria. A vida é que é fria, Anna.

Então a voz virou um murmúrio, carinhoso, afetuoso, quase inaudível, e as sombras se intensificaram cada vez mais dentro da casa. Mas do lado de fora ficava mais claro, porque a lua surgira, e as nuvens e a chuva tinham se extinguido, de modo que o pôr do sol e o nascer da lua se misturavam no céu claro.

— Ainda não. Você não vai me mandar embora já. — Ele ouviu. — Ah, meu amor, tão pouco tempo, e o resto da vida sem você. Ah! Deixe-me ficar do seu lado mais um pouco.

A paixão e o anseio da voz comoveram o ouvinte, inspirando nele a compaixão. Ele mesmo já havia lido sobre o amor, pensado nele, sonhado com ele, mas nunca o ouvira falar, não sabia que sua voz poderia ser assim.

Um leve sussurro chegou até seus ouvidos: a resposta da mulher, pensou ele, mas fora tão baixa que se perdera no mesmo instante, em meio ao murmúrio de um galho de hera molhado contra a janela. Ele se levantou suavemente e engatinhou até a janela do cômodo superior. Seus movimentos não fizeram som algum que pudesse ser ouvido no andar de baixo. Ele se sentia mais feliz ali, olhando para fora, para as luzes claras, frias e misturadas. Além disso, estava o mais longe possível, dentro dos limites daquela casa, daqueles dois pobres amantes.

Ainda assim, ouviu as últimas palavras do homem, vibrantes com a agonia do derradeiro adeus.

— Sim, sim, eu irei. — E então: — Ah, minha amada, minha amada, adeus, adeus!

Os passos podiam ser ouvidos no piso inferior, a porta com a dobradiça rompida se abriu e se fechou novamente pelo lado de fora; ele ouvira o trinco de ferro se encaixar no lugar. Então, olhou pela janela. Aquela última indiscrição, a da observação, não era nada diante das indiscrições anteriores com relação ao que ouvira, e ele queria ver o homem pelo qual toda sua alma sentira compaixão e piedade. Nunca imaginou que pudesse sentir tanta pena de alguém.

Ele olhou, com a expectativa de ver um jovem curvado sob o peso da tristeza, e o que viu foi um homem velho, curvado sob o peso dos anos. Seu cabelo era branco e prateado ao luar, os ombros, finos e curvados, os passos, vacilantes, e a mão que fechara o portão do pequeno recinto que fora um jardim, trêmula. A figura de um velho triste se afastava sozinha entre as sombras dos pinheiros.

E era a figura do velho senhor que passara pelo Five Bells na antiga carruagem, a figura do homem ao qual ele fora até ali para investigar, para espionar. Bem, espionar foi o que fez, e descobrira... o quê?

O DETETIVE

Ele não esperou que mais ninguém abrisse aquela porta fechada e saísse ao luar abaixo daquela janela. Ele acreditava agora que sabia, mesmo então, que ninguém mais sairia. Desceu as escadas na escuridão, despreocupado com o som dos seus passos sobre as tábuas que rangiam. Acendeu um fósforo, o ergueu e olhou ao redor da pequena sala vazia com sua única janela fechada e sua única porta trancada. Não havia ninguém lá, absolutamente ninguém. O cômodo estava tão vazio e gelado quanto os ninhos vazios do ano anterior.

Ele saiu depressa e foi embora, não parando para fechar nem a porta nem o portão, nem mesmo para apanhar a caixa de tintas e a tela do sopé da escada, onde as havia deixado. Voltou de um pulo ao Five Bells e ficou muito satisfeito com as luzes e a conversa, o cheiro, a vista e o barulho dos homens e mulheres vivos ali.

Foi no dia seguinte que fez suas perguntas, dessa vez, à filha de rosto arredondado da proprietária do local.

— Não — ela lhe explicara —, Squire nunca se casou. — E: — Sim, houve algum tipo de história.

Ele pressionou para que ela lhe contasse tal história e foi prontamente atendido.

— Não é nada de mais. Dizem apenas que, quando Squire era jovem, ele se envolveu com a filha de um caçador na hospedaria. Será que o senhor não notou um lugar antigo e em ruínas no bosque dos pinheiros?

Sim, ele notara.

— Ninguém sabe ao certo o que aconteceu — disse-lhe a garota. — Todos os envolvidos já estão há tanto tempo debaixo da terra onde nascem as margaridas, menos Squire. Mas ele foi embora e houve algum percalço; ele foi atirado de seu cavalo e não voltou para casa na data esperada, e a jovem foi encontrada afogada na lagoa perto de onde morava. E Squire nunca mais foi o mesmo. Dizem que ele ainda visita a antiga hospedaria até hoje, quando a lua está cheia. E dizem... vá lá, não sei, é tudo conversa fiada, e espero que não leve a sério nada do que eu disse. A gente acaba falando demais.

A cautela, ainda que tardia, agora a tomara de assalto, de modo que ele não conseguiu tirar dela mais nada.

— Você se lembra do nome dessa moça? — perguntou por fim, considerando todas as tentativas vãs diante da discrição da jovem.

— Ora, eu ainda não era nascida, nem pensava nisso — ela lhe respondeu rindo, e gritou pelo corredor recém-acabado: — Mãe, qual era o nome daquela garota, sabe, aquela da hospedaria que...

— Ssh! — A voz da mãe a interpelou. — Controle a língua, Lily, isso é tudo conversa fiada.

— Está certo, mãe, mas qual era o nome dela?

— Anna — respondeu a voz pelo corredor recém-acabado.

"Prezado senhor", dizia o relatório de Sellinge, escrito no dia seguinte, "realizei minha investigação e não encontrei nenhum motivo para supor que o cavalheiro em questão não esteja de posse de todas as suas faculdades mentais. Ele é bastante respeitado no vilarejo e deveras amável para com os mais pobres. Fico aqui à espera de suas instruções."

Enquanto lá permaneceu à espera das instruções, explorou a vizinhança, mas não encontrou nada de muito interessante, exceto a sepultura no lado norte do adro da igreja, uma sepultura sem nenhuma lápide, mas que todos os dias era coberta com flores frescas. Era assim coberta todos os dias, disse-lhe o sacristão, há cinquenta anos.

— Um bom tempo, cinquenta anos... — disse o homem — um bom tempo, senhor. Um advogado de Londres paga pelas flores, mas dizem...

— Sim — interrompeu Sellinge rapidamente —, mas as pessoas falam todo tipo de coisa, não é mesmo?

— Mas algumas delas são de fato verdade — respondeu o sacristão.

EDITH NESBIT

A CRIANÇA DE MÁRMORE

1910

Uma criança, cansada do espetáculo de uma missa, deixa seus olhos vagarem até o local onde antes havia a igreja antiga, com suas tumbas desgastadas, onde jaziam padres e guerreiros. Ela ainda não sabe, mas existe algo vivo entre os mármores.

Por toda a extensão da igreja se espalhavam os antigos bancos de carvalho exageradamente detalhados: uma profusão de fileiras cruzadas, como aquelas que as crianças faziam com cartas de baralho nos velhos tempos; tempos em que reis e valetes ostentavam volumosas pernas protuberantes erguidas sobre os pés, sempre prontos para o serviço, e as rainhas pavoneavam suas longas saias, nunca partidas ao meio por espelhos que refletiam apenas seu torso real e algum brasão, com corações, trevos ou coisa que o valha, no canto superior direito da moldura delimitada.

Os bancos tinham também suas qualidades: grandes e volumosos apoios, estofados vermelhos, relativa reclusão e, no caso dos mais afortunados, cortinas vermelhas que se fechavam na hora do sermão.

A criança, exaurida pelo espetáculo comandado pelo rechonchudo clérigo, em seu traje preto e banda de pregação, batia contra o púlpito estofado no torpor da incompreensível oratória, rendeu os ouvidos à ladainha das entoações; ladainha essa que, se partisse da criança, seria reprimida como um "temperamento travesso". Seus olhos, no entanto, talvez graças à proteção dos deuses de seu próprio universo, ainda se mostravam atentos. Eles haviam encontrado um horizonte próprio: certamente não o negro e o ébano do traje e da banda do clérigo, ainda menos o rubor transgressor de sua papada.

As antigas igrejas dispõem de extensas campinas que, após derrubadas as obras normandas, os homens voltaram a estimar e construir sobre elas, com paixão, pilares e arcos, que, naqueles rudes tempos, representavam tudo o que o coração poderia materializar na rocha como um símbolo. Viam-se ali os melancólicos sepulcros onde as efígies de guerreiros e sacerdotes jaziam como se tivessem vida, embora fossem feitas do mármore inanimado; as abóbadas que pairavam sobre seus leitos; pilares tão altos quanto os troncos dos pinheiros, com seu cheiro adocicado; e o esplêndido telhado de madeira que, virado de cabeça para baixo, poderia muito bem ser um navio. E o que poderia ser mais fácil do que virá-lo de cabeça para baixo? A imaginação se afastava timidamente do púlpito ocupado. O trifório, porém, encontrava-se vazio; por lá se podia perambular, espremendo-se alegremente entre os finos arcos e andar com cuidado sobre suas beiradas estreitas e desprotegidas. Quando a criança passava muito tempo brincando ali, as tias se cutucavam e, entre sussurros urgentes, insistiam que aquele não era o jeito de se portar na igreja. Podia-se sempre contar com tal comoção, em parte temida e em parte almejada; depois disso, a criança mantinha o olhar baixo, contemplando somente o desbotado apoio vermelho com seu cordão dependurado e, em breves momentos íntimos de segurança, olhava para a outra criança.

A outra criança ficava sempre de joelhos, estando a congregação ajoelhada, de pé ou sentada. As mãos, sempre unidas. O rosto voltava-se para o alto, mas suas costas se curvavam sob um peso: o peso da fonte que sustentava, pois a outra criança era de mármore e permanecia sempre ajoelhada na igreja, fosse domingo ou dia de semana. Havia antes três figuras de mármore que amparavam a rasa bacia; duas delas, porém, tinham sido quebradas ou sucumbido, e agora todo o peso do mármore da fonte repousava sobre aqueles ombros esguios.

A criança que não era de mármore sentia pena da outra: ela deveria estar exausta.

A criança que não era de mármore, e cujo nome era Ernest, essa criança com olhos fatigados e pensamentos enfastiados, lamentava pelo garoto de mármore, enquanto este último invejava o primeiro.

— Suponho que ele não sinta nada, já que é de pedra — concluiu. — É isso o que querem dizer quando se referem a um tirano com coração de pedra. Mas se sentir... seria tão agradável se ele pudesse sair dali e sentar-se comigo no banco, ou se eu pudesse me esgueirar sob a fonte ao seu lado. Se ele se movesse só um pouco, haveria espaço suficiente para mim.

A primeira vez que Ernest viu a criança de mármore se mover foi no domingo mais quente do ano. A caminhada pela campina fora uma penitência que o deixara sem fôlego; o chão queimava as solas dos pés de Ernest como as brasas ardentes queimavam os pés dos santos. O milho tinha sido cortado e formava firmes pilhas amarelas, com sombras enegrecidas. O céu estava claro, exceto a oeste, além dos pinheiros, onde nuvens pretas e azuladas se acumulavam.

— Parece um colchão de plumas enfeitiçado por uma bruxa[1] — comentou tia Harriet, sacudindo o xale de renda para que se abrisse.

— Não na frente da criança, minha querida — sussurrou tia Emmeline.

É claro que Ernest a tinha escutado. Era sempre assim: tão logo alguém fizesse qualquer comentário interessante, tia Emmeline intervinha. Ernest caminhava melancólico com seu colarinho engomado. A poeira deixara seus calçados esbranquiçados, e uma de suas brancas meias ficara amarrotada.

— Puxe-a para cima, criança, puxe-a para cima — ordenou tia Jessie. E, velado do mundo pela ampla seda que cobria crinolinas das três tias, puxá-la foi o que ele fez.

A caminho da igreja e, na verdade, toda vez que se saía à rua, era necessário segurar a mão de uma tia; as rotundas crinolinas tornavam a necessidade de manter o braço esticado algo um tanto cansativo. Ernest sempre ficava feliz quando, no alpendre, largavam-lhe a mão. Foi exatamente ao alcançar o alpendre que o primeiro estrondo solitário de um trovão rompeu sobre as colinas.

— Eu sabia — tia Jessie disse, triunfante. — E você insistiu em vestir a seda azul.

Nenhum outro trovão fez-se ouvir até o final do segundo sermão, que raramente era tão interessante quanto o primeiro, pelo menos era o que Ernest achava. A criança de mármore parecia mais cansada do que de costume, e Ernest se perdeu em uma fantasia em que ambos escapavam de suas prisões e brincavam de esconde-esconde entre as lápides. Então um trovão rompeu estridente sobre a igreja. Ernest se esqueceu de que ia se levantar, e até mesmo o clérigo esperou até que o estrondo se acalmasse.

---

1 Segundo uma superstição alemã, as bruxas entrelaçam as plumas do colchão para formar uma guirlanda. Diz-se que quem dormir sobre o colchão adoece e morre quando as extremidades da guirlanda se unem. [N. da T.]

A missa tinha sido animada, valera a caminhada até a igreja. Depois que acabou, as pessoas se aglomeraram no vasto alpendre, imaginando se o tempo abriria e desejando terem se munido de seus guarda-chuvas. Algumas voltavam para dentro e se acomodavam nos bancos, dando tempo aos criados para que fossem a casa e voltassem com suas respectivas sombrinhas e capas. Os mais impetuosos corriam desajeitadamente por entre os pingos de chuva, com os chapéus inclinados e as saias bem erguidas. Muitos trajes de domingo foram arruinados naquele dia, muitos chapéus foram rebaixados de primeira para segunda melhor opção.

Foi quando tia Jessie pediu em voz baixa que Ernest ficasse quieto, fosse um bom menino e aprendesse um dos cânticos que seu olhar se voltou para a criança de mármore. Com os olhos e o coração, disse:

— Não é uma pena?

E a criança de mármore olhou de volta para ele:

— Não se aborreça, logo tudo vai acabar. — E estendeu suas mãos de mármore. Ernest viu-as se esticando em sua direção, ultrapassando em muito a beirada da bacia sob a qual sempre haviam permanecido, até aquele momento.

— Ah! — exclamou, em alto e bom som e, derrubando o hinário, esticou as mãos ou pelo menos começou a esticá-las. Antes que pudesse fazer mais do que esboçar tal gesto, lembrou-se de que o mármore é inanimado e que não se deve fantasiar com essas tolices. Seja como for, o mármore havia *de fato* se movido. Além disso, Ernest interrompera o silêncio da igreja. Uma desgraça inominável!

Foi, então, levado para casa plenamente ciente de sua desonra e, no caminho, pisava em todas as poças para distrair sua mente daquela condição.

Ordenaram-lhe que fosse para a cama mais cedo, como forma de punição, em vez de sentar-se para aprender o catecismo sob o encargo de uma das criadas enquanto as tias iam à missa noturna. Isso, embora fosse terrível para Ernest, representava um indulto para a criada, que acabou encontrando outros meios de se ajustar à sua própria consequente solidão. Ao longe, os sussurros e as risadas vindos das janelas dos fundos ou da cozinha asseguravam a Ernest que a frente da casa ou a lateral mais silenciosa estavam desprotegidas. Ele se levantou, vestiu-se quase por completo e desceu pelas escadas acarpetadas, passando pela sala de estar, com seus móveis de jacarandá, o aroma de rosas e tão silenciosa quanto um leito fúnebre, e atravessando as janelas francesas até o gramado, onde o orvalho já começava a cair delicadamente.

Sua fuga não tinha um objetivo definido. Tratava-se apenas de um ato de rebeldia como aqueles que, protegidos dos olhares observadores, os tímidos podem praticar: uma demonstração parecida com a de mostrar a língua pelas costas de alguém.

Tendo chegado até o gramado, apressou-se em se esconder nos arbustos, desanimado com a desconcertante percepção da futilidade das vinganças seguras. O que é a língua mostrada pelas costas do inimigo sem o aplauso de um admirador?

Os raios avermelhados do sol poente criavam uma vista esplendorosa contra os arbustos gotejantes.

— Queria não ter feito isso — concluiu.

Mas parecia tolice retornar agora: sair apenas para voltar. Então ele avançou em meio aos arbustos, atravessando até o outro lado, onde a mata se inclinava em direção ao bosque. Ali estava quase escuro, o que o fez se sentir mais sozinho do que nunca.

Então, de repente, ele não estava mais sozinho. Um par de mãos afastava os galhos das aveleiras, e um rosto conhecido o fitava por entre eles.

Ele conhecia aquele rosto; ainda assim, a criança que viu não era nenhuma das crianças que conhecia.

— Ora — disse a criança do rosto conhecido —, eu o estava observando. Por que você fugiu?

— Fui obrigado a ir deitar mais cedo.

— E você não gosta disso?

— Não se for uma punição.

— Se você voltar agora — propôs a peculiar criança —, eu volto para brincar com você depois que tiver pegado no sono.

— Você não se aventuraria. E se minhas tias o apanharem?

— Isso não vai acontecer — concluiu a criança, balançando a cabeça e rindo. — Vamos apostar uma corrida até a casa!

Ernest correu. E também venceu a corrida. A outra criança não estava em parte alguma quando ele chegou a casa.

— Que estranho! — disse. Mas estava cansado, e os trovões haviam retornado, trazendo consigo o início da chuva: gotas tão grandes quanto moedas atingiam o batente da janela francesa. Por isso, voltou para a cama, sonolento demais para se perguntar onde vira aquela criança antes e levemente desapontado com o fato de que sua vingança fora tão breve e inoportuna.

Então caiu no sono e, em seu sonho, a criança de mármore saía debaixo da fonte, e ambos brincavam de esconde-esconde entre os bancos na igreja. Foi um sonho encantador e durou a noite toda, e quando acordou, ele sabia que a criança que vira no bosque ao anoitecer no dia anterior era a criança de mármore da igreja.

Isso não o surpreendeu tanto quanto surpreenderia o leitor: o mundo em que as crianças vivem é permeado por coisas incríveis e surpreendentes que se revelam bastante reais. E, se a mulher de Ló foi transformada em uma estátua de sal, por que uma criança de mármore não poderia se transformar em uma de carne e osso? Tudo era bastante claro para Ernest, mas mesmo assim não contou a ninguém: tinha a sensação de que talvez não fosse tão fácil explicar aos demais.

— O garoto não parece lá muito bem — disse tia Emmeline no café da manhã. — Um pouco de ruibarbo às onze deve ajudar.

A manhã de Ernest estava arruinada. Por acaso o leitor já precisou tomar ruibarbo em pó? É pior que quinino, pior que cássia, pior que tudo, exceto óleo de rícino.

A CRIANÇA DE MÁRMORE 207

Ernest, porém, foi obrigado a tomar... junto à compota de framboesa.

— E não faça essa cara — recomendou tia Emmeline, lavando a colher na pia da cozinha. — Você sabe que é para o seu próprio bem.

Como se a ideia de que algo para o próprio bem de uma pessoa alguma vez já tivesse impedido alguém de fazer caretas!

As tias eram gentis, à sua maneira, adultas que eram, envoltas em suas crinolinas. Mas Ernest queria alguém com quem pudesse brincar. Todas as noites, em seus sonhos, ele brincava com a criança de mármore. E na igreja, aos domingos, a criança de mármore ainda estendia as mãos, um pouco mais do que antes.

— Vamos lá! — Ernest se dirigiu a ela, com a voz típica das conversas tidas com o coração. — Venha sentar-se comigo atrás das cortinas vermelhas. Vamos lá!

A criança de mármore não olhava para ele. A cabeça parecia ainda mais voltada para cima do que nunca.

Quando chegaram ao segundo cântico, Ernest sentiu-se inspirado. Todos os demais na igreja, sonolentos e acostumados, cantavam:

Os tons cor-de-rosa do alvorecer,
O clarão do dia,
O carmesim do céu ao pôr do sol,
Que rápido tudo parece se desvanecer.

Ernest voltou o olhar na direção da criança de mármore e murmurou (mal dava para chamar aquilo de cântico):

Os teixos cor-de-rosa do alvorecer,
O clarão do dia;
Venha, venha, venha, venha,
Venha comigo para se entreter.

Ele imaginava a euforia que seria quando a criança de mármore respondesse ao seu apelo, saísse debaixo da fonte e fosse sentar-se ao seu lado, atrás das cortinas vermelhas. As tias não os veriam, é claro. Elas nunca enxergavam o que era importante. Ninguém veria, exceto Ernest. Ele fitava a criança de mármore.

— Você precisa sair daí — insistiu. E depois de novo: — Precisa vir até aqui, precisa!

E a criança de mármore de fato foi até ele. Saiu de seu posto e sentou-se ao seu lado, segurando a mão do garoto. Sua mão sem dúvida era fria, mas não parecia ser de mármore.

Quando Ernest se deu conta, uma tia o sacudia e sussurrava com um furor moderado, devido à reverência ao templo sagrado:

— Acorde, Ernest! Como pode ser tão malcriado?

A criança de mármore retornara ao seu lugar, debaixo da fonte.

Quando Ernest se recorda daquele verão, parece ter a impressão de que trovejara em todas as ocasiões em que fora à igreja. É evidente, no entanto, que isso não pode ter ocorrido de fato.

O dia em que a maior aventura de sua breve vida começou, entretanto, foi sem dúvida um dia de céu carregado. Ele estava cansado das tias. Elas eram gentis e justas; assim lhe diziam, e ele acreditava nelas. Mas seu tipo de justiça se assemelhava muito à implicância, e seu tipo de gentileza ele não desejava de modo algum. O que queria era ter alguém com quem brincar.

— Podemos ir até o cemitério da igreja? — Seu pedido foi a princípio recebido com graciosidade, como se demonstrasse integridade. Contudo, a insistência foi vista como algo um tanto mórbido, e sua caminhada tomou, em vez disso, o rumo mais empoeirado do asilo do condado.

Seu anseio pela única criança que conhecia, a criança de mármore, exacerbado por aquela negativa, o levaram à rebelião. Ele fugiria. Viveria com a criança de mármore no grande alpendre da igreja; eles se alimentariam das frutas do bosque vizinho, assim como as crianças faziam nos livros, e se esconderiam lá quando as pessoas fossem à igreja.

Quando vislumbrou uma oportunidade, saiu com calma pela janela francesa, contornou a lateral da casa onde todas as janelas haviam sido tapadas com tijolo em consequência do antigo imposto[2] e arrancou pela estreita faixa de gramado em uma corrida esbaforida, até encontrar um abrigo seguro entre os rododendros.

A porta da igreja estava trancada, naturalmente, mas ele sabia onde, na janela da sacristia, um dos vidros estava quebrado e gravara na memória a lápide inclinada logo abaixo dele. Trepando por cima da lápide e apoiando um dos joelhos na bica d'água, conseguiu... passou a mão para o lado de dentro, girou o trinco e caiu sobre a empoeirada mesa de sacristia.

A porta estava entreaberta, e ele passou para dentro da igreja vazia. Ela parecia muito maior e mais cinzenta agora que estava a sós ali. Seus passos ecoavam alto, o que era desconcertante. Tivera a intenção de gritar:

— Estou aqui! — Mas, diante dos ecos, não conseguiu fazê-lo.

Ele encontrou a criança de mármore; sua cabeça estava mais erguida do que nunca, e as mãos, estendidas muito além da borda da fonte. Quando estava bem perto dela, sussurrou:

— Estou aqui. Vamos brincar!

Mas sua voz estremeceu um pouco. A criança de mármore era nitidamente feita de mármore. E, não obstante, nem sempre permanecera assim. Ele não tinha certeza. Contudo...

— Estou certo, *sim*! — concluiu. — Você conversou comigo nos arbustos, não foi?

---

2 O imposto sobre janelas foi criado na Inglaterra em 1696 pelo rei Guilherme III e consistia na cobrança de tributos de acordo com o número de janelas nos imóveis. A teoria por trás do imposto era a de que os mais ricos teriam casas maiores e, portanto, mais janelas. O tributo fez com que muitas pessoas passassem a tapar as janelas de seus imóveis com tijolos como forma de escapar à cobrança, o que pode ser observado até os dias de hoje em algumas construções.

Mas a criança de mármore não se moveu nem disse nada.

— Você veio até mim e segurou minha mão no domingo passado — insistiu, um pouco mais alto.

Somente os ecos vazios lhe responderam.

— Saia daí — disse em seguida, quase com medo do insistente silêncio da igreja. — Vim morar com você para sempre. Saia do seu posto de mármore, saia de uma vez.

Ele estendeu a mão para acariciar a bochecha de mármore. Um ruído o agitou, um ruído alto e cotidiano. A grande chave girava na fechadura da porta ao sul. As tias!

— Agora elas me obrigarão a voltar — disse Ernest. — Era melhor que tivesse saído daí.

Mas não eram as tias. Era a velha senhora que ajudava na igreja e viera para limpar a capela-mor. Ela entrou devagar com um balde e uma escova. Um pouco de água do balde espirrou no chão perto de onde Ernest estava quando ela passou por ele, sem vê-lo.

Então a criança de mármore se mexeu, voltou-se para Ernest com lábios que falavam e olhos que viam.

— Você pode ficar comigo para sempre se quiser — disse ela —, mas então precisará ver as coisas que acontecem aqui. Já testemunhei algumas delas.

— Que tipo de coisas? — perguntou Ernest.

— Terríveis.

— Que coisas precisarei testemunhar?

— Ela... — A criança de mármore moveu o braço em liberdade, apontando para a velha senhora nos degraus da capela. — E sua tia, que chegará aqui em um instante, procurando por você. Ouviu o trovão? Logo o raio atingirá a igreja. Ele não nos machucará, mas cairá sobre elas.

Ernest lembrou-se num instante de como a tia Emmeline fora gentil quando ele estava doente, de como a tia Jessie lhe dera um jogo

A CRIANÇA DE MÁRMORE

de xadrez e de como a tia Harriet o ensinara a fazer rosas de papel para enfeitar as molduras dos quadros.

— Preciso ir e avisá-las.

— Se você for, nunca mais me verá — disse a criança de mármore, repousando os braços em seu pescoço.

— Não posso voltar para você depois de avisá-las? — Ernest perguntou, respondendo ao abraço.

— Não haverá volta — concluiu a criança de mármore.

— Mas eu quero você. Amo-o mais do que todos no mundo.

— Eu sei.

— Ficarei com você — disse Ernest.

A criança de mármore não respondeu nada.

— Mas, se eu não disser nada, serei o mesmo que um assassino — Ernest murmurou. — Ah! Deixe-me ir e voltar para você.

— Eu não estarei aqui.

— Mas eu devo ir. Eu devo — replicou Ernest, dividido entre o amor e o dever.

— Sim.

— E não o terei nunca mais? — a criança de carne e osso insistiu.

— Você me terá em seu coração — respondeu a criança de mármore. — É lá que quero estar. É lá o meu verdadeiro lar.

Eles se beijaram mais uma vez.

— Foi sem dúvida um milagre dos céus ter me ocorrido de ir até a igreja naquele exato momento. — Era o que tia Emmeline costumava dizer, nos anos que se seguiram, aos amigos mais solidários. — Do contrário, nada teria salvado nosso querido Ernest. Ele estava aterrorizado, bastante perturbado com o medo, pobre criança, e correu até mim, saindo de trás de um dos bancos, gritando: "Vamos embora, vamos embora, titia, vamos!". E me arrastou para fora. A Sra. Meadows, por um milagre, nos seguiu para ver o que estava acontecendo. No instante seguinte, a catástrofe ocorreu.

— A igreja foi atingida por um raio, não foi? — Foi a pergunta feita em seguida pelo amigo solidário.

— Foi, de fato. Um estrondo tremendo, meu querido. E depois a igreja desmoronou lentamente diante de nossos olhos. A parede sul ruiu como uma fatia de bolo partida ao meio... sem contar o barulho e a poeira! A Sra. Meadows nunca mais recuperou a audição, pobrezinha, e a mente também foi um pouco afetada. Eu fiquei inconsciente, e o Ernest... bem, tudo aquilo foi demais para a criança. Ele ficou entre a vida e a morte por semanas. Em choque, disse o médico. Ele já andava um tanto abatido antes. Tivemos que trazer um de seus primos para morar conosco depois disso. Os médicos disseram que ele precisava da companhia jovem.

— Deve ter sido um choque, de fato — concordou o amigo solidário, consciente de que a história não acabava ali.

— Seu discernimento foi bastante afetado — prosseguiu tia Emmeline. — Ao recuperar a consciência, ele exigia ver a criança de mármore! Chorava e urrava, meu querido, sempre pedindo pela criança de mármore. Parece que havia fantasiado com um dos anjos que sustentavam a antiga fonte, não a fonte atual, querido. Essa nós demos de presente como um sinal de gratidão divina por termos escapado. Naturalmente que manejamos suas fantasias da melhor forma que pudemos, mas a coisa toda se estendeu por muito tempo.

— E qual fim teve o anjo de mármore? — o ouvinte indagou por amizade.

— Virou pó, meu querido, na terrível derrocada da igreja. Não se encontrou nem vestígio dele. E a pobre Sra. Meadows, que delírios terríveis!

— Que tipo de delírios? — o amigo perguntou apressadamente, ansioso para que a velha história chegasse ao fim.

— Bem, ela sempre afirma que duas crianças saíram correndo para me avisar, e que uma delas tinha uma aparência um tanto incomum. *"Num* era feita de carne ou osso", explicou do seu jeito simplório,

A CRIANÇA DE MÁRMORE 213

"era um anjinho, protegendo o mestre Ernest. *Segurando ele* pela mão. Eu digo que era seu anjo da guarda, e o rosto dele era pálido, feito um lírio contra o sol."

O amigo olhou para a cômoda, e tia Emmeline se levantou para abri-la.

— Ernest devia estar se comportando muito mal e de forma um tanto destrutiva na igreja, mas o médico disse que ele provavelmente não estava de posse de suas faculdades, pois, quando o levaram para casa e o despiram, encontraram isto em sua mão.

Então, o amigo solidário limpou os óculos e observou, não pela primeira vez, a relíquia proveniente da gaveta da cômoda. Tratava-se de um dedo de mármore branco.

Assim seguem as memórias de tia Emmeline. As memórias de Ernest são fiéis ao relato deste conto.

EDITH NESBIT

A MOLDURA DE ÉBANO

1891

Uma antiga moldura de ébano guarda um segredo, até que um sinistro pacto e um triste destino são revelados. Quem pode dizer o que é sonho e o que é realidade diante de um sentimento como o amor?

Ser rico é uma sensação luxuosa, ainda mais quando você já se rebaixou à profundeza das maiores dificuldades como escritor na Fleet Street, um mero colecionador de parágrafos desconsiderados, um repórter, jornalista não reconhecido. Todas essas vocações absolutamente em dissonância com a aprovação de sua família e sua descendência direta dos duques da Picardia.

Quando minha tia Dorcas morreu e me deixou uma boa soma anual e uma casa mobiliada em Chelsea, senti que a vida não tinha nada mais a me oferecer além da posse imediata desse legado. Até mesmo Mildred Mayhew, quem eu até então considerava a luz da minha vida, se tornou menos luminosa. Eu não estava noivo de Mildred, mas passava tempo com sua mãe e entoava duetos com a jovem, além de dar-lhe luvas de presente quando tinha meios para isso, o que era raro. Ela era uma moça adorável, e minha intenção era desposar-lhe algum dia. É uma sensação agradável saber que uma bela jovenzinha está pensando em você. Ajuda no trabalho, e é bom saber que ela dirá sim quando você lhe pedir a mão.

Mas, como eu disse, o recebimento do meu legado quase me tirou Mildred dos pensamentos, principalmente porque, à época, ela se hospedava com amigos no campo.

Antes de se esvair o meu mais recente luto, eu já estava sentado na poltrona de minha tia em frente à lareira da sala de jantar em minha própria casa. Minha própria casa! Era grandiosa, mas um tanto solitária. Acabei pensando em Mildred naquele momento.

O cômodo era confortavelmente mobiliado em carvalho e couro. As paredes traziam penduradas algumas pinturas a óleo bastante agradáveis, mas o espaço acima da lareira era desfigurado por uma gravura extremamente horrível, *O Julgamento de Lorde William Russell*, enquadrada em uma moldura escura. Levantei-me para observá-la. Eu visitava minha tia com assídua regularidade, mas não me lembro de ter visto essa moldura antes. Não havia sido feita para conter uma gravura, mas sim uma pintura a óleo. Era feita de ébano de primeira e entalhada de forma bela e curiosa.

Eu a observava com crescente interesse, e, quando a criada de minha tia — eu mantivera sua modesta equipe de serventes — entrou com a lamparina, eu lhe perguntei quanto tempo fazia que aquela gravura estava ali.

— A senhora a comprara apenas dois dias antes de ficar doente — explicou ela. — Quanto à moldura, ela não queria comprar uma nova, então recuperou essa do sótão. Há uma série de antiguidades curiosas lá, senhor.

— Minha tia tinha essa moldura há muito tempo?

— Ah, sim, senhor. Ela chegou muito antes de mim, e no Natal fará sete anos que estou aqui. Havia um retrato nela, ele também está lá em cima, mas está completamente escurecido, horrível, parece ter saído diretamente da chaminé.

Senti um desejo de ver tal retrato. Podia muito bem se tratar de um velho mestre inestimável no qual os olhos da minha tia haviam enxergado apenas lixo.

Logo após o café da manhã do dia seguinte, fiz uma visita ao depósito no sótão. Estava entulhado de móveis velhos, o suficiente para abastecer uma loja de antiguidades. A casa toda fora mobiliada integralmente no estilo vitoriano, e este cômodo guardava tudo o que não estava à altura do "ideal da sala de visitas". Mesas de papel machê e madrepérola, cadeiras com encosto reto e pés torcidos e almofadas bordadas desbotadas, guarda-fogos ao estilo do velho mundo, escrivaninhas de carvalho com puxadores de latão, uma pequena mesa de trabalho com detalhes em seda desbotados e comidos por traças, pendurados em farrapos desconsolados: sobre esses itens e sobre a poeira que os cobria, a luz do dia resplandeceu conforme ergui as persianas. Prometi a mim mesmo que devolveria a essas divindades domésticas seu local de adoração em minha sala e que moveria os móveis que compunham a suíte vitoriana para o sótão. No momento, entretanto, minha missão era encontrar o retrato "tão escurecido que poderia ter saído diretamente de dentro da chaminé". Sem dificuldade, o encontrei atrás de uma série de estudos hediondos de natureza morta.

Jane, a criada, o identificou imediatamente. Eu o levei para baixo com cuidado e o examinei. Nenhum assunto ou cor distinguível. Havia uma mancha de uma tonalidade mais escura no meio, mas, se era uma figura, uma árvore ou uma casa, ninguém saberia dizer. Parecia pintado em uma tela demasiado grossa, fixada com couro. Decidi enviá-lo a uma daquelas pessoas que despejam em decadentes retratos de família o elixir da juventude eterna, ou o que o sr. Besant nos diz ser apenas água e sabão. Entretanto, no mesmo momento, me

A MOLDURA DE ÉBANO

ocorreu tentar o meu próprio toque restaurador em um dos cantos da tela.

Um banho de esponja, sabão e escova de unhas aplicado vigorosamente por alguns segundos me revelou não haver imagem nenhuma para limpar! Apenas o carvalho nu se apresentava às minhas escovadas persistentes. Tentei do outro lado. Jane me observava com interesse indulgente. Mesmo resultado. Então me dei conta de algo. Por que a tela era tão espessa? Arranquei a amarração de couro, e a tela se dividiu e caiu ao chão em uma nuvem de poeira. Havia dois retratos: eles haviam sido presos face a face. Encostei-os contra a parede e, no momento seguinte, também precisei me recostar.

Um dos retratos trazia a minha imagem, um retrato perfeito, nenhuma nuance ou traço deixando a desejar. Eu mesmo, em um traje de cavaleiro, com uma trança no cabelo e tudo! Quando esse retrato fora feito? E como, sem meu conhecimento? Seria algum capricho da minha tia?

— Meu Deus, senhor! — Jane se mostrou vibrante e surpresa ao meu lado. — Que bela imagem! Foi em algum baile elegante, senhor?

— Sim — gaguejei. — Eu... acho que não vou querer mais nada por ora. Pode ir.

Ela saiu, e eu me virei para o segundo retrato, ainda com o coração batendo a galope. O tipo de beleza dessa mulher era aquele adorado por Burne Jones e Rossetti em suas obras — nariz reto, sobrancelhas baixas, lábios carnudos, mãos finas e grandes olhos luminosos e profundos. Ela trajava um vestido preto de veludo. Era um retrato de corpo inteiro. Seus braços descansavam em uma mesa ao seu lado, e a cabeça repousava nas mãos; mas o rosto estava voltado para a frente, e seus olhos fitavam os do espectador de maneira desconcertante. Na mesa ao seu lado, se encontravam compassos e instrumentos cujas aplicações eu desconhecia, livros, uma taça e uma pilha de papéis e penas diversas. Reparei em tudo isso somente depois. Acredito que tenha se passado um quarto de hora antes que eu pudesse desviar meus olhos dos dela. Nunca vira olhos como aqueles. Eram interpelantes, como os de uma criança ou de um cão, e contundentes, como os de uma imperatriz.

— Devo varrer a poeira, senhor? — A curiosidade fizera Jane voltar. Eu acedi. Virei meu retrato na direção oposta a ela. Mantive-me entre ela e a senhora de veludo preto. Quando me vi novamente sozinho, rasguei *O Julgamento de Lorde William Russell* e coloquei o retrato daquela mulher em sua imponente moldura de ébano.

Depois disso, escrevi a um rapaz que fazia molduras em busca de uma para o meu retrato. O quadro passara tanto tempo face a face com aquela bela bruxa que eu não conseguiria privá-lo de sua presença; com isso, pode-se perceber que sou, por natureza, uma pessoa um tanto quanto sentimental.

Quando a nova moldura chegou, pendurei-a do lado oposto à lareira. Uma busca exaustiva entre os papéis de minha tia não revelou nenhuma explicação sobre o meu retrato nem nada sobre a história do retrato da mulher com os magníficos olhos. Soube apenas que toda aquela mobília antiga fora repassada à minha tia após a morte do meu tio-avô, o chefe da família; e eu poderia ter concluído que apenas me parecia com algum antigo familiar, se todos que entrassem ali não se espantassem com a "semelhança gritante". Adotei a explicação de Jane, remetendo-me ao "baile elegante".

E ali se encerrara a questão dos retratos. Isso se poderia supor, caso não houvesse evidentemente muito mais escrito sobre a história aqui. Entretanto, para mim, naquele momento, a questão parecia encerrada.

Fui ao encontro de Mildred e convidei ela e sua mãe para passarem uns dias comigo. Evitava, tanto quanto podia, olhar para o retrato na moldura de ébano. Não conseguia esquecer nem mesmo me lembrar, sem com isso me emocionar, dos olhos daquela mulher quando os vi pela primeira vez. Hesitava em fitar aquele olhar mais uma vez.

Reorganizei um tanto a casa em preparação para a visita de Mildred. Transformei a sala de jantar em uma sala de visitas. Levei

A MOLDURA DE ÉBANO

para baixo grande parte dos móveis antigos e, após um longo dia de arranjos e reorganização, sentei-me diante da lareira e, recostado numa agradável languidez, levantei os olhos na direção do retrato. Vi seus olhos amendoados, escuros e profundos e, uma vez mais, meu olhar se fixou no da mulher como se por alguma magia poderosa: o tipo de fascínio que nos mantém por vezes fitando por longos minutos nossos próprios olhos no espelho. Contemplei seus olhos e senti os meus dilatarem, abalados por um golpe como aquele de lágrimas.

— Ah! — exclamei. — Como eu queria que você fosse uma mulher de carne e osso e não um retrato! Desça daí! Desça de uma vez!

Ri de mim mesmo ao pronunciar essas palavras, mas mesmo então mantive os braços estendidos.

Não estava sonolento nem embriagado. Estava tão desperto e sóbrio quanto um homem pode estar neste mundo. Ainda assim, com os braços estendidos, vi as pupilas no retrato dilatarem, seus lábios tremerem — dou minha vida em testemunho de tal fato. Suas mãos se moveram ligeiramente, e uma espécie de lampejo de um sorriso brotou em seu rosto.

Levantei-me de imediato.

— Isso não serve — disse, ainda em voz alta. — A luz da lareira de fato nos prega peças estranhas. Deixe-me pedir a lamparina.

Recompus-me e fui em direção ao sino. Estava com a mão nele quando ouvi um som atrás de mim e me virei, ainda sem tocá-lo. As chamas da lareira haviam diminuído, e as sombras pairavam nos cantos do cômodo; mas, sem dúvida, ali, atrás da poltrona entalhada, encontrava-se algo mais escuro do que uma sombra.

— Devo enfrentar isso — resolvi. — Ou nunca mais conseguirei me olhar no espelho. — Deixei o sino de lado, busquei o atiçador e movi os pedaços de carvão sem brasa para mais perto da chama. Depois, afastei-me resoluto e olhei para o retrato. A moldura de ébano estava vazia! Por entre a sombra da poltrona, ouvi o farfalhar da seda; e das sombras, a mulher do retrato vinha em minha direção.

Espero nunca mais voltar a viver um momento de terror tão puro e absoluto. Eu não poderia ter me movido ou dito uma palavra, mesmo que disso dependesse a minha vida. Ou todas as leis da natureza conhecidas não significavam nada ou eu estava ficando louco. Eu tremia, mas felizmente consegui permanecer parado enquanto o longo vestido preto de veludo se arrastava pelo tapete vindo em minha direção.

No momento seguinte, uma mão me tocou: uma mão macia, quente e humana. E uma voz baixa disse:

— Você me chamou. Estou aqui.

Com aquele toque e aquela voz, o mundo pareceu dar uma espécie de reviravolta desconcertante. Mal sei como expressar, mas de repente não parecia nada horrível, nem mesmo incomum, que retratos ganhassem vida. Parecia algo um tanto natural, certo e inexprimivelmente feliz.

Peguei suas mãos. Desviei os olhos dela e olhei para o meu retrato. Não o conseguia ver com o clarão da lareira.

— Não somos estranhos — concluí.

— Ah, não. Não somos. — Aqueles olhos luminosos fitavam os meus, e os lábios vermelhos estavam muito próximos dos meus. Com um choro apaixonado e a sensação de ter repentinamente recuperado o único grande bem da minha vida, que eu parecia ter perdido por completo, agarrei suas mãos. Não se tratava de um fantasma. Ela era uma mulher, a única mulher que existia no mundo.

— Quanto tempo — continuei. — Ah, meu amor. Quanto tempo se passou desde que a perdi?

Ela se recostou, apoiando todo o peso de seu corpo nas mãos, que estavam na minha nuca.

— Como posso dizer quanto tempo se passou? No inferno, não contamos os dias — respondeu.

Não se tratava de um sonho. Ah, não, sonhos não são assim. Por Deus, como eu queria que fossem. Quando, em sonhos, poderia ver seus olhos, ouvir sua voz, sentir seus lábios contra minha face, segurar suas mãos apertadas contra as minhas, como fiz naquela noite, a mais importante da minha vida? Em um primeiro momento, mal nos falamos. Parecia suficiente... após longo pesar e dor, sentir os braços do meu verdadeiro amor mais uma vez me cercarem.

Esta é uma história difícil de contar. Não há palavras que expressem a adorável sensação de reunião e de ter realizado todas as esperanças e todos os sonhos de uma vida que se abatera sobre mim, ali sentado, segurando suas mãos e olhando em seus olhos.

Como poderia ter sido um sonho quando a deixei sentada naquela poltrona e desci até a cozinha para avisar as criadas que não iria querer mais nada, que estava ocupado e não deveria ser perturbado; quando apanhei a lenha para a lareira com as minhas próprias mãos, entrei no cômodo, a encontrei ainda sentada ali; quando vi sua delicada cabeça com os cabelos castanhos virar para o lado e naquele momento reconheci o amor em seus olhos ao me jogar aos seus pés e dar graças a Deus pelo dia em que nascia, já que a vida me ofertara esse presente?

Nem cheguei a pensar em Mildred: todos os outros aspectos da minha vida eram um sonho. Aqui era a única e esplêndida realidade.

— Queria saber... — ela disse após um tempo, depois de termos nos deleitado da presença um do outro, como verdadeiros amantes fazem após uma longa separação. — Queria saber quanto você se lembra do nosso passado.

— Não me lembro de nada — respondi. — Ah, doce senhora, minha querida, lembro-me apenas de que eu a amo... que a amei durante toda a minha vida.

— Não se lembra de nada... em absoluto?

— Somente que sou eu; que ambos sofremos; que... diga-me, minha doce amante, tudo o que você se lembra. Explique-me tudo. Faça-me entender. Espere... não, eu não quero entender. Estarmos juntos é suficiente.

Se foi um sonho, por que ele nunca mais se repetiu?

Ela se inclinou, vindo em minha direção, o braço apoiado em meu pescoço, e encostou minha cabeça em seu ombro.

— Suponho que eu seja um fantasma — disse, rindo suavemente; e sua risada despertava memórias que pareciam querer voltar até mim e depois desvaneciam-se. — Mas eu e você sabemos que não é assim, não é mesmo? Eu lhe contarei tudo aquilo de que você se esqueceu. Nós nos amávamos. Ah! Não, você não se esqueceu disso. E quando voltasse da guerra, iríamos nos casar. Nossos retratos foram pintados antes de você partir. Você sabe que eu tinha mais instrução do que as mulheres daquela época. Meu querido, quando você partiu, eles disseram que eu era uma bruxa. Julgaram-me. Disseram que eu deveria ser queimada. Só porque havia observado as estrelas e adquirido mais conhecimento do que eles, quiseram me atar a uma estaca e deixar-me ser devorada pelo fogo. E você longe de mim!

Seu corpo inteiro tremeu e se encolheu. Ah, por amor, qual sonho me revelaria que meus beijos poderiam acalmar até mesmo essa memória?

— Na noite anterior — continuou —, o demônio veio até mim. Eu era inocente antes disso, você sabe, não sabe? E mesmo então, eu só pecaria por você, por você apenas, e pelo imenso amor que nutria. O demônio veio até mim, e eu vendi minha alma à chama eterna. Mas consegui uma boa compensação. Ganhei o direito de voltar, por meio do meu retrato, se alguém que o contemplasse desejasse minha volta, contanto que meu retrato permanecesse em sua moldura de ébano. Aquela moldura não foi entalhada por mãos humanas. Ganhei o direito de voltar para você. Ah, querido do meu coração, e ganhei ainda algo mais, que você saberá em breve. Eles me queimaram

A MOLDURA DE ÉBANO   225

como bruxa, fizeram-me sofrer o inferno na terra. Aqueles rostos, a multidão à minha volta, a madeira estalando e o cheiro da fumaça...

— Ah, meu amor! Chega... chega.

— Quando minha mãe se sentou, naquela noite, diante do meu retrato, ela chorou e pediu que sua filha perdida voltasse para ela. E eu fui até ela, com o coração saltando de alegria. Querido, ela se afastou de mim, fugiu, gritava e gemia, chamando-me de fantasma. Ela cobriu nossos retratos e os escondeu da vista de todos e os colocou novamente na moldura de ébano. Ela havia me prometido que meu retrato ficaria sempre ali. Ah, durante todos esses anos, seu rosto ficou colado contra o meu.

Ela fez uma pausa.

— E o homem a quem você amava?

— Você voltou para casa. Meu retrato não estava mais lá. Eles mentiram para você, e você se casou com outra mulher; mas eu sabia que um dia você voltaria para este mundo e que eu o encontraria.

— E quanto à outra coisa que ganhou? — perguntei.

— A outra coisa — ela continuou calmamente — pela qual dei a minha alma é esta: se você também abrir mão de ir para o paraíso, posso permanecer aqui como uma mulher, posso ser parte do seu mundo... posso ser sua esposa. Ah, meu querido, após todos esses anos, enfim... enfim.

— Se eu sacrificar minha alma — repeti devagar sem pensar no absurdo do que dizia em pleno século XIX —, se sacrificar a minha alma, eu ganho você? Ah, meu amor, estamos diante de uma contradição em termos. Você *é* a minha alma.

Ela olhou fundo nos meus olhos. Não importa o que fosse acontecer nem o que de fato se passou, naquele momento, nossas almas se encontraram e se tornaram uma só.

— Quer dizer que você escolhe de bom grado abrir mão de passar a eternidade no paraíso por mim, assim como também abri mão por você?

— Eu abro mão — falei — das minhas chances de ir para o paraíso de todo modo. Diga-me o que devo fazer para que possamos construir o paraíso aqui, como estamos fazendo agora, minha amada.

— Eu o direi amanhã — respondeu. — Esteja aqui sozinho amanhã à noite, à meia-noite... esse é o horário para assombrações, não é? E então eu sairei do retrato e nunca mais voltarei a ele. Viverei com você, e morrerei, e serei enterrada, e este será o meu fim. Mas primeiro, viveremos, amado do meu coração.

Deitei minha cabeça em seu colo. Uma estranha sonolência tomou conta de mim. Segurando sua mão contra minha face, perdi a consciência. Quando acordei, o amanhecer cinzento de novembro pairava como um fantasma através da janela sem cortinas. Minha cabeça estava recostada sobre meu braço, que se apoiava, vi ao levantar a cabeça de pronto, não sobre o colo de minha amada, mas sobre a almofada bordada da poltrona. Coloquei-me de pé. Eu estava com frio e atordoado com meus sonhos, mas me virei para ver o retrato. Ali estava ela, minha dama, meu amor. Estiquei meus braços, mas o grito apaixonado que teria proferido morreu em meus lábios. Ela dissera meia-noite. Qualquer palavra sua era minha lei. Então apenas permaneci em frente ao retrato e fitei aqueles olhos verdes-acinzentados até que lágrimas de uma apaixonada felicidade brotaram dos meus.

— Ah, minha querida, como passarei as horas até tê-la novamente em meus braços?

Nem me passava pela cabeça, naquele momento, que a maior plenitude e realização da minha vida pudesse ser um sonho.

Arrastei-me até meu quarto, caí atravessado em minha cama e dormi profundamente, sem sonhar. Quando acordei, já se aproximava do meio-dia. Mildred e sua mãe viriam para o almoço.

Lembrei-me repentinamente da visita de Mildred e de sua existência.

Agora, de fato, o sonho havia começado.

Com um sentimento penetrante da futilidade de qualquer ação que não se relacionasse a *ela*, dei as ordens necessárias para recepcionar minhas convidadas. Quando Mildred e sua mãe chegaram, eu as recebi com cordialidade, mas minhas gentis palavras pareciam todas pertencer a outra pessoa. Minha voz soava como um eco, meu coração estava em outro lugar.

Ainda assim, a situação não era intolerável até o momento em que o chá da tarde foi servido na sala de visitas. Mildred e sua mãe mantinham o caldeirão de conversas fervilhando, com uma profusão de vulgaridades gentis, e eu suportava a situação, como se pode suportar pequenos purgatórios quando se tem em vista o paraíso. Olhei para minha amada na moldura de ébano e senti que qualquer coisa que pudesse acontecer, qualquer bobagem irrefletida, qualquer tipo de tédio, não era nada se, depois de tudo, ela viesse até mim novamente.

No entanto, Mildred também olhou para o retrato e disse:

— Que bela dama! Um de seus casos, sr. Devigne?

Perpassou-me um sentimento de impotente irritação, que se transformou em absoluta tortura quando Mildred (como eu podia alguma vez ter admirado aquele tipo de beleza comum e ordinária?) se jogou na poltrona, cobrindo o bordado com seus babados ridículos, e continuou: — Quem cala consente! Quem é ela, sr. Devigne? Conte-nos tudo sobre ela, tenho certeza de que tem uma história.

Pobre Mildred, sentada ali sorrindo, serena na confiança de que cada palavra sua me encantava, com sua cintura fina, suas botas apertadas, sua voz um tanto vulgar, sentada na poltrona onde minha querida dama sentara quando me contou sua história! Eu não poderia suportar.

— Não se sente aí — pedi. — Não é confortável!

Mas a garota não se importava. Com uma risada que fazia vibrar de irritação cada nervo no meu corpo, disse:

— Ah, querido! Eu não devo nem mesmo me sentar na mesma poltrona que sua dama de veludo preto?

Olhei para a poltrona no retrato. Era realmente a mesma; e em sua poltrona estava sentada Mildred. Então, um sentimento horrível da realidade da existência de Mildred tomou conta de mim. Isso tudo seria uma realidade no fim das contas? Por um acaso favorável teria Mildred ocupado, não apenas sua poltrona, mas seu lugar em minha vida? Eu me levantei.

— Espero que não me considerem muito rude — disse. — Mas vou precisar me retirar.

Esqueço-me qual compromisso usei como desculpa. A mentira me veio prontamente à cabeça.

Enfrentei a manha de Mildred com a esperança de que ela e sua mãe não me esperariam para o jantar. Fugi. Logo estava seguro, sozinho, sob o gelado e nublado céu de outono, livre para pensar, pensar, pensar na minha amada dama.

Caminhei por horas pelas ruas e quadras. Revivi repetidamente cada olhar, palavra e toque, cada beijo. Estava total e inexprimivelmente feliz.

Mildred fora esquecida de vez: minha dama da moldura de ébano preenchia meu coração, minha alma e meu espírito.

Quando ouvi, em meio à neblina, o relógio tocar onze horas, virei-me e fui para casa.

Quando cheguei à minha rua, dei de cara com uma multidão, uma forte luz vermelha erguendo-se no ar.

Uma casa pegava fogo. A minha.

Abri caminho pela multidão.

O retrato da minha dama... isso, pelo menos, eu poderia salvar!

Ao subir correndo os degraus, como se em um sonho — sim, tudo isso era de fato como um sonho —, vi Mildred se inclinar para fora da janela do primeiro andar, acenando com as mãos.

— Volte, senhor — gritou um bombeiro. — Vamos resgatar a dama em pouco tempo.

A MOLDURA DE ÉBANO 229

Mas e quanto à *minha* dama? Subi as escadas, que estalavam e soltavam fumaça, quentes como o inferno, e cheguei até o cômodo onde estava seu retrato. É estranho dizer, acorreu-me apenas que gostaríamos de olhar para aquele retrato ao longo de nossa longa e feliz vida de casados. Nem por um momento me dei conta de que sua vida dependia dele.

Quando cheguei ao primeiro andar, senti meu pescoço envolto em um abraço. A fumaça estava densa demais para distinguir traços.

— Salve-me! — uma voz sussurrou. Agarrei uma figura em meus braços e, com estranha facilidade, a levei pelas escadas trêmulas e para fora, em segurança. Era Mildred. Soube assim que a segurei.

— Para trás — gritava a multidão.

— Todos estão a salvo! — concluiu um bombeiro.

As chamas escapavam por todas as janelas. O céu foi ficando cava vez mais vermelho. Desvencilhei-me das mãos que teriam me detido. Corri para os degraus. Arrastei-me escada acima. Repentinamente, dei-me conta do horror de toda aquela situação: *contanto que meu retrato permanecesse em sua moldura de ébano*. E se o retrato e a moldura perecessem juntos?

Lutei contra o fogo e contra a minha própria incapacidade ofegante de combatê-lo. Segui em frente. Precisava salvar o retrato. Cheguei à sala de visitas.

Ao entrar ali, vi minha dama, isso posso jurar, em meio à fumaça e às chamas, estender os braços para mim. Para mim, que chegara tarde demais para salvá-la e para salvar a alegria da minha própria vida. Nunca mais a vi.

Antes que pudesse chegar até ela, ou gritar para ela, senti o chão ceder sob os meus pés e caí no inferno flamejante abaixo.

Como eles me salvaram? De que isso importa? Eles me salvaram de algum jeito, malditos sejam. Todos os móveis da minha tia foram destruídos. Meus amigos salientaram que, como os móveis contavam com um belo seguro, o descuido de uma das criadas não causara nenhum dano.

Nenhum dano!

Foi assim que ganhei e perdi meu único amor.

Nego, com toda a minha alma, que tenha sido um sonho. Sonhos não são assim. Sonhos de anseio e dor existem de sobra, mas sonhos de felicidade completa e indizível... ah, não, o resto da minha vida é que será um sonho.

Mas, se penso assim, por que então me casei com Mildred e acabei me tornando este homem corpulento, monótono e próspero?

Explico-lhes: *este* é que é o sonho. Minha amada dama é a única realidade. E de que importa o que fazemos nos sonhos?

AGRADECIMENTOS

Separadas por cerca de um século, a publicação desta obra e as histórias que ela apresenta chegam aos leitores em uma edição de colecionador financiada coletivamente por mais de 1.300 entusiastas de enredos sombrios.

L. M. Montgomery, Edith Nesbit e Mary E. Braddon viveram em períodos diferentes, mas, quando descobrimos que elas, autoras de romances e fantasias, também se apaixonaram pela escrita de suspenses, soubemos que eram personalidades afins e requeriam uma coleção.

Publicar estas autoras em uma seleção inédita de seus contos antigos é uma honra, e agradecemos a ajuda de cada um dos apoiadores, leitores, profissionais e parceiros desta obra!

Equipe Wish

APOIADORES

A-B-C

A. G. Oliveira, Adriana Alves de Oliveira Gomes, Adriana Aparecida dos Santos, Adriana Aparecida Montanholi, Adriana Barbosa Fraga, Adriana de Godoy, Adriana Ferreira de Almeida, Adriana Francisca de Oliveira Silva, Adriana Gonzalez, Adriana Monte Alegre, Adriana Satie Ueda, Adriana Souza, Adriana Teodoro da Cruz Silva, Adriane Rodrigues da Silva, Adriano Rodrigues Souza, Ágabo Araújo, Agatha Bando Meusburger, Agatha Milani Guimarães, Aisha Morhy de Mendonça, Alana Nycole N Sousa, Alana Stascheck, Alba Regina Andrade Mendes, Alba Valéria Lopes, Alberto Silva Santana, Aldevany Hugo Pereira Filho, Alec Silva, Alejandro Jônathas Ramos, Alessandra Arruda, Alessandra de Moraes Her, Alessandra Koudsi, Alessandra Leire Silva, Alessandra Pedro, Alessandra Simoes, Alessandro Delfino, Alessandro Lima, Alex André (Xandy Xandy), Alex Bastos Borges, Alex Costa, Alexandra de Moura Vieira, Alexandre Adame, Alexandre Nóbrega, Alexandre Roberto Alves, Alexandre Sobreiro, Alexia Américo, Aléxia Moreira de Carvalho, Alexsandro Neri de Melo, Alice Antunes Fonseca Meier, Alice Bispo dos Santos, Alice Désirée, Alice Maria Marinho Rodrigues Lima, Alice Soares Coelho Marques, Aline Cristina Moreira de Oliveira, Aline de Oliveira Barbosa, Aline Fiorio Viaboni, Aline Servilha Bonetto, Aline Viviane Silva, Anny Fábia da Silva Miguel Oliveira (Alaine), Álisson Rian de França, Allana Santos, Allyson Russell, Alvim Santana Aguiar, Alyne Rosa, Amanda Antônia, Amanda Assis, Amanda Caniatto de Souza, Amanda de Almeida Perez,

Amanda Diva de Freitas, Amanda Leonardi de Oliveira, Amanda Lima Veríssimo, Amanda Pampaloni Pizzi, Amanda Pardinho, Amanda Rinaldi, Amanda Salimon, Amanda Scacabarrozzi, Amanda Vieira Rodrigues, Amaury Mausbach Filho, Amélia Soares de Melo, Ana Amélia G S Francisco, Ana Bárbara Canedo Oliveira, Ana Beatriz Fernandes Fangueiro, Ana Beatriz Mendonça, Ana Carolina Cavalcanti Moraes, Ana Carolina de Carvalho Guedes, Ana Carolina de Oliveira, Ana Carolina Ferreira de Moraes, Ana Carolina Fonseca, Ana Carolina Martins, Ana Carolina Silva Chuery, Ana Carolina Vieira Xavier, Ana Carolina Wagner G. de Barros, Ana Caroline Silva do Nascimento, Ana Clara da Mata, Ana Clara Rêgo Novaes Santos, Ana Claudia, Ana Claudia de Campos Godi, Ana Cláudia Pereira Lima, Ana Claudia Sato, Ana Elisa Spereta, Ana Flávia V. de França, Ana Gabriela Barbosa, Ana Gabriela Barbosa, Ana Gallas, Ana Julia Candea, Ana Laura Brolesi Anacleto, Ana Lethicia Barbosa, Ana Luiza Henrique dos Santos, Ana Luiza Lima, Ana Luiza Poche, Ana Maria Cabral de Vasconcellos Santoro, Ana Paula de Menezes Firmino, Ana Paula Garcia Ribeiro, Ana Paula Mariz Medeiros, Ana Paula Menezes, Ana Paula Velten Barcelos Dalzini, Ana Raquel Barbosa, Ana Spadin, Ana Virgínia da Costa Araújo, Ananda Albrecht, Ananda Magalhães, Anastacia Cabo, Anderson do Nascimento Alencar, Anderson Luiz Silva, Anderson Mendes dos Santos, André Correia, André Maia Soares, André Pereira Rosa, André Sefrin Nascimento Pinto, Andréa Bistafa, Andréa Diaz de Almeida, Andrea Mattos, Andreas Gomes, Andreia Almeida, Andréia N. A. Bezerra, Andresa Tabanez da Silva, Andressa Almada, Andressa Cristina de Oliveira, Andressa Panassollo, Andressa Popim, Andressa Rodrigues de Carvalho, Angela Cristina Martoszat, Angela Loregian, Angela Moreira, Angela Neto, Angelica Oliveira dos Santos, Angélica Vanci da Silva, Angelita Cardoso Leite dos Santos, Anna Beatriz Torres Neves da Silva, Anna Caroline Varmes, Anna Luiza Resende Brito, Anna Raphaella Bueno Rot Ferreira, Anne Diogenes, Anthony Ferreira dos Santos, Antonietta Martins Maia Neta, Antonio Milton Rocha de Oloiveira, Antonio Ricardo Silva Pimentel, Antonioreino, Araí Nrl, Ariadne Erica Mendes Moreira, Ariadne Fantesia de Jesus, Ariane Araújo Ássimos, Ariane Lopes dos Santos, Arnaldo Henrique Souza Torres, Arthur Almeida Vianna, Artur Ferreira, Aryane Rabelo de Amorim,

Atália Ester, Audrey Albuquerque Galoa, Augusto Bello Zorzi, Aurelina da Silva Miranda, Ayesha Oliveira, Bárbara de Lima, Bárbara Kataryne, Bárbara Marques, Bárbara Parente, Bárbara Schuina, Barbara Zaghi, Beah Ribeiro, Beatriz Alencar, Beatriz Gabrielli-Weber, Beatriz Galindo Rodrigues, Beatriz Leonor de Mello, Beatriz Maia de Aquino, Beatriz Petrini, Beatriz Pizza, Beatriz Ramiro Calegari, Beatriz Souza Silva, Beatriz Tajima, Berenice Thais Mello Ribeiro dos Santos, Bia Carvalho, Bia Nunes de Sousa, Bia S. Nunes, Bianca Alves, Bianca B Gregorio, Bianca Barczsz, Bianca Berte Borges, Bianca de Carvalho Ameno, Bianca Santos Coutinho dos Reis, Blume, Brenda Bossato, Brenda Galvão, Brenda Schwab Cachiete, Breno Paiva, Bruna A B Romão, Bruna Damasco, Bruna de Lima Dias, Bruna Grazieli Proencio, Bruna Leoni, Bruna Marques Figueiroa, Bruna Pimentel, Bruna Pontara, Brunno Marcos de Conci Ramírez, Bruno Cavalcanti, Bruno Fiuza Franco, Bruno Goularte, Bruno Hipólito, Bruno Mendonça da Silva, Bruno Moreira Ribeiro Sequeira, Bruno Moulin, Bruno Rodrigo Arruda Medeiro, Caah Leal, Caio Henrique Amaro, Caio Rossan, Caio Souza Pimentel, Caique Fernandes de Jesus, Camila Cabete, Camila Campos de Souza, Camila Cruz, Camila Felix de Lima Fernandes, Camila Gilli Konig, Camila Gimenez Bortolotti, Camila Kahn Raña, Camila Linhares Schulz, Camila Linhares Schulz, Camila Maria Campos da Silva, Camila Nakano de Toledo, Camila Perlingeiro, Camila Villalba, Camilla Cavalcante Tavares, Camille Pezzino, Camille Silva, Carla Costa e Silva, Carla Dombruvski, Carla Kesley Malavazzi, Carla Paula Moreira Soares, Carla Santos, Carla Schmidt, Carla Spina, Carlos Eduardo de Almeida Costa, Carlos Thomaz do Prado Lima Albornoz, Carmen Lucia Aguiar, Carol Beck, Carol Cruz, Carol Garotti & Carol Torim, Carol Maia, Carol Nery Lima Vicente, Carolina Amaral Gabrielli, Carolina Cavalheiro Marocchio, Carolina Dantas Nogueira, Carolina Lopes Lima, Carolina Melo, Carolina Oliveira Canaan, Carolina Vieira, Carolina Yamada, Caroline Benjamin Garcia de Mattos, Caroline de Souza Fróes, Caroline Pereira dos Santos, Caroline Piecha Motta, Caroline Pinto Duarte, Carollzinha Souza, Cássia Alberton Schuster, Catarina S. Wilhelms, Cátia Michels, Cau Munhoz, Cecilia M. Matusalem, Cecilia Morgado Corelli, Cecília Pedace, Célia Aragão, Celso Cavalcanti, Cesar Lopes Aguiar, Christiane Mattoni, Christianne Paiva, Christine Ribeiro Miranda, Cícera H de Amorim Hass,

AGRADECIMENTOS 237

Cinthia Guil Calabroz, Cinthia Nascimento, Cintia A de Aquino Daflon, Cíntia Cristina Rodrigues Ferreira, Clara Daniela S. de Freitas, Clarice das Mercês Guimarães, Claudia Alexandre Delfino da Silva, Claudia de Araújo Lima, Cláudia G Cunha, Cláudia Helena R. Silva, Cláudia Santarosa, Cláudio Aleixo, Cláudio Augusto Ferreira, Clébia Miranda, Clever D'freitas, Coral Daia, Cosme do Nascimento Rodrigues, Creicy Kelly Martins de Medeiros, Cristiane de Oliveira Lucas, Cristiane Prates, Cristiane Veloso Coelho, Cristina Alves, Cristina Glória de Freitas Araujo, Cristina Lobo Teixeira, Cristina Maria Busarello, Cristina Vitor, Cristine Martin, Cybelle Saffa.

D-E-F

Dandara Maria Rodrigues Costa, Dani, Daniel Benevides Soares, Daniel Kiss, Daniel Taboada, Daniela Honório, Daniela Miwa Miyano, Daniela Nascimento da Silva, Daniela Ribeiro Laoz, Daniela Uchima, Daniele Carolina Rocha de Avelar, Daniele Franco dos Santos Teixeira, Daniella Monteiro Corrêa, Danielle Campos Maia Rodrigues, Danielle Dayse Marques de Lima, Danielle Demarchi, Danielle Mendes Sales, Danielle Moreira, Danila Gonçalves, Danilo Barbosa, Danilo Domingues Quirino, Danilo Pereira Kamada, Danyel Gomes, Danyelle Gardiano, Dariany Diniz, Darla Gonçalves Monteiro da Silva, Darlene Maciel de Souza, Darlenne Azevedo Brauna, David Alves, Dayane de Souza Rodrigues, Dayane Gomes da Silva, Dayane Suelen de Lima Neves, Débora, Debora Coradini Benetti, Débora dos Santos Cotis, Débora Maria de Oliveira Borges, Débora Mille, Deborah Almeida, Déborah Araújo, Déborah Brand Tinoco, Denise Ramos Soares, Diego Cardoso, Diego de Oliveira Martinez, Diego José Ribeiro, Diego P. Soares, Diego Villas, Diego Void, Diogo F. Tenório, Diogo Gomes, Diogo Simoes de Oliveira Santos, Diogo Vasconcelos Barros Cronemberger, Dionatan Batirolla e Micaela Colombo, Divanir Pires, Dolly Aparecida Bastos da Costa, Douglas S. Rocha, Driele Andrade Breves, Drika Lopes, Duliane da C. Gomes, Dyuii Oliveira, Eddie Carlos Saraiva da Silva, Edgreyce Bezerra dos Santos, Edilene Di Almeida, Edith Garcia, Ednéa R. Silvestri, Eduarda Bonatti, Eduarda de Castro Resende, Eduarda Ebling, Eduarda Luppi, Eduarda Martinelli de Mello, Eduardo "Dudu" Cardoso,

Eduardo de Oliveira Prestes, Eduardo Gattini Faleiro, Eduardo Henrique Barros Lopes, Eduardo Lima de Assis Filho, Elaine Aparecida Albieri Augusto, Elaine Carvalho Fernandes, Elaine Kaori Samejima, Elaine Regina de Oliveira Rezende, Elga Holstein Fonseca Doria, Eliana Maria de Oliveira, Eliane Barbosa Delcolle, Eliane Barros de Carvalho, Eliane Barros de Oliveira, Eliane Bernardes Pinto, Eliane da Silva Moraes, Eliane Mendes de Souza, Eliel Carvalho, Elis Mainardi de Medeiros, Elisangela Regina Barbosa, Ellen Vitória de Oliveira Santos, Eloiza Bringhenti, Elora Mota, Elyse Oyadomari, Emanoela Guimarães de Castro, Emanuelly Cristyne Verissimo Evangelista, Emanuelly Rosa Chagas, Emilena Bezerra Chaves, Emily Winckler, Emmanuel Carlos Lopes Filho, Emmanuelle Pitanga, Eric Mikio Sato Peniza, Érica de Assis, Erica do Espirito Santo Hermel, Érica Mendes Dantas Belmont, Erik Alexandre Pucci, Erika Ferraz, Estela Maura Mesquita Carabette, Estephanie Gonçalves Brum, Ester da Silva Bastos, Ester Garcia Ferreira da Silva, Esthefani Garcia, Esthefany Tavares, Eugênia Arteche do Amaral, Evans Cavill Hutcherson, Evelin Schueteze Rocha, Eveline Malheiros, Evelyn Siqueira, Fabiana Aguiar Carneiro Silva, Fabiana Cristina de Oliveira, Fabiana de Oliveira Engler, Fabiana Ferraz Nogueira, Fabiana Martins Souza, Fabiana Oliveira, Yudi Ishikawa, Fabiana Rodrigues, Fabiane Batista da Silva Gomes, Fabio da Fonseca Said, Fabio da Fonseca Said, Fabio Eduardo Di Pietro, Fabiola Aparecida Barbosa, Fabíola Cristina A C Queiroz, Fabíola Ratton Kummer, Família Montecastro, Felipe Andrei, Felipe Andrei, Felipe Augusto Kopp, Felipe Azevedo Bosi, Felipe Burghi, Felipe Moura, Felipe Pessoa Ferro, Fernanda Barão Leite, Fernanda Bononomi, Fernanda Correia, Fernanda Cristina Buraslan Neves Pereira, Fernanda da Conceição Felizardo, Fernanda Dias Borges, Fernanda Fernandes, Fernanda Galletti da Cunha, Fernanda Garcia, Fernanda Gomes de Souza, Fernanda Gonçalves, Fernanda Hayashi, Fernanda Martinez Tarran, Fernanda Mendes Hass Gonçalves, Fernanda Mengarda, Fernanda Reis, Fernanda Santos Benassuly, Fernanda Tavares da Silva, Fernandinho Sales, Fernando da Silveira Couto, Fernando Rosa, Filipe Pinheiro Mendes, Flavia Bensoussan Mele, Flávia Maria Gomes Campos, Flávia Sanches Martorelli, Flávia Silvestrin Jurado, Flávio do Vale Ferreira, Franciele Santos da Silva, Francielle Alves, Francielle Marcia da Costa, Francisco Assumpção, Francisco Roque Gomes, Frank González Del Río.

G-H-I-J

Gabi Mattos, Gabriel Carballo Martinez, Gabriel de Faria Brito, Gabriel Farias Lima, Gabriel Guedes Souto, Gabriel Martini e Cintia Port, Gabriel Nelson Koller, Gabriel Nogueira de Morais, Gabriel Tavares Florentino, Gabriela Maia, Gabriela Araújo, Gabriela Costa Gonçalves, Gabriela dos Santos Gentil, Gabriela Garcez Monteiro, Gabriela H. Tomizuka, Gabriela Mafra Lima, Gabriela Neres de Oliveira e Silva, Gabriela Reis Ferreira, Gabriela Souza Santos, Gabrielle Monteiro, Gianieily Afq Silveira, Giovana Lopes de Paula, Giovana Mazzoni, Giovanna Alves Martins de Souza, Giovanna Batalha Oliveira, Giovanna Bobato Pontarolo, Giovanna Bordonal Gobesso, Giovanna Lusvarghi, Giovanna Romiti, Giovanna Rubbo, Giovanna Souza Rodrigues Bastos, Gisele Carolina Vicente, Gisele Eiras, Gisele Mendes, Giulia Marinho, Glaucea Vaccari, Glauco Henrique Santos Fernandes, Glenda Freitas, Gleyka Rodrigues, Gofredo Bonadies, Gofredo Bonadies, Graciela Santos, Greice Genuino Premoli, Gui Souza, Guilherme Adriani da Silva, Guilherme Cardamoni, Guilherme de Oliveira Raminho, Guilherme Wille, Gustavo de Freitas Sivi, Gustavo Primo, Hajama., Hanah Silva, Hanna Gimli Lucy, Hannah Cintra, Haphiza Delasnieve, Haydee Victorette do Vale Queiroz, Heclair Pimentel Filho, Helano Diógenes Pinheiro, Helena Dias, Helil Neves, Hellen A. Hayashida, Hellen Cintra, Hellen Cintra, Heloísa Vivan, Helton Fernandes Ferreira, Heniane Passos Aleixo, Henricleiton Nascimento Leite, Henrique Botin Moraes, Henrique Carvalho Fontes do Amaral, Henrique de Oliveira Cavalcante, Henrique Luiz Voltolini, Henrique Petry, Hevellyn Coutinho do Amaral, Hiago da S.l, Hitomy Andressa Koga, Hugo P. G. J., Humberto Pereira Figueira, Iara e Clarice, Iara Franco Leone, Igor Senice Lira, Ileana Dafne Silva, Indianara Hoffmann, Ingrid Jonária da Silva Santos, Ingrid Orlandini, Ingrid Rocha, Ingrid Souza, Ingridh Weingartner, Iracema Lauer, Irene Bogado Diniz, Íris Milena de Souza e Santana, Isabela Brescia Soares de Souza, Isabela Dirk, Isabela do Couto Ribeiro Lopes, Isabela Graziano, Isabela Lucien Bezerra, Isabela Moreira, Isabela Resende Lourenço, Isabela Silva Santos, Isabella Alvares, Isabella Alvares Fernandes, Isabella Czamanski, Isabella Gimenez, Isabella Miranda de Medeiros, Isabella T. Perazzoli,

Isabelly Alencar Macena, Isadora Cunha Salum, Isadora Fátima Nascimento da Silva, Isadora Loyola, Isadora Provenzi Brum, Isadora Saraiva Vianna de Resende Urbano, Ísis Porto, Ismael Chaves, Itaiara de Rezende Silveira, Ivan G. Pinheiro, Ivone de F. F. Barbosa, Jaaairo, Jackieclou, Jacqueline Freitas, Jade Martins Leite Soares, Jade Rafaela dos Santos, Jader Viana Massena, Jader Viana Massena, Jady Cutulo Lira, Jailma Cordeiro do Nascimento, Jaine Aparecida do Nascimento, Jamile R., Janaina Paula Tomasi, Jane Rodrigues Pereira Andrade, Jaqueline Matsuoka, Jaqueline Oliveira Barbosa, Jaqueline Santos de Lima Cordeiro, Jaqueline Soares Fernandes, Jaqueline Varella Hernandez, Jeferson Melo, Jennifer Mayara de Paiva Goberski, Jess Goulart Petruzza, Jessica Brustolim, Jéssica Caroline Pereira da Silva de Andrade, Jéssica Caroline Pereira da Silva de Andrade, Jéssica Gubert Tartaro, Jéssica Kaiser Eckert, Jessica Mineia da Silva Rodrigues, Jéssica Monteiro da Costa, Jessica Nayara da Silva Miranda, Jessica Oliveira Piacentini, Jéssica Pereira de Oliveira, Jéssica Saori Iwata Mitsuka, Jéssica Taeko Sanches Kohara de Angeli, Jessica Widmann, Joana Antonino da Silva Rodrigues, Joanna Késia Rios da Silva, João Felipe da Costa, João Herminio Lyrio Loureiro, João Neto Queiroz Sampaio, João Paulo Cavalcante Coelho, João Paulo Cavalcanti de Albuquerque, João Paulo Pacheco, João Paulo Siqueira Rabelo, João Vítor de Lanna Souza, João Vitor Monteiro Chagas, João Vitor Zenaro, Johabe Jorge Guimarães da Silva, Joice Mariana Mendes da Silva, Joiran Souza Barreto de Almeida, Jordan da Silva Soeiro, Jordy Héricles, Jorge Alves Pinto, Jorge Raphael Tavares de Siqueira, José Carlos da Silva, José Eduardo Goulart Filho, José Manoel Martins, José Maria Mendes Dias de Carvalho, José Messias Rodrigues de Araújo, Joselle Biosa Ferreira, Jota Rossetti, Joyce Roberta, Juju Bells, Júlia Antunes Oliveira, Julia Bassetto, Julia da Silva Menezes, Julia Dias, Julia França dos Santos, Julia Gallo Rezende, Júlia Goettems Passos, Júlia Medeiros, Júlia Nascimento Lourenço Souza, Juliana, Juliana Fiorese, Juliana Lemos Santos, Juliana Martins, Juliana Mourão Ravasi, Juliana Ponzilacqua, Juliana Renata Infanti, Juliana Ruda, Juliana Salmont Fossa, Juliana Silveira Leonardo de Souza, Juliana Soares Jurko, Juliana Vijande, July Medeiros, Julyane Silva Mendes Polycarpo, June Alves de Arruda, Junis Ribeiro, Jurimeire, Jussara Oliveira.

AGRADECIMENTOS 241

K–L–M–N

Kabrine Vargas, Kalina Vanderlei Paiva da Silva, Kalina Vanderlei Silva, Kamylla Silva Portela, Karen Käercher, Karen Pereira, Karen Trevizani Stelzer, Karina Beline, Karina Cabral, Karina Casanova, Karina Cruz, Karina Natalino, Karine Lemes Büchner, Karly Cazonato Fernandes, Karol Rodrigues, Karollina Lopes de Siqueira Soares, Kássio Alexandre Paiva Rosa, Kathleen Machado Pereira, Katia Barros de Macedo, Kátia Marina de A. Silva, Kátia Miziara de Brito, Katia Regina Machado, Katiana Korndörfer, Kecia Rayane Chaves Santos, Keith Konzen Chagas, Keize Nagamati Junior, Kelly Cristina Oliveira, Kelly Duarte, Kelly Freire Delmondes, Kely Cordeiro, Keni Tonezer de Oliveira, Kennya Ferreira, Ketilin Alves, Kevin de Paula, Kevynyn Onesko, Keyla Ferreira, Klayton Amaral Gontijo, Ladjane Barros, Lahys Silva Nunes, Lais Braga, Laís Felix Cirino dos Santos, Laís Fonseca, Lais Pires Queiroz Pereira, Lais Pitta Guardia, Laís Souza Receputi, Laís Sperandei de Oliveira, Lana dos Santos Silva, Lana Raquel Morais Rego Lima, Lara Almeida Mello, Lara Cristina Freitas de Oliveira, Lara Daniely Prado, Lara Ferreira de Almeida Gomes, Lara Marinho Oliveira, Larissa, Larissa Fagundes Lacerda, Larissa Francyélid, Larissa Junqueira Costa Pereira, Larissa Moreti, Larissa Pinheiro, Larissa Sayuri, Larissa Teodoro Sena, Larissa Volsi dos Santos, Larissa Wachulec Muzzi, Larissa Yamada, Larissa Yedda Bentes, Larisse Sanntos Mesquita, Laryssa de S. Lucio, Laryssa Ktlyn, Laryssa Surita, Laura Konageski Felden, Laura Souza Neto Bossi, Lays Azevedo, Lays Bender de Oliveira, Leandro da S. Dias, Leandro de Campos Fonseca, Leandro Fabian Junior, Leandro M Kezuka, Leandro Raniero Fernandes, Leh Pimenta, Leila Maciel da Silva, Leila Maria Torres de Menezes Flesch, Leila Miranda Lúcia Balbino, Leonardo Baldo Dias, Leonardo Fogaça, Leonardo Fregonese, Leonardo La Terza, Leonardo Macleod, Leonel Marques de Luna Freire, Leonor Benfica Wink, Lethícia Roqueto Militão, Letícia Alvarenga, Letícia Bittes Reino, Letícia Cândida de Moura, Letícia Gabriela Lopes do Nascimento, Leticia Izumi Yamazaki, Letícia Pacheco Figueiredo, Letícia Pombares Silva, Letícia Prata Juliano Dimatteu Telles, Leticia Rezende Lisboa, Letícia Silva Siqueira, Lia Cavaliera, Lidiane da Silva Fernandes,

Lidiane Silva Delam, Lílian Vieira Bitencourt, Liliane Cristina Coelho, Lina Machado Cmn, Lis Vilas Boas, Lisiani Coelho, Livia C V V Vitonis, Lívia de Oliveira Revorêdo, Livia Marinho da Silva, Lívia Mendonça, Lívia Poeys, Lorena da Silva Domingues, Lorena Ricardo Justino de Moura., Louise Vieira, Loyse Ferreira, Lua Nascimento, Luan Cota Pinheiro, Luana Andrade, Luana Feitosa de Oliveira, Luana Muzy, Luana Pimentel da Silva, Lucas Alves da Rocha, Lucas Gabriel Rodrigues Corrêa, Lucas La Ferrera Pires, Lucas Ozório, Luciana, Luciana & Gilma Vieira da Silva, Luciana Araujo Fontes Cavalcanti, Luciana Barreto de Almeida, Luciana Liscano Rech, Luciana M. Y. Harada, Luciana Maira de Sales Pereira, Luciana Ortega, Luciana Schuck e Renato Santiago, Luciana Teixeira Guimarães Christofaro, Luciane Rangel, Luciano da Silva Bianchi, Luciano Rodrigues Carregã, Luciano Vairoletti, Luciene Santos, Lucilene Canilha Ribeiro, Lucyellen Lima, Ludmila Beatriz de Freitas Santos, Luis Gerino, Luís Henrique Ribeiro de Morais, Luisa Bruno, Luísa de Lucca, Luísa de Souza Lopes, Luisa Freire, Luisa Mesquita, Luiz Aristeu dos Santos Filho, Luiz Arnaldo Menezes, Luiz Carlos Gomes Santiago, Luiz Felipe Benjamim Cordeiro de Oliveira, Luiz Fernando Cardoso, Luiz Orlando Teixeira Tupini, Luíza Álvares Dias, Luiza Fernandes Ribeiro, Luiza Herrera, Luiza Morais, Luiza Pimentel de Freitas, Luiza Seara Schiewe, Luizana Migueis, Luzia Tatiane Dias Belitato, Luziana Lima, Lygia Ramos Netto, Lygia Rebecca, M. Graziela Costa, M. Ivonete Alves, Mª Helena R. Chagas, Madalena Araujo, Madame Basilio, Mahatma José Lins Duarte, Maic Douglas Souza Martins dos Santos, Maikhon Reinhr, Maira Lacerda, Maíra Secomandi Falciroli, Manoela Fernanda Girello Cunha, Marcela Andrade Silva, Marcela de Paula, Marcela Paula S. Alves, Marcela Santos Brigida, Marcella Gualberto da Silva, Marcelle Rodrigues Silva, Marcelo Fernandes, Marcelo Leão, Marcelo Trigueiros, Marcia Avila, Marcia Renata J. Tonin, Marciane Maria Hartmann Somensi, Marciele Moura, Márcio Ricardo Pereira, Marco Antônio Baptista, Marco Antonio Bonamichi Junior, Marco Antonio da Costa, Marcos Denny, Marcos Murillo Martins, Marcos Nogas, Marcos Roberto Piaceski da Cruz, Marcus Augustus Teixeira da Silva, Marcus Vinicius Neves Gomes, Margarete Edul Prado de Souza, Maria Alice Tavares, Maria Angélica Tôrres Mauad Mouro, Maria Anne Bollmann, Maria Batista,

Maria Beatriz Abreu da Silva, Maria Carolina Monteiro, Maria Clara Silvério de Freitas, Maria Claudiane da Silva Duarte, Maria Eduarda Blasius, Maria Eduarda de Faria Azevedo, Maria Eduarda Moura Martins, Maria Eduarda Ronzani Pereira Gütschow, Maria Faria, Maria Fernanda Pontes Cunha, Maria Graciete Carramate Lopes, Maria Inês Farias Borne, Maria Isabelle Vitorino de Freitas, Maria Lúcia Bertolin, Maria Renata Tavares, Maria Sena, Maria Teresa, Maria Thereza Amorim Arrais Chaves, Maria Veríssima Chaia de Holanda, Mariana Bourscheid Cezimbra, Mariana Bricio Serra, Mariana Carmo Cavaco, Mariana Carolina Beraldo Inacio, Mariana Coutinho, Mariana D. P. de Souza, Mariana da Cunha Costa, Mariana David Moura, Mariana dos Santos, Mariana Januário dos S. Viana, Mariana Midori Sime, Mariana Reis Marques, Mariana Rocha, Mariana Sommer, Mariane Cristina Rodrigues da Silva, Marianne Jesus, Mariany Peixoto Costa e Sarah Pereira, Maria-Vitória Souza Alencar, Marielly Inácio do Nascimento, Marina, Marina Araújo de Souza, Marina Barguil Macêdo, Marina Brunacci Serrano, Marina Cândido Barreto, Marina Cristeli, Marina de Castro Firmo, Marina Donegá Neves, Marina Lima Costa, Marina Mendes Dantas, Mario Zonaro Junior, Marisa Gonçalves Telo, Marisol Bento Merino, Marisol Prol, Marjarie Marrie, Martha Gevaerd, Martha Lhullier, Martina Sales, Mary Camilo e Thiago Caversan, Maryana A., Mateus Cruz de Oliveira, Matheus de Magalhães Rombaldi, Matheus Goulart, May Tashiro, Mayara C M de Moura, Mayara Neres, Mayara Pereira da Silva, Mayara Policarpo Vallilo, Mayara Silva Bezerra, Maylah Esteves, Meg Ferreira, Melina de Souza, Melissa Barth, Mell Ferraz, Meow Meow, Merelayne Regina Fabiani, Meulivro.jp, Mia Pegado, Michel Ávila, Michel Barreto Soares, Michele Bowkunowicz, Michele Faria Santos, Michele Vaz Pradella, Michelle Gimenes, Michelle Hahn de Paula, Michelle Meloni Braun, Michelle Müller Rossi, Michelle Romanhol, Mih Lestrange, Milena Ferreira Lopes, Milena Nunes de Lima, Milene Antunes, Milene Santos, Millena Marques de Souza, Miller de Oliveira Lacerda, Minnie Santos Melo, Mirela Sofiatti, Miriam Paula dos Santos, Miriam Potzernheim, Mirna Porto, Monallis Cardoso, Mônica Loureiro Baptista, Mônica Sanoli, Monique Calandrin, Monique D'orazio, Monique Lameiras Amorim, Monique Mendes, Monique Miranda, Morgana Conceição da Cruz Gomes, Mucio Alves, Mylena Nuernberg, Nádia Simão de Jesus,

Nadyelle Targino de Lima, Nahuel Mölk, Naira Carneiro, Nalí Fernanda da Conceição, Nancy Yamada, Natali Ricco, Natália Bergamin Retamero, Natalia da Silva Candido, Natalia de Araújo, Natália dos Reis Farias, Natalia Kiyan, Natália Luiza Barnabé, Natalia Noce, Natalia Oka, Natalia Oliveto Araujo Vitor, Natalia Schwalm Trescastro, Natália Wissinievski Gomes, Natália Zanatta Stein, Natalia Zimichut Vieira, Natasha Ribeiro Hennemann, Nathalia Borghi, Nathalia de Lima Santa Rosa, Nathalia de Vares Dolejsi, Nathalia Matsumoto, Nathália Mosteiro Gaspar, Nathalia Premazzi, Nathanna Harumi, Natielle Souza Guedes, Nayara Cruz, Nayara da Silva Santos, Nayara Oliveira de Almeida, Náyra Louise Alonso Marque, Nelson do Nascimento Santos Neto, Newton José Brito, Neyara Furtado Lopes, Nichole Karoliny Barros da Silva, Nicolas Almeida, Nicolas Cauê de Brito, Nicole Führ, Nicole Leão, Nicole Pereira Barreto Hanashiro, Nicole Roth, Nicole Sayuri Tanaka, Nicoly S Ramalho, Nikelen Witter, Nivaldo Morelli, Núbia Barbosa da Cruz, Núbia Silva.

O-P-Q-R

Octavio Campanol Neto, Ohana Fiori, O'hará Silva Nascimento, Olga Yoko Otsuka, Olivia Mayumi Korehisa, Omar Geraldo Lopes Diniz, Oracir Alberto Pires do Prado, Pábllo Eduardo, Palloma Sichelero, Paloma A Cezar, Paloma Kochhann Ruwer, Pâmela Felix Soriano Lima, Pamela Moreno Santiago, Pamela Nhoatto S., Paola, Paola Borba Mariz de Oliveira, Paola de Freitas Oliveira, Patrícia Alexandre da Silva, Patricia Ana Tremarin, Patrícia Ferreira Magalhães Alves, Patrícia G S Neves, Patricia Harumi Suzuki, Patricia Hradec, Patrícia Kely dos Santos, Patricia Lima Zimerer, Patrícia Milena Dias Gomes de Melo, Patrícia Mora Pereira, Patrícia Pereira, Patrícia Pizarro, Patrícia Sasso Marques Correia Prado Batista, Patrícia Zulianello Zanotto, Patrick Wecchi, Paula Cruz, Paula H., Paula Helena Viana, Paula Oquendo, Paula Vargas Gil, Paula Zaccarelli, Paulo Cezar Mendes Nicolau, Paulo Garcez, Paulo Vinicius Figueiredo dos Santos, Pedro Afonso Barth, Pedro Carneiro, Pedro Fernandes Jatahy Neto, Pedro Henrique Morais, Pedro Lopes, Pietra Vaz Diógenes da Silva, Poliana Belmiro Fadini, Poliane Ferreira de Souza, Priscila Daniel do Nascimento, Priscila Erica Kamioka,

Priscila Orlandini, Priscila Prado, Priscilla Ferreira de Amorim Santiago, Priscilla Moreira, Professora Dayana, Quim Douglas Dalberto, Rafael Alves de Melo, Rafael de Carvalho Moura, Rafael Lechenacoski, Rafael Leite Mora, Rafael Leite Mora, Rafael Lucas Barros Botelho, Rafael Miritz Soares, Rafael Wüthrich, Rafaela Barcelos dos Santos, Rafaela de Fátima Araújo, Rafaela Martins, Rafaella Grenfell, Rafaella Kelly Gomes Costa, Rafaella Silva dos Santos, Rafaelle C-Santos, Rafaelle Schütz Kronbauer Vieira, Rahissa Pachiano Quintanilha, Raissa Fernandez, Raíssa Hanauer, Raphael Fernandes, Raphaela Valente de Souza, Raquel Fernandes, Raquel Gomes da Silva, Raquel Grassi Amemiya, Raquel Hatori, Raquel Michels, Raquel Pedroso Gomes, Raquel Rezende Quilião, Raquel Samartini, Raquel V. Ambrósio, Rayane Fiais, Rayane Sousa, Rebeca Aparecida dos Santos, Rebeca Iervolino Fernandes Ferreroni, Rebeca Prado, Rebecka Cerqueira dos Santos, Rebecka Ferian de Oliveira, Regina Andrade de Souza, Regina Kfuri, Rejane F Silva, Renata A. Cunha, Renata Alexopoulos, Renata Asche Rodrigues, Renata Bertagnoni Miura, Renata de Araújo Valter Capello, Renata de Lima Neves, Renata Oliveira do Prado, Renata Pereira da Silva, Renata Roggia Machado, Renata Santos Costa, Renato Drummond Tapioca Neto, Ricardo Ataliba Couto de Resende, Ricardo Rocha, Ricella Delunardo Torres, Rinaldo Halas Rodrigues, Rita de Cássia Dias Moreira de Almeida, Roberta Hermida, Robson Muniz de Souza, Robson Oliveira, Robson Santos Silva (Robson Mistersilva), Rodney Georgio Gonçalves, Rodney Georgio Gonçalves, Rodrigo Bobrowski - Gotyk, Rodrigo Hesse, Rodrigo Matheus Rodrigues de Oliveira, Rodrigo Miranda, Rodrigo Silveira Rocha, Rogério Duarte Nogueira Filho, Ronaldo Antônio Gonçalves, Ronaldo Barbosa Monteiro, Roni Tomazelli, Rosana Maria de Campos Andrade, Rosana Santos, Rosea Bellator, Rosineide Rebouças, Ruan Matos, Ruan Oliveira, Rubens Pereira Junior, Rubia Cunha, Ruth Danielle Freire Barbosa Bezerra.

S-T-U-V-W-X-Y-Z

Sabrina, Sabrina Melo, Samantha Gleide, Samara Aparecida G. Santana, Samara Farias Viana, Sandra Lee Domingues, Sandra Regina dos Santos, Sara Marie N. R., Sara Marques Orofino, Sarah, Sarah Augusto,

Sarah Nascimento, Sayuri Scariot Utsunomiya, Shay Esterian, Sheron Alencar, Silmara Helena Damasceno, Silvana Cruz, Silvana Pereira da Silva, Silvia Maria Antunes Elias, Silvia Maria dos Santos Moura, Silvia V. Ferreira, Silvio Aparecido Gonçalves, Simone Teixeira de Souza, Sofia Kerr Azevedo, Solange Burgardt, Sônia de Jesus Santos, Sophia Gaspar Leite, Sophia Lopes, Sophia Ribeiro Guimarães, Soren Francis, Spartaco Carlos Nottoli, Sr. D.n, Stefani Camila Santos de Souza, Stefânia Dallas, Stelamaris Alves de Siqueira, Stella Noschese Teixeira, Stephania de Azevedo, Stephanie Azevedo Ferreira, Stephanie de Brito Leal, Stephanie Rosa Silva Pereira, Stephanie Rose, Stephany Ganga, Stephany Morais, Suellen Gonçalves, Susana Ventura, Susy Stefano Giudice, Suzana Dias Vieira, Sylvia Feer, Tábata Shialmey Wang, Taciana Maria Ferreira Guedes Nascimento, Taciana Souza, Tácio Rodrigues Côrtes Correia, Tainah Castro Fortes, Tainara Kesse, Taís Castellini, Taís Coppini Pereira, Taise Conceição de Aguiar Pinto, Taki Okamura, Talita Chahine, Talita M Sansoni, Talles dos Santos Neves, Tamires Regina Zortéa, Tamiris Carbone Marques, Tânia Maria Florencio, Tânia Veiga Judar, Tassiane Santos, Tathi Souza, Tatiana, Tatiana Carvalho, Tatiana Catecati, Tatiana Gonçalves Morales, Tatiane de Cássia Pereira, Tatiane Felix Lopes, Tatyana Demartini, Tavane Couto da Silva Pasetto, Taylane Lima Cordeiro, Taynara & Rogers Jacon, Tereza Marques, Terezinha de Jesus Monteiro Lobato, Terezinha de Jesus Monteiro Lobato, Thabata S, Thaiane Pinheiro, Thainá Carriel Pedroso, Thainá Souza Neri, Thairiny Alves Franco, Thais Cardozo Gregorio da Silva, Thaís Costa, Thais Cristina Micheletto Pereira dos Santos, Thais Elen R. Matias, Thais Ferraz, Thais Martins de Souza, Thais Messora, Thais Moreno Ferreira, Thais Pires Barbosa, Thais Rosinha, Thais Terzi de Moura, Thales Leonardo Machado Mendes, Thalita Oliveira, Thamires Ossiama Zampieri, Thamyres Cavaleiro de Macedo Alves e Silva, Thayana Sampaio, Thayna dos Santos Gonçalves, Thayna Ferreira Silva, Thayna Rocha, Thaynara Albuquerque Leão, Thiago Babo, Thiago de Souza Oliveira, Thiago Oliveira, Thuty Santi, Thyago dos Santos Costa, Tiago Batista Bach, Tiago Queiroz de Araújo, Tiago Troian Trevisan, Ticianne Melo Cruz, Tiemy Tizura, Tricia Nunes Patrício de Araújo Lima, Tyanne Maia, Úrsula Antunes, Úrsula Lopes Vaz, Úrsula Maia, Val Lima, Valdineia C Mendes, Valéria Padilha de Vargas, Valéria Villa Verde, Valkiria Oliveira, Valquiria Gonçalves,

AGRADECIMENTOS 247

Vanádio José Rezende da Silva Vidal, Vandre Fernandes, Vanessa Akemi Kurosaki (Grace), Vanessa Luana Wisniewsky, Vanessa Ramalho M. Bettamio, Vanessa Rodrigues Thiago, Vanessa Serafim, Vanessa Siqueira, Vera Carvalho, Vera Lúcia N. R., Veronica Carvalho, Verônica Cocucci Inamonico, Verônica Meira Silva, Victor Cruzeiro, Victória Albuquerque Silva, Victoria David, Victoria Karolina dos Santos Sobreira, Victória Loyane Triboli, Victoria Raiol, Victoria Yasmin Tessinari, Vinícius Dias Villar, Vinicius Oliveira, Vinicius Rodrigues Queiroz, Vinicius Sousa, Virgílio de Oliveira Moreira, Viriato Klabunde Dubieux Netto, Vitor Boucas, Vitória Filgueiras M., Vitória Rivera dos Santos, Vitória Sinadhia, Vivian Carmello Grom, Vívian Carvalho, Vivian Ramos Bocaletto, Viviane Côrtes Penha Belchior, Viviane Piccinin, Viviane Vaz de Menezes, Viviane Ventura e Silva Juwer; Mara Ferreira Ventura e Silva, Viviane Wermuth Figueras, Vladi Abreu, Wady Ster Gallo Moreira, Walkíria Nascente Valle, Wand, Wande Santos, Washington Rodrigues Jorge Costa, Wellington Furtado Ramos, Wenceslau Teodoro Coral, Wenderson Oliveira, Wesley Marcelo Rodrigues, Weslianny Duarte, Weverton Oliveira, William Multini, Willian Hazelski, Wilma Suely Reque, Wilma Suely Reque, Wilma Suely Reque, Wilson José Ramponi, Wilson Madeira Filho, Wong Ching Yee, Yahel Mores Podcameni, Yara Guimarães Duarte Marques, Yara Nolee Nenture - Yara Teixeira da Silva Santos, Yasmin Dias, Yasmine Louro, Yonanda Mallman Casagranda, Yuri Cichello Benassi, Yúri Koch Mattos, Yuri Takano, Zaira Viana Paro, Zeindelf, Zoero Kun.

SOBRE A ILUSTRADORA: Ana Milani é artista e ilustradora graduada em arquitetura que transformou hobby e paixão em seu trabalho.

Cria suas artes no tradicional papel, desenvolvendo ainda ilustrações e colagens digitais. Partilha o que faz em revistas, livros e eventos, inspirando-se em artes visuais, história, psicologia e literatura, além da estética do século XIX, do onírico e estranho, com fortes representações de figuras femininas.

Ama, por fim, visitar espaços culturais, a natureza e suas gatas.

EMPRESAS PATROCINADORAS

As empresas a seguir apoiaram a campanha deste livro e, portanto, sempre terão nosso agradecimento. Sua paixão pela arte é reconhecida e apreciada!

MEULIVRO.JP
Uma livraria brasileira no Japão com objetivo levar um pouco da nossa cultura através da leitura.

📷 @meulivro.jp

meulivro.jp@gmail.com

CASATIPOGRÁFICA
Estúdio de diagramação de livros e obras-primas para editoras e autores nacionais.

📷 @casatipografica

www.casatipografica.com.br

Apoio Master

MARATONA.APP

Maratona.app

A plataforma mais emocionante de literatura, vincule seus livros aos desafios de cada maratona, encontre leituras conjuntas, acompanhe seu histórico de foco e adicione que emoções você sentiu lendo as páginas. E não menos importante, respeitamos sua privacidade e contribuição na plataforma.

maratona.app

Apoio Master

UFFO

Objetos de outros planetas prontos para decorar e transformar sua casa. Especial para leitores, geeks e nerds, como nós mesmos somos! Projetos 100% exclusivos, com design assinado pela Uffo. Garantia de itens únicos e com qualidade para você levar para casa ou presentear outros terráqueos.

@uffo.store
www.uffo.com.br

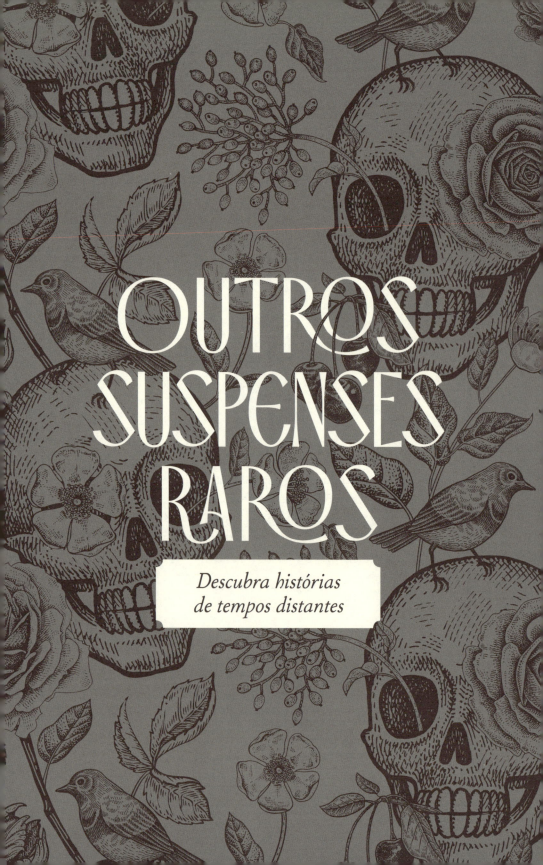

OUTROS SUSPENSES RAROS

Descubra histórias de tempos distantes

Sweeney Todd, o barbeiro demoníaco da Rua Fleet

THOMAS PECKETT PREST E JAMES MALCOLM RYMER

Uma famosa história vitoriana que deu origem
ao filme e musical de Sweeney Todd

EDITORA WISH | 320 PÁGINAS

O Anel dos Löwensköld

SELMA LAGERLÖF

Um mistério além-túmulo de 1925 escrito pela
autora vencedora de um Nobel

EDITORA WISH | 160 PÁGINAS

Mestres do Gótico Botânico

ALGERNON BLACKWOOD, CHARLOTTE P. GILMAN E OUTROS

Um resgate dos clássicos de horror botânico
do período vitoriano

EDITORA WISH | 256 PÁGINAS

A Morta Apaixonada

THÉOPHILE GAUTIER

Um jovem padre vive o celibato e a castidade, mas nada
poderia prepará-lo para a chegada daquela vampira

EDITORA WISH & EDITORA CLEPSIDRA | 200 PÁGINAS

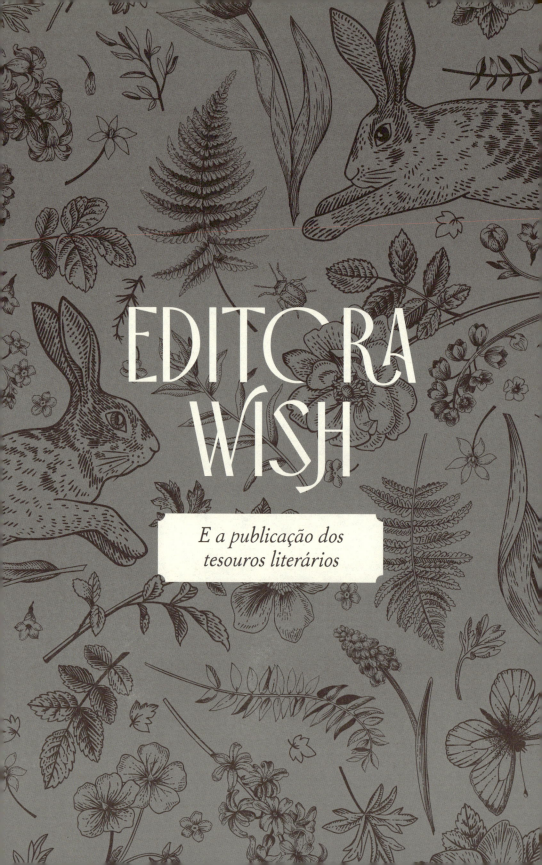

EDITORA WISH

E a publicação dos tesouros literários

A publicação de obras raras e inéditas pela Editora Wish acontece desde o nosso primeiro lançamento, com contos de fadas que nunca tinham sido traduzidos para a língua portuguesa. Acabamos, com o tempo, nos apaixonando cada vez mais pelo passado e seus tesouros escondidos. Enquanto clássicos criam gerações de leitores ao longo das décadas, os raros e inéditos mantêm aceso o fogo da curiosidade sobre o que é diferente do comum. Afinal, quais livros eram lidos e apreciados pelos nossos antepassados? Quais tipos de obras deslumbrantes ou estranhas eles tinham em suas bibliotecas particulares?

A literatura rara e inédita leva a mente para fora do escopo do comum, e direciona nossas lunetas para estrelas nunca antes vistas... Ou quase esquecidas.

A Wish tem o prazer de publicar livros antigos de qualidade e com traduções realizadas pelos melhores profissionais, envelopados em projetos gráficos belos e atuais para agraciar as estantes dos leitores. São presentes para a imaginação repletos de entretenimento e recordações de épocas que não vivemos – mas que podemos frequentar através de incríveis personagens.

EQUIPE WISH

Este livro foi impresso na fonte
P22 Stickley Pro, com características
clássicas das antigas tipografias, em papel
Pólen® Bold 70g/m² pela gráfica Geográfica.

Os papéis utilizados nesta edição
provêm de origens renováveis.

Publicamos tesouros literários para você
www.editorawish.com.br